文心雕鳞

孙亚玲　高昌来　主编

国文出版社
· 北京 ·

图书在版编目（CIP）数据

文心雕鳞 / 孙亚玲 , 高昌来主编 . -- 北京 : 国文
出版社 , 2024. -- ISBN 978-7-5125-1750-9

Ⅰ . I267

中国国家版本馆 CIP 数据核字第 20249D0B00 号

文心雕鳞

主　　编	孙亚玲　高昌来
责任编辑	苗　雨
责任校对	凌　翔
出版发行	国文出版社
经　　销	全国新华书店
印　　刷	北京鑫瑞兴印刷有限公司
开　　本	710 毫米 ×1000 毫米　　16 开
	23.75 印张　　306 千字
版　　次	2025 年 1 月第 1 版
	2025 年 1 月第 1 次印刷
书　　号	ISBN 978-7-5125-1750-9
定　　价	93.00 元

国文出版社

北京市朝阳区东土城路乙 9 号　　邮编：100013
总编室：（010）64270995　　传真：（010）64270995
销售热线：（010）64271187
传真：（010）64271187-800
E-mail：icpc@95777.sina.net

目　录

王　谦

周厚明

李毅瑄

李士平

陈铁有

潘 粉

丁 雪

于 青

何玉俊

周 茜

高昌来

笔名秦川阿来，出生于陕西镇安。中国诗歌学会会员、中国散文学会会员、陕西省散文学会会员，作品发表于《延河》《青年文学家》《诗中国》《秦川》《作家摇篮》《西安商报》等。

陈忠实和《白鹿原》

　　作家陈忠实因茅盾文学奖获奖作品《白鹿原》闻名于世，作为他的陕西乡党，我没有见过他本人。我进一步了解陈忠实，是从邢小利的《陈忠实传》和好友刘永刚赠我的《白鹿原》这两部著作开始的。我经常读到朋友转发的陈忠实的文章，也偶尔在不同场合看到他的书法作品，去白鹿原影视城那年，他老人家还健在，也在家，我没能过去叨扰，已经成为遗憾。2016 年 4 月 29 日陈老病逝的消息传来，一个属于文学的名字，在各大媒体与社交平台刷屏，海内外很多组织、单位和个人发来唁电，产生了不小的影响，这在《陈忠实传》中有非常具体的描述，党和国家领导人对陈忠实的去世表示沉痛的哀悼、慰问，并委托中国作协和中共陕西省委敬送了花圈。中国作协与天津市作协、上海市作协、重庆市作协等 24 个省、市、自治区作协发来唁电，各家出版社、杂志社和各大院校发来唁电，文艺工作者王蒙、铁凝、白烨、白描、蒋子龙、冯骥才、范曾、李雪健等以个人名义发来唁电或唁信。陈忠实的葬礼也许是史上最隆重的作家葬礼之一。

　　2020 年 11 月 17 日，我荣幸地参加了樊登读书会西安运营中心组织的现实主义三大作家传记分享活动，《创业史》作者柳青的女儿刘可风携《柳青传》《平凡的世界》，研究专家厚夫携《路遥传》《白鹿原》，研究专家邢小利携《陈忠实传》。此后，我认真细读这些作品，偶尔也做些读书笔记，这里就先从陈忠实和《白鹿原》说起。

　　《白鹿原》的出版和影响力究竟有多大？《当代》杂志于 1992 年第 6

期和 1993 年第 1 期分两期发表了《白鹿原》。1993 年 6 月由人民文学出版社推出单行本，7 月在西安首次发行销售，10 天后盗版书就摆在了书摊报亭里，人民文学出版社赶快加印，6 月第一次印刷，到 11 月连印了七次，半年里就印了 50 万册。批发商都是等着提货，每送到一批，很快就被抢购一空。西安市北大街新华书店举办了首次签售，读者排出一里多长的队伍，陈老从早上八点开始，一直签到下午一点多，四五个小时头都不抬，很是兴奋。《白鹿原》是畅销书中的畅销书，每年的销量都在 10 万册左右。据统计，《白鹿原》累计印量已超过 320 万册，并被翻译成日文、韩文、越南文、蒙古文、法文等多国文字和维吾尔文、锡伯文、柯尔克孜文等多种少数民族文字出版，改编为秦腔、电影、电视剧、话剧、舞剧、歌剧、连环画等多种形式广泛流传。由王全安执导，张丰毅、张雨绮、吴刚、段奕宏等主演的电影《白鹿原》，2012 年获得第 62 届柏林国际电影节最佳摄影银熊奖和金熊奖提名。1993 年上半年，《白鹿原》《废都》《最后一个匈奴》《八里情仇》《热爱命运》不约而同地被京城五家出版社推出，《白鹿原》是"文坛陕军"挥马东征的"头马"。

《白鹿原》出版以后获得的奖项和荣誉非常多。获 1993 年陕西省作家协会第二届"双五文学奖"最佳作品奖、1994 年人民文学出版社第二届"炎黄杯人民文学奖"、1997 年中国作家协会第四届茅盾文学奖，入选 2008 年"30 本影响中国 30 年阅读生活的优秀文史书籍"、2009 年《中国新文学大系》第五辑，获评 2010 年江苏省作协评选的"30 年 10 部最佳长篇小说"第一位。

小说出版以后，在普通读者、评论界引起巨大反响。西安研讨会后，《小说评论》1993 年第 4 期刊发了《一部展现民族灵魂的大作品》，并用约一半的篇幅发表了 12 篇评论文章。北京研讨会之后，《小说评论》1993 年第 5 期发表了纪要《一部可以称之为史诗的大作品》。当然，又有论者对这部作品提出了批评，《文艺争鸣》1993 年第 6 期发表了三篇批评《白鹿原》的文章，其中有张颐武的《〈白鹿原〉：断裂的挣扎》和朱伟的《史诗的空洞》。

陈忠实说:"回首往事,我唯一值得告慰的就是:在我人生精力最好,思维最敏捷、最活跃的阶段,完成了一部思考我们民族近代以来历史和命运的作品。"《白鹿原》这部小说究竟写了什么,为什么会有这么大的影响?

简单而言,此书以50万字,宏阔的思想视野和艺术结构,展现了从20世纪末到21世纪中叶白鹿原上白、鹿两个家族激动人心的兴衰史,刻画了几十个血肉丰满的人物,再现了这个时期关中平原所发生的许多重大历史事件,不仅有史学的价值,而且具有丰富的文化内涵。

《白鹿原》以白嘉轩为叙事核心,围绕白、鹿两家的矛盾纠葛组织情节,反映了白嘉轩所代表的宗法家族制度及儒家伦理道德,以时代变迁与政治运动中的坚守与颓败为叙事线索,讲述了白鹿原村里两大家族白家和鹿家之间的故事。白家人沿袭村子里的族长之位,主人公白嘉轩一生娶过七个妻子,最后一个陪他终老,并育有三儿一女(白孝文、白孝武、白孝义、白灵)。鹿三是白家的长工,黑娃是他的长子。鹿家以鹿子霖为代表,他有两个儿子(鹿兆鹏、鹿兆海)。小说主要讲述了白孝文、鹿兆海、黑娃等人的生活。

研究陈忠实和评价《白鹿原》文学价值的文章非常多。《白鹿原》关于人物形象的塑造,是其成功的原因之一。我非常欣赏著名作家史飞翔关于《白鹿原》的人物论,他重点分析了五位人物。白嘉轩是乡土中国的践行者,有时他是一个个体的人,有时他又是一个民族的精神象征。白嘉轩从一个凡人而成为一个完人的过程,是他个人生命和人格的成长史,也是我们这个民族精神的成长史。朱先生是乡土文化的传播者,他的原型就是关中大儒、晚清举人,人称"牛才子"的牛兆濂。朱先生知行合一、体悟不二,将学问和生命融为一体,继承和弘扬了儒家"士不可以不弘毅,任重而道远"的精神。冷先生是乡土中国肌体的维护者,作为赤脚医生、乡贤,他任何时候都沉稳而冷静,又无比的热心。黑娃是乡土中国的归来者,他的人生大起大落,失败至极后另谋出路,峰回路转,衣锦还乡。白孝文是乡土中国的走出者,他的人生比黑娃更加痛彻心扉，对于他的大彻大悟，小说中有非常精到的刻画。

邢小利在《陈忠实传》中阐述了雷达《20世纪近30年长篇小说审美经验反思》关于《白鹿原》的评价，我是非常赞同的。作品以宗法文化的悲剧和农民式的抗争为主线，以半个世纪重大的阶级斗争和民族矛盾为背景，正面观照中华文化精神及人格，探究民族的历史命运和文化命运。它站在时代的、民族的、文化的高度来审视历史，还原了被纯净化、绝对化的"阶级斗争"遮蔽的历史生活本相；文中交织体现复杂的政治、经济、党派和家族冲突，与瘟疫、狼患、匪患的斗争，还体现了由文化冲突激起的人性冲突——礼教与人性、天理与人欲、灵与肉的冲突；比较成功地融化了诸多现代主义观念来表现本土化的生存，风格上富有秦汉文化气魄。

陈忠实是如何写出这部著作的？我们先了解一下陈忠实的人生经历。1942年8月，陈忠实出生在西安市灞桥区霸陵乡西蒋村。西蒋村地处白鹿原北坡下，白鹿原就是《史记》里《鸿门宴》中记载沛公（刘邦）"军霸上"的地方。1955年盛夏，陈忠实小学毕业。入中学后，他父亲只能供一个儿子读中学，供不起两个，于是他中途休学。1962年，由于高校大幅削减招生人数，高考的竞争压力空前。陈忠实曾休学一年，恰好赶上了那一年的高考。结果，平时成绩在班上前三名的陈忠实落榜了。他依依不舍地告别学校，回到故乡白鹿原。1963年，刚好21岁的陈忠实去村小当了一名老师。1965年，23岁的陈忠实发表了散文《夜过流沙沟》。1973年，他发表了小说《接班以后》，反响很好。陈忠实备受鼓舞，一口气又写了四篇小说。1978年，作为灞河河堤水利会战工程副总指挥的陈忠实，在工房宿舍里读到了《人民文学》上刘心武的《班主任》，震惊异常。那年已经36岁的陈忠实作出了他人生中的一个重要决定：放弃仕途，申请调到郊区文化馆工作，专心于读书与写作。1979年夏天，陈忠实写了《信任》，获得全国优秀短篇小说奖。年后，他的《立身篇》将"飞天文学奖"收入囊中；1982年11月，40岁的陈忠实调入陕西省作协从事专业创作，终于实现了当一名专业作家的梦想。1982年，路遥的

《人生》出版，在社会上引起了强烈反响。据说陈忠实一气呵成，读完了《人生》，然后一屁股跌坐在椅子上，"有一种瘫软的感觉"。《人生》"几近完美的艺术境界"给他带来了"几近彻底的摧毁"。1983年，他的中篇小说《康家小院》在《小说界》摘得了首届优秀作品奖。经过两年的精心筹划，1988年的盛夏，陈忠实回到西蒋村老家，潜心创作《白鹿原》。当年，这里是陈忠实拼命出逃的地方，后来却成了他远避尘嚣的清静之所。1991年腊月，妻子又一次到西蒋村给他送馍。临走时，陈忠实说："你不用再送了，吃完这些，我就写完了。"妻子惴惴问他："发表不了咋办？"陈忠实脱口而出："那我就去养鸡。"1992年1月29日，陈忠实为自己的长篇小说《白鹿原》画上了最后一个标点符号。陈忠实在世时曾说："我要创作一本死了以后，可以放在棺材里垫头作枕的书。"他果真做到了。

陈忠实写中篇小说《蓝袍先生》时产生了长篇小说《白鹿原》的创作欲念，当笔尖撞开徐家镂刻着"耕读传家"的青砖门楼下的两扇黑漆木门时，生活记忆的门板同时打开了，需要用一部较大规模的小说充分展示这个青砖门楼里几代人的生活故事。他敬重前辈作家柳青及其《创业史》，他相信自己对乡村生活的理解和开掘的深度，还有艺术的表现能力，但需要进入1949年以前的家乡历史，了解那个时代的生活形态和秩序，他所拥有的生活自信被打破了。他在《世界文学》读到古巴作家卡彭铁尔的魔幻现实主义开山之作《人间王国》后受到极大启发，经过一番认真的考虑，他选择蓝田、长安和咸宁三个县作为了解对象，翻阅一个个县的"《史记》"。田小娥的形象在这个时候萌生。他在与近门的一位爷爷交谈时，了解了曾祖父的形象，族长的活力呈现出来。县志上抄录的《乡约》孕育了族长的人生际遇和故事。朱先生是这部长篇小说构思之初最早产生的一个人物，原型就是牛兆濂。20世纪20年代，一个在北京大学念书的青年接受了马列主义，而且加入中共，回到白鹿原发展了两个党员，并在小镇的粮店建立了一个中共支部。还有一位革命者叫张景文，是白鹿原上较早投身革命的杰出女性。陈忠实在作家张敏提供的刊物《革命英雄》上读到了张景文的革命事迹。这些都成为小说写作最直接的命题。《白鹿原》原计划用两年左右时间写完，但实际用了四年。1987年开始酝酿，1988年4月初动笔，1989年8月写完第12章。用笔写长篇小说，是一种非常耗神和费力的劳动，如果没有"全部的艺术勇气"，是不可能把《白鹿原》的艺术理想呈现到底的。《白鹿原》写成后，他让朋友、陕西省作协的评论家李星看。李星看完，几乎是喊着对他说："咋叫咱把事给弄成了！"这句话给他吃了一颗"定心丸"，也充分显示了李星作为评论家的眼力和语言风格。我2022年6月13日在陕西省商洛市举小的第三届"绿宝杯"全国生态坏境保护征文大赛颁奖典礼上首次见到茅盾文学奖评委李星老师，他德高望重，令人敬佩。

为了写《白鹿原》，陈忠实濒临破产，人民文学出版社编辑洪清波说陈忠实的家几乎是家徒四壁，令人唏嘘。陈忠实读完编辑高贤均寄来的信，按捺不住，从沙发上跃了起来，大叫一声，又跌趴在沙发上，这是一封足以让他癫狂的信，高贤均盛赞了《白鹿原》。1992年的春天，是他最快乐的春天，他开始阅读古诗词。1993年到2013年，陈忠实除了写了九篇短篇小说，偶尔写点旧体诗，其他作品基本都是散文和随笔。他通过散文，回到了自身，审视自己的生活，回味自己的人生甘苦，思索更为深沉的人生哲理。

陈忠实的一生历经坎坷，中学休学，高考落榜，30岁被撤职，写作被误解，他不断地跌倒，再自我疗伤，不断重新爬起，练就了坚强不屈的精神。作为一个作家，他的成长之路、他的精神"剥离"过程或者说反思过程、他对艺术的追求，在中国文学历史长河中，都是相当独特的，具有非常典型的意义。

陈忠实和他的《白鹿原》已经那么有名，我为什么还要写读后笔记？中国四大名著已经那么有名，研读评价者芸芸；世界八大奇迹那么有名，抒写者众众。作为一名文学爱好者，我要反复品读和分享它，希望有更多的学者去认识它、走近它和领悟它。

贾平凹的《暂坐》是一面大镜子

　　唐太宗以镜喻魏徵，曰："夫以铜为镜，可以正衣冠；以古为镜，可以见兴替；以人为镜，可以知得失。"贾平凹的著作《暂坐》是一面大镜子，可观时代背景，可知现实生活环境，可悟人生盈虚和人性欲望。以此为镜，学习适应环境的方法，学习生活的诀窍，学习为人处世的道理。

　　这部小说没有跌宕起伏的情节，直到读完第二遍，我才明白了这部小说的绝妙之处，感受到了作家写作的深度，这是一部令人回味无穷的小说。

　　这部21万字的长篇小说，故事的时间跨度其实很短，从俄罗斯人伊娃重返留学的西京散心到离开，从"暂坐茶庄"布置好二楼空间到茶庄发生爆炸歇业，从海若经营"暂坐茶庄"风生水起等待活佛到活佛没来、海若被纪委约谈，从夏自花住院输了血小板到病逝离开，从听说冯迎随书画代表团出访到马航飞机坠毁确认死亡。伊娃说：我只说来这里有所收获，没想丢失了许多。小说开头伊娃初来到西京，大街小巷里人依然多，那么多人啊；小说结尾是繁花落尽，大地一片茫茫，屋子里空空荡荡。前后一个极大的落差，像极了一场梦，如果没有读过《红楼梦》，看《暂坐》可能是少一些味道的。

　　《暂坐》是作家继《废都》之后的第二部都市题材长篇小说，但是《暂坐》不是《废都2》。先说一下《废都》，这部作品让作家一下子陷进坑里，又让作家一下子飞升到了云端，一落一起，然后陆续出版诸多作品，直到《秦腔》问世并获得茅盾文学奖，奠定了作家在中国文坛的重要地位。对于《废都》，有些人会评价它像《金瓶梅》一样，是一部大尺度的世俗小说，《废都》里的方框就像《金瓶梅》里面的古诗词，读不懂的诗词和不知所云的方框都只能意会。以庄之蝶为首的一群颓废之人，造就了一个废都。读过《废都》而没有来过西安的人，其认知中，也许会认为西安好不到哪里去。《暂坐》关于世俗生活的描写极其隐晦和含蓄，可见随着一部接一部小说的诞生，作家本人也逐渐有了新的高度，不必使用过多的俗套来吸引读者的眼球。

从本部小说可见作家所表现的这个时代所处的大背景：一是不断发展的经济环境，二是雾霾严重的生态环境，三是反腐败斗争的政治环境，四是女性独立和各自成长的性别环境，五是尔虞我诈和艰难挣扎的生活环境。

故事中的人物都是市井中具有烟火气息的普通人物，好像有主角，又好像没有主角，似乎每个人都是自己的主角。作家用错落的章节和勾画，为我们展示了"西京十玉"的形象，准确地说是12个有玉的女人的故事。作家借羿光的身份，让我们认识了一位立体的大作家：一方面，他"人见人爱，花见花开，汽车见了爆胎"，毛笔一挥，十万元一幅字画，不知能换多少只新轮胎；另一方面，他巢筑屋梁，做只燕子，既在群中，又在群外，这关系是道不明也说不清，没有关系不对，有关系好像也不对；再有就是他当了作家，也出了名，既盼着新书销量上榜首，又要疲于应付天天都来拜访和签书的人，事毕一定还要照个相，或坐着，或立着，就是这样风光着，又矛盾着。

第六章，是整个小说的核心章节，在暂坐茶庄，除了羿光、海若之外，众女子除了外出的冯迎和医院里的夏自花，纷纷登场，读者跟着伊娃与众位女子一一认识。向其语是与人合办康复医院的小老板；应丽后是一位有二三十间门面房出租的富婆；陆以可是广告公司的老板；严念初做过电梯生意之后销售医疗器械；司一楠是全市最大的红木家具店老板；虞本温是火锅店老板；徐栖是从剧团辞职后的创业者，因身体不好特别注重养生；希立水是汽车专卖店的老板，因为照顾夏自花，所以参加聚会来得晚；冯迎是一位年轻的画家，因随大画家王季到新加坡参加画展未出场。算上伊娃和没有玉的辛起，就是13位女子了。司一楠和徐栖是同性恋人，冯迎和伊娃没有结婚，剩下的女子都是离异的，有的还想找，有的就此单身。三个女人一台戏，十几个女人唱出一部生活的大戏。主要有几个小故事情节：一是严念初和医院院长担保向应丽后借了钱不能还，海若找恶人要钱无果；二是希立水托同学许少林帮陆以可拉业务无果；三是伊娃参与帮辛起搬家引来丈夫闹事，后来一声巨响，暂坐茶庄爆炸了，海若被带走没有回来，雾霾还是那雾霾，故事在暗淡中结束。生活的现实是如此的残酷、如此的艰难，又是如此的真实。

这一帮女人为什么要聚在一起？如下描写，就是最好的回答。辛起在茶庄见海若，希立水对辛起说：我们中姐妹关系都好啦，没有对手，只有能照你的镜子，获得自在快乐啊！海若说：也别把咱众姐妹说得多好，只是一伙气味相投的人聚在一起。但想活得自在快乐，就像撞上网的飞虫，越要摆脱，越是自己更粘上去，就像站在太阳底下晒不干的汗水。大家都是土地，大家又都各自是一条河，谁也不要想着改变谁，而河水择地而流……跟啥人学啥人，我不能说就改变了多少，但我起码学会了知道自己的身份，学会了要富裕、自在、体面。海若翻看冯迎留下的读书笔记，这篇笔记实际就是对整部小说的全部概括和感叹。诸如：我们现在有太多的名义和幌子去干一些龌龊的谋生；急切地去追逐别人，希望得到庇护，这种庇护将带给你黑暗和毁灭；没有欲望就是神，是天使；假如我心灵琐碎、狭隘、局限，那么我在其他人身上也会有同样的情形；雾霾是这么严重啊，而污染精神的是仇恨、偏执、贪婪、嫉妒，以及对其权力、财富、地位、声名的获取和追求；所有的行径都是一种试探和追问啊。行文至此，我们也就基本了解了这部小说所要表达的精神。

司马迁《史记》有言："天下熙熙，皆为利来；天下攘攘，皆为利往。"社会就是一口大染缸啊，小说借雾霾来隐喻社会这口大染缸，朦朦胧胧，深不见底，但谁都要经过这口大染缸的洗礼，才会懂得生存的道理。这也许就是这部小说给读者呈现的一面镜子。作家的人生观、世界观和社会价值观，结合对儒释道的领悟，在小说中通过每一个人物的交流，完成所有思想的表达，这是这部小说的精华所在，也是读者应该用几遍来思考和咀嚼的东西。暂坐茶庄的员工守则十三则，实际是修身的美德。第二十章，海若读外国人鲁米的书，了解了人在真理路上的七个阶段：堕落的自我、责难的自我、启发的自我、宁静的自我、欢喜的自我、赐福的自我、净化的自我。这些穿插在文中的人生道理，何尝不是一面镜子，让读者领悟和警醒。文中有很多富有哲理的思想和观念，作家通过人物各自的语言风格把它恰如其分地表达了出来，令人印象深刻。大妈说：人是走虫。伊娃就在想，人为什么那么爱走动，都走动着干什么呢？空气这样不好，街道上熙熙攘攘这么多人，该是走着饥饿的酒囊饭袋，或是一个一个散发着热量和污浊气味的火炉子、垃圾桶？海若说：凡是赞美花的，都是想着能把花从枝头掐下来！任何人有了手机，手机就成了上帝，是神，被控制着也甘愿被控制着。海若说：经济不好的城市饭馆多，混得艰难的男人关心政治。风箱越是鼓胀，很快就会空洞么。凡是太好的东西都是不用的。希立水说：富人之所以富是因为人家的想法富，咱之所以穷是因为咱的想法穷。爱情确实是一种病，咋的啦？可谁有药呢，找对象就是找有药的人嘛！寻对象呀，寻来寻去，其实都是寻自己。羿光说：苦恼就是有了自我，有了分别，引起了不自在，不满足，不完整，欲望之下造出的恶为，必然将接受未来的果报。别说你爱我，我爱你，咱们都只是饿了。以上这些人生的感悟，是多么震撼心灵，耐人寻味。

小说内容海纳百川，包罗万象。有关于白茶、龙井、云南大益七子茶、星座用情图、各类树木的特性、羊肉泡馍的吃法、养生、佛教、放生等方方面面的介绍，也有和作家另一部小说《山本》一样的关于秦岭山中植物、动物的描写，像是一部百科全书，让读者在故事中长了见识。

和《废都》《山本》等作品一样，《暂坐》中依然出现了灵异文化，比如冯迎托人提醒羿光还钱，比如陆以可留在西京城的原因是这里有她父亲的身影。作为人间的人确实有两种：人类和非人类。这些事情是幻觉还是想象，有时确实难以说清。《暂坐》初读如在霾中，再读还在霾中，有很多的谜团需要更多的读者来挖掘，也需要它来照个镜子。我们一生会结交很多人，有益友，也有损友。大多数情况下，好朋友是什么样的人，我们就是什么样的人，朋友是我们的一面镜子，我们也是朋友的一面镜子。我们既在镜外，又在镜中。

陈彦的三部曲

陈彦的长篇小说三部曲是指《西京故事》《装台》《主角》，也是陈彦跨越戏剧、小说、电视剧的三部曲。这些作品我都读过，有作家本人从山里出发到长安，再上北京工作的影子，也有我这个山里人走进城市，又从长安走到上海工作的影子。我读的他的第一部著作是《装台》，紧接着就是《主角》。观看戏剧《长安第二碗》和读《西京故事》是在认识陈彦之后了。我看完《装台》，立马买了一本寄给了我大哥。2019 年 8 月中旬，在前往甘肃环祁连山旅游途中，得知《主角》从 234 部作品中脱颖而出，入围茅盾文学奖十部提名作品，我发了微信朋友圈道贺。事如所愿，8 月 16 日经过第六轮投票揭晓获得茅盾文学奖的五部大作，《主角》名列其中。这是陕西的骄傲、商洛的骄傲，也是镇安人的骄傲，各大媒体和社交平台都在转发这个消息。朋友看我的兴奋劲儿，就让我说说作品到底有多好。我边开车边讲，越讲越激动。朋友赶快提醒我好好开车，我说你们把书拿去读，自己体会。

2019 年国庆节期间，我接到著名画家马河声的消息，说是陈彦《主角》分享会在西安小寨汉唐书城举行，我兴冲冲地跑过去，在这个非常热闹的场合，倾听了陈彦老师的创作感想和对陕西、西安、家乡镇安的感谢。马河声老师作为作品的插图作者受邀讲话，他诙谐幽默地说："能为茅盾文学奖获奖作品配图我感到很自豪，搭上陈彦的《主角》，让我马河声也成了获得茅盾文学奖的画家。"我在请陈老师签名时，简单介绍了自己，陈老师鼓励我："一定要坚持写，不断地写就有收获！"我们家都在闻名的镇安塔云山脚下，他家在塔云山之西旬河之畔，我住塔云山之东乾佑河岸边。秦岭大山里冉冉升起一颗如此明亮的文曲星，我由衷地祝福。

陈彦不是因为《装台》和《主角》才成为著名作家的。他17岁时就在《陕西工人文艺》发表了第一部短篇小说，随后在县剧团创作多部话剧、舞台剧，获得奖项和认可，后调入省戏曲研究院持续创作。他的《迟开的玫瑰》《大树西迁》《西京故事》等数十部喜剧作品，获得很多大奖，五次获得全国"五个一工程"奖。他还创作了剧作、词作和散文集《必须抵达》《打开的河流》等。创作的第一部32集电视连续剧《大树小树》在央视一经播出就获得了中国电视剧"飞天奖"。

《西京故事》当初是一部舞台剧，时长不过两个小时，不能充分表达更多的意味和丰富的价值，所以陈彦经过二次创作将它改编为小说。讲述的是主人公罗天福带着老婆支持儿女在西京城里上学，在城里打工开店和生活的故事。重点是儿子甲成从满怀希望走向失望、绝望，再回归正常生活轨迹的艰难历程。在城乡二元生活的场景中，随着移民搬迁和城市化进程的推进，乡村撤并校之后，陪读是一种常态。乡村的孩子如何穿越城市的迷雾，考验着每一个家庭的父母，也同样考验着每一颗成长中不成熟的心。《西京故事》电视剧则是在小说基础上的再次升华，故事情节更加丰富，社会背景则是更加广阔，是一面更大的社会镜子。《西京故事》体现了作家强烈的忧患意识，展示的是中国家庭城乡二元生活鲜活而生动的故事。

《装台》描写的是一群常年为专业演出团体搭建舞台布景和灯光的人。表面是主角城里人刁顺子带领农村进城务工人员为秦腔剧团演出装台的酸甜苦辣，实则表达的是在当代中华民族伟大复兴的中国大舞台上，每一个中国人都应当在社会建设中找准自己的位置，添砖加瓦，体现了社会建设者的厚重和善良、温度和情怀，以及生命不息、奋斗不止的劳动人民精神。我们可以通过《装台》看清楚自己在社会中扮演的角色。对医院而言，装台人就是默默付出的护士和护工；对城市的街道而言，装台人就是打扫马路的环卫工人、生活垃圾运输工人和道路维修工人；对小区而言，装台人就是物业服务人员；对交通管理而言，装台人就是交通协管员；在抗击新冠疫情的战场上，装台人就是一批批救护者和服务人员；在矿山，装台人就是在井下作业的工人。装台人就是生活背后无数朴素的人。你为我装台，我为你装台，大家来装台，我们都是装台人，这就是《装台》的精神灵魂。《装台》电视剧充分展现了大西安的烟火气，充满了浓浓的生活气息，于小说而言也是一次更加精彩的二次创作，所以产生了非常好的口碑和声誉，也入围了"中国影视年度十大影响力"榜单。

《主角》记述了演员"忆秦娥"从一个放羊娃，经过舅舅胡三元的帮助进入县剧团，从扮演烧火丫头到演配角，再到终于成为主角的沉浮奋斗史，从剧团的起起伏伏，我们可以看到改革开放后整个社会的发展变化。读完这部著作，我迟迟不能下笔来写读后感，就是写一首小诗歌也不行，因为作家、评论人讲得太到位了，从书中的剧词，到书的后记总结，都非常到位。我这个普通读者对它发表什么评论都是多余的，我需要更长的时间来琢磨它。借用《主角》封面的几段话来概括一下，这是一部动人心魄的命运之书，是一幅芸芸众生在世经验的恢宏画卷，是一部气势磅礴的现实主义鸿篇巨制。小说写到了国内国外、城里乡村、台前幕后、官商百姓、红火破落、喜剧悲剧和分分合合。刻画的主角一时万人倾倒，一路笑傲；一时枯木沉舟，一地寂寥。红的是艳阳高照，悲的是痛心疾首，道尽了爱恨情仇、人间悲喜，斗得是你死我活，恨的是咬牙切齿、不共戴天，刻画得不是一般的深刻和精彩。这部作品给我们的精神启示就是，每一个人都是自己生活的主角。陈彦现在正在创作电视剧剧本，《主角》电视剧将由张艺谋来导演，让我们一起来期待这部文化的"饕餮盛宴"。

写了半辈子舞台剧的作家，所创作的作品特别有场面感，有激烈的冲突，有丰富的情节，有丰沛的感情，令人读起来欲罢不能，眼含热泪，情难自抑，用陈老师爱说的一句话就是"写得抡圆了"！三部作品中的三个主角都刻画得非常到位，其中的配角也令人印象深刻，比如《装台》中刁顺子的女儿刁菊花、《西京故事》中的房东太太郑阳桥、《主角》中剧团团长的老婆，有时人物刻画显得用力过猛，但也许这就是大作品大冲突的需要，完全不影响整部作品的效果，因此才更加精彩。

故乡三龙山

　　秦岭江山，层峦叠嶂；乾佑长河，奔流不息。山不在高，有仙则名；水不在深，有龙则灵。三龙山没有神仙，也不是佛道修行的山，更不是名人"到此一游"的山。三龙山是我最亲近的山，是我心中永远钟情的山。三龙山位于乾佑河、磨石沟和锡铜沟之间，得天独厚地享受了三水环抱之滋养。乾佑河发源于秦岭南麓黄花岭，流经柞水、镇安、旬阳，行至镇安三龙山时，已过二百里，水量丰沛，时而缓淌，时而奔流，山水相伴，风景秀丽，格外怡人。磨石沟小河发源于风景绮丽、闻名遐迩的塔云山下，锡铜沟小河发源于猫儿沟脑五龙台一带。平时这两条小河，水宽不过三五米，清澈见底，尤为秀丽。夏天汛期，河水暴涨，如万马奔腾，又如龙腾虎啸，蔚为壮观。

　　磨石沟、锡铜沟两条小河与乾佑河交汇的地方，是自然的交通要道，一直都是人口密集的地方。有古老的平房，也有现代的移民搬迁楼。很久以前，人们在两水交汇处附近的山顶上修筑了山寨，以应对战乱和匪患。锡铜沟口这座山寨尤显特别，它坐落的山不是最高的山，而是三龙山一座独立的山头，当地人把它叫作"寨丫子"，就像"五指山"的大拇指，如果叫"大拇指山寨"好像更有意思。我十来岁的时候，随大人爬上了这座寨子，石块垒砌的墙垛依然可见，有些石块摇摇欲坠，不知建于何年，也未听说过祖辈有避难于此的经历。站在这座独立的山寨之上，视野宽广，豪迈之气油然而生，我仿佛看到很久以前的人们在这里活动的场景。

　　三龙山不是笔直挺立的"五指山"，它的山体非常厚重和庞大，坡缓可居，山上有山，山后有山，岭后有岭。它由河道、阳坡、阴坡、古山、前岭、后岭、陈家凹、阳坡砭、阴坡砭、三龙沟等地方组成，山上以前是桑树坪村二、三、四组，每个小组都有十几户人家，有朱家、陈家、邓家、薛家、周家、兰家、柯家、习家等。步行走完这些村庄，少说也要两个多小时。山下则是桑树坪村一组和五组，主要是高家、张家、兰家、朱家、马家、曾家等，我家就在三龙山脚下，属于桑树坪村五组。随着交通越来越便利，山上的住户逐渐减少，现在整个桑树坪村五个小组合并成了八亩坪村一组。三龙山上剩下的人家也就十来户，大部分都搬进了山下的移民搬迁点，或者在城里买了商品房。年轻人大多外出打工了，只有几个庄子还有老人，他们种着近处的一些"台台田"（梯田），不愿意离开故土老屋，这里是他们一辈子的家业和田园。每逢过年，或者山上有红白事的时候，各家各户才会陆续回到山上，点亮的灯火和袅袅升起的炊烟，似乎让人回到了以前的生活，忘记了平日里的孤寂。

　　以前山上有两所学校。一所是三龙沟小学，主要是四队一、二、三年级的学生就读，最多的时候，一个教室混合班有二十来名学生。另一所是前岭小学，主要是二队、三队、五队一年级至五年级的学生就读，有两个大教室，每个教室有二十几名学生。我小的时候，父亲是小学民办代课老师，我就在三龙沟小学随父亲上学前班。每逢周六上半天课，下午回到山下家里，天就快黑了；周日下午吃过饭，又要随父亲回到三龙沟学校。有时走得晚了，要借手电筒的光走夜路。在这里读书，最让我难忘的是学校隔壁的习家兄弟和他们家几只可爱的白兔子。还有山路上的几株牡丹花，盛开得实在漂亮，每次从那里经过，我都要打量一会儿，始终没有勇气去摘下。父亲似乎看出了我的心思，鼓励我摘了一枝花骨朵儿，我把它带到学校插进装满水的空酒瓶里，天天观察它，盼着它开放，感到特别开心。我还用棕树叶子编过一只鞋子，我非常陶醉于自己的手艺，甚至想过掌握了这门手艺就能编草鞋赚钱了。

　　三龙山下乾佑河对面过去有一所小学，因为夏天乾佑河时常涨水，三龙山下五队的学生就划分到了三龙山上的前岭小学。前岭小学位于山顶的大坪处，这里还有三户人家，有平地、竹林和池塘。前岭小学有大教室两间、教工宿舍三间，还有土操场和十多平方米菜地。三龙沟小学和前岭小学合并后，读一年级的我就随着姐姐和队里的伙伴们，在前岭小学读书。从乾佑河边一眼就能看到前岭，在前岭大槐树下喊一嗓子，河边就能听到，距离有四里多路，这四里多的山路啊，我们天不亮要上山，每天傍晚要从山上跑回来，每周六天，我们就是在这条路上跑大的，其中的艰辛难以言表。我曾经幻想能够像神仙一样腾云驾雾，也曾经幻想坐上直升机，还幻想给这难以攀登的大山装上自动升降梯。

　　上学的路，最担心的就是下雨和下雪，陡峭而狭窄的泥路非常湿滑，我不知道摔倒过多少次。我们没有雨伞，也没有雨靴，一张塑料布就是飒爽的披风，一顶草帽就是我们的遮护。黄胶鞋踩在泥路上特别滑，有时一脚下去能滑出几米远，所以我们学会在鞋底绑上草绳和藤条，这样就能"咬"得住泥路。挂住泥的鞋很沉，经过沙石路时，猛弹几下，又恢复了轻松。最难熬的是冬天，学校没有暖气，只有微弱而普通的照明，经常停电，煤油灯和蜡烛是我们桌子里的必备品。火盆是我们冬天必备的取暖工具，早上每个伙伴手拎一只炭火盆上山，下午再把燃尽的灰盆提回家。烤火时，常常会闻到鞋子烧焦的臭味，有时还会把裤子烤煳了。这时我们最盼望的就是下课，下课后我们可以打闹、"斗腿"、跳大绳来让身体暖和起来。

　　这里的教学条件非常简陋，没有乒乓球桌，没有篮球板，更没有图书室。我们经历过几位老师，有和蔼的朱老师和伍老师，有年轻的世荣、世春两位老师，他们都是知识丰富、见过世面的人。世荣老师曾经带来了一个篮球，这是我们至爱的宝贝。我们找来竹竿、藤条和铁环，绑成一个平面的篮筐，把它架在屋檐下，一场场气氛热烈的篮球运动就是这样实现的，投篮或者传球时要特别小心，一不注意就会把房檐瓦片砸下来，劲使大了，球就会飞到院墙外边去。要是"台台田"没有兜住篮球就糟了，在山坡上也许要找上好几天，我们就同仇敌忾责怪扔球的是个二愣子。老师教会我们打篮球，我们却找到了机会"对付"老师，打球时经常偷偷地在老师的胳膊上、身上抡几下，以解他对我们的严厉之"恨"，可他还是和我们打得火热。

在山上读书，最难忘的就是饿肚子，每天中午不能回家吃饭，只能吃带的干馍馍。大多数时候带的都是苞谷面做的难以下咽的黄馍，再夹带一点白面馍馍、红苕、炒黄豆等。吃油馍和白面馍馍时不敢显摆，吃苞谷面馍时不好意思拿出手，都是在桌子底下一块一块掰着吃。有时我们会用老师的锅烧点热水喝，有时和伙伴们互相换着吃，有个别同学条件好那么一点点，白馍馍多一些。在这样的条件下，我和同学们经常有肠胃不适的情况，很长时间都难治好。最难忘的是这山上的同学和家长的热情，他们经常邀请我去吃午饭，我常去孝斌、孝明、建森、邵平、邵政、枝超、青山家里蹭饭，他们对我真好，请我吃饭的次数多得都数不清，有时还有些不好意思，硬被他们拉去。忘不了那豌豆炒米饭，忘不了那酸菜汤泡煎饼，也忘不了那玉米稀饭里下青菜面条。我也经常在老师家蹭饭，每周都有那么一两次。不管饭食有多简单，对我而言都非常难得和珍贵，这些味道，我永远难以忘怀。

我们村上出的第一位大学生，家贫而志坚，考上了北京大学，留在了北京上班，后来到国外工作了。每一届老师都要拿他给我们做榜样，我们很是期待见到这个仰慕已久的人，希望他能亲临学校，给我们传授一点读书的经验。可是我只在一次放学的路上见到了他和爱人回家，他穿着一件白衬衣，给我留下了深刻的印象，从此再未见过。我时常幻想自己长大以后能够穿上白衬衣和蓝色裤子。山区就是山区，比我们上学还难的事情有很多。过去，那一袋一袋化肥，都是从山下用肩扛上去的，一天一人也就能扛上去两袋。我在二年级的时候，还和同学平娃、金贵把两袋近百斤重的沙子从山下弄上前岭，卖给人家打水泥地坪，途中几次都想放弃，或者倒掉一些，但是我们坚持了下来，从下午放学后一直搞到晚上九十点钟才回家，那点力气用得干干净净。第二天早上我们三人每人分得了三毛钱，我深深地理解了挣钱的不易。

几年前，我带着陕西关中的同事，沿着新修的土路走上前岭去采风，实则是想到学校去看一眼。这条山上的路已经宽阔平坦了许多，也曲折了许多，不像我们以前走过的山路，陡峭而少弯。老槐树还是那棵老槐树，依然苍劲而挺拔。学校的踪影不见了，傍着人家的池塘也不见了，取而代之的是砖瓦楼房、门前的自来水。举目远眺，满山翠绿，令人心旷神怡。几户人家显得格外安静，院旁红灿灿的樱桃落了一地，只有几只麻雀光顾。一位老人听到我们的声音，出来打招呼，我依稀想起他过去的模样。往日的情景不断在脑海里涌现，我讲起曾经的学校和在这棵老槐树下的日子，朋友们似乎难以想象。我补充说，山上的生活条件非常不易。如果山上的人们生病了，病得路都走不了，也不能去看医生，小病几乎是硬扛过去，靠自愈，有多少人都是把小病耽误成大病。过去到我家找爷爷看病的人，偶尔会吃住在我家，我自然明白其中的难处。

如今，国家移民搬迁政策已近尾声。把山上的居民搬到山下集中居住并谋求新的发展，是国家促进农民脱贫致富的大动作，搬迁的人们要面对生活的急转弯和很多挑战，不愿意下山的人们也有他们的难处。下山住在移民搬迁点，没有了土地，没有了猪圈，如何解决生活、就业和发展问题？道路还是漫长和曲折的，还需要很多的努力。如今，每年清明节前后，我们可以看到漫山遍野都盛开着牡丹花，那是当地农民种植的经济作物油用牡丹。非常壮观，异常惊艳，让人流连忘返。如果拍照发在微信朋友圈，就会有无数人询问这是何处仙境。牡丹全身是宝，枝干能够出产丹皮，花蕊可以制作牡丹茶，经济效益远远大于其他作物，这是当地人们致富的一种方式。如今，上三龙山的这条路还在修建，听说要铺上水泥路面了，我由衷地高兴，三龙山的人们需要这条下山的致富之路，也需要这条上山的生产之路。

至于三龙山为何叫三龙山，说法比较多。其一是说大河如龙。传说很久以前气候干旱，一场电闪雷鸣之后大雨倾盆，雨过天晴的霞光中腾飞起三条巨龙，一条落在山下化成现在的乾佑河，一条飞过了东面的黑岩山，化成了今天的阳山鱼洞河，一条飞过了塔云山，化作了汹涌的旬河。又说此山由乾佑河、锡铜沟、磨石沟三水环绕，这三条小河就是三龙。其二是说大山绵延之势如龙。三龙山有古山岭、前岭和后岭，三岭盘绕，逶迤如龙。我看那穿山越岭的高速公路，犹如蛟龙齐飞；我看这新修的上山公路，曲曲折折，盘绕而上，多像一条腾飞冲天的龙。

绿水青山就是金山银山。三龙山有着美好的寓意和憧憬，它见证了我们的成长，见证了一代代人奔向美好的生活，见证了山里人永远的纯朴。我从这里出发，这里亦是我心归处。

千里追寻故乡的故乡

每一个远行的人都有他的故乡，我也有故乡，还有故乡的故乡。我的故乡在秦岭南麓、大山连绵的商洛镇安，故乡的故乡在长江之滨、湖泊浸润的安庆。故乡是生我养我的地方，故乡的故乡是我的老曾祖辈由这里出发迁徙到镇安的地方，我熟知的先辈却从未去过。

小的时候，经常听到祖辈、父辈管吃饭叫"qī饭"，管坐下叫"cuò下"。我们要管爷爷叫"爹（diā）"，管奶奶叫"nā"，管父亲叫"爷（yá）"，管妈妈叫"姨"。我们都按宗族排行来起名字，以便知晓辈分关系，避免闹出没大没小的笑话。在我的村子，我是昌字辈年龄最小的，比我年龄大的晚辈，要管我叫叔叔，他们的子女要管我叫"diā"，自小就有一种特别的亲切感，同时感到我们高家的与众不同。来家做客的朋友对我们的称谓总有疑惑，要专门解释一番。我们也渐渐知道高家不是本地人，而是来自别处的"下湖人"。听爷爷给我们讲，从安徽省宿松县迁居到镇安的高家祖辈，分居于镇安不同的地方，其中一支落脚孙家砭半坡上，曾经修建了徽派高墙大院，购置了大量田地，还雇了长工。因为老曾祖辈得罪了一位长工，遭到了长工勾结土匪的报复，家业遭受重创。爷爷说起这个故事，教育我们做人做事要学会厚道和友善。我们家族成员在镇安虽分居不同的地方，相距不远的常有走动，若遇到棘手的事情，也会互帮互助，德高望重的老人，则会出面组织和协调相关事情。记得十多岁的时候，一位高家女子在婆家受到不公平待遇，进而引起家族之间的矛盾，我陪爷爷参加了这场矛盾的化解，很多高家人都参加了，婆家人在爷爷反复劝导下逐渐理解，化解了双方的矛盾。虽然我们是外来人，但我们在这里生活了两百年，不愿意受到不尊重。关于家族内部矛盾，以及家族之间的矛盾，在农村生活过的，或者读过陈忠实的长篇小说《白鹿原》的，应该能够理解。

我的书房里有一本珍贵的红色书册，名为《镇安高氏宗谱首编》，编撰于 2014 年 4 月，主编是荣彩、荣权、荣群、昌怀。荣权是我的父亲，在家谱的汇编中起了很大作用，他用了多年时间手工记录和整理了一叠很厚的名录，是难得的第一手资料。荣彩叔、荣群叔和昌怀哥是家谱成册非常关键的人物，他们进一步收集和整理了全县本族高家的资料，此册结束了镇安高家二百年没有全谱的情况。家谱有序言记载，高氏源头各有区分，上古高阳乃黄帝之孙，属他支高氏始祖。江南高氏肇自傒，炎帝后西周齐太公姜子牙第七世孙被封在高，被称为公子高，其孙傒被齐桓公赐姓高，高傒字敬仲，迄今三千二百余年。高氏郡望曰渤海郡，启自高洪，洪乃傒之二十五代孙，迄今二千二百年。金镜堂之典籍源自崇文，迄今一千四百余年，宿松籍一世先祖祖一公，迄今七百余年；镇安高氏肇自虞行，迄今二百三十余年。崇文之子承简随父仕蜀，承简孙高戬任绩溪令。南宋后，安徽高氏分为庐陵和晋陵两支，晋陵令高彻字琼台，后裔至祖一，登元进士，任淮南行省都事（省府安庆）。元末明初，祖一殉职，子瑞甫携子迁入宿松。定居城东城南，生衍耕读，蔚为望族。正如谱中又曰："高氏溯源三千载，下抵清末上至周。源远流长溯同宗，金镜堂前祭先祖。"

那么，镇安高家是何时、为什么由宿松迁徙到镇安的？据有关资料记载，明代镇安县城在今天柞水下梁镇夜珠坪。当时镇安县人口锐减。成化六年（1470），起义军刘通、王彪占据镇安。成化十二年，朝廷率兵 40 万屯镇安县镇压刘通、王彪，百姓纷纷逃离。崇祯十三年（1640），李自成率起义军几经县城，屡屡燃起战火。镇安因战乱频繁，人口外迁，据康熙志载，镇安县明末共折下下丁 8083 丁，据顺治七年统计，逃亡7342 丁，只存 645 丁，后又召回 15 丁，审出遗漏 27 丁。乾隆七年镇安县实有 560 丁。若按四口人推出一名成丁估计，其时镇安人口不过 2200 多人。长期的战乱，给社会经济和农业生产带来了极大破坏，农村中"田无常主，民无常居"，大量的土地荒芜无法耕种，导致"官无可役之民，役无可派之丁，赋无可税之田"。《镇安县志》记载："康熙五十一年（1712）清政府实行'滋生人丁，永不加赋'的政策，恢复农业生产，镇安招抚流民，但回籍很少，继从鄂、湘、皖、赣等省招客民，下湖人第一次大量入镇安落户。""乾隆十九年（1754），清政府颁布迁海令，迫迁长江下游灾民来陕西各地山区定居。这是下湖人第二次大批入镇安。"据调查，下湖人来镇安（包括柞水）定居者的原籍大体是：广东梅县、平远等，江西吉水、兴国、丰城等，安徽怀宁、潜山、安庆、太湖、宿松、黄梅等，湖北黄冈、大冶、蕲州、竹山、咸宁、宜城、通山等。他们为镇安带来了丰富的语言"金矿"。这些记载，与高氏族谱序言记载正好吻合，镇安高氏肇自虔行，迄今二百三十多年。

宿松《高氏宗谱全编》几百年来经过多次编修。第七次续谱是在民国三年（1914），老家派人赴镇采集，唯正位、正才二公下人丁纳费入谱，余皆未立。七修老谱带入镇安共有四份，在明末清初多次战乱中部分谱本被遗失，剩下谱本又在"文化大革命"中全遭焚毁。因此《镇安高氏宗谱首编》意义非同寻常，为了追根溯源，主编荣彩在编辑族谱时，要查阅相关史书、典故、典籍、郡县志，佐证先祖墓碑石刻，稽查"老谱"（宿松存本），就设法和宿松县建立了联系。这次编谱得到了老家宗亲很大的支持。这份族谱中记录了祖辈和子孙的名录，也要准确记录每个人上辈、同辈和下辈的关系，像我爷爷、奶奶、父亲，他们一生堪称家族中的楷模，就有职业、生平、品德、成就等方面的描述。成册之前我的孩子刚好出生，因此记录其中，他现在长大了看到这本家谱，也有自己的理解和看法。家谱对我们有一种无形的鞭策和激励。两地因为续谱，建立了交流，有了走动。其实，除了我们高家，还有其他很多家族都在互动，我有一位商洛柞水县的作家朋友徐祯霞，她写了一篇文章《宿松是吾乡》，详细讲述了徐家由宿松迁到柞水县居住生活的场景，以及她的家族到宿松寻亲的点点滴滴，令人感动。后来我在宿松家谱中看到有关高家四世祖和徐夫人的记载，看来几百年前我们的祖辈就是亲戚。由于我常年不在镇安，宿松和镇安之间的互动宗亲交流活动，我从未参加，很是遗憾，宿松是我向往已久的地方。

我常年在异地工作，得空就回陕西探亲，很少有专门时间去外地闲逛。2021年元旦，终于去了一回安庆宿松。

我多年外出有个习惯，如果是旅游就选择住在老城区市府路附近的酒店，如果是商业出行就选择住在新城区商业繁华的酒店。到达安庆人民路步行街下榻酒店，正好中午十二点，吃了午饭，我就开始游逛城区的景点。首先步行前往最近的"世太史第"赵朴初故居。赵朴初生前任中国人民政治协商会议第九届全国委员会副主席、中国民主促进会中央名誉主席、中国佛教协会会长，是著名的社会活动家、作家、诗人和书法大师。我很早就知道赵老，因为我高中就读的"镇安中学"校名就是赵朴初题写的。全国各地有数不清的旅游景点的大名都是赵朴初题写的。弘一法师，原名李叔同，和赵朴初是中国近代佛教史上最著名的两位书法大师。从赵朴初家谱简表可见，其列祖"四代翰林"分别是十三世祖赵文楷、十四世祖赵畇、十五世祖赵继元、十六世祖赵曾重。赵曾重是赵朴初的伯祖父，他的祖父赵曾裕是举人、江苏候补知县。赵朴初的太姑父就是李鸿章，其故居在合肥市中心，李曾经为赵氏故居题书"四代翰林"金字悬匾，惜为日寇所掠。赵氏故居始建于明代万历年间，占地四千多平方米，是安庆市保存最完整、最大的明清古建筑群，是来旅游不可错过的著名景点。从赵氏故居出来，可以看到陈独秀的出生地就在附近几百米处。不足一平方米的红底白字招牌，把我引进一座建筑低矮的民居院子，院内只有一床之大的平地，立着一块1999年元月立的"陈独秀诞生地遗址"石碑，旁边的院墙上挂着一块喷绘的陈独秀生平简介展板。我默默地走出小院，继续启程去郊区的独秀园一观。

车徐徐前行，我看地方越来越偏远，担心不好再找车返回，于是和司机沟通返程，司机介绍说邓稼先故居也在附近，两处景点参观完，如果四点前能返回市区就收 120 元，如果超过四点钟就收 150 元，我看这的确是个好计划。参观完陈独秀纪念馆，接着参观陈独秀墓园。独秀园给我印象最深刻的是他顶天立地的雕像和雕塑《敬告青年》上的一段文字："自主的而非奴隶的，进步的而非保守的，进取的而非退隐的，世界的而非锁国的，实利的而非虚文的，科学的而非想象的。"这段话像梁启超的《少年中国说》一样令人鼓舞和振奋。陈独秀是安徽怀宁人，新文化运动的倡导者、发起人和主要旗手，"五四运动的总司令"，中国共产党的主要创始人之一和党的早期主要领导人。我仿佛听到了陈独秀大义凛然的呼喊，在我心中久久回荡。陈独秀墓前的石碑上刻"妻子高氏"。经仔细查阅资料，我得知原来其第一任妻子是奉父母之命而娶的高晓岚，育三子一女。第二任妻子是高晓岚的表妹高君曼，第三任妻子潘兰珍是陈独秀被国民党悬赏通缉后结识的。高晓岚和陈独秀的女儿陈玉莹早逝，儿子陈乔年、陈延年皆因国民党迫害相继在上海壮烈牺牲。

接着是参观"两弹元勋"邓稼先故居——铁砚山房。邓稼先就出生在这座建于清乾隆年间的古院。邓稼先六世祖邓石如，是清代书法家、金石学家和文坛泰斗，经学宿儒，邓派的创始人。书香门第，人才辈出，有书法大家邓传密，著名教育家邓绳侯，著名美学家、教育家邓以蛰。邓稼先自小就立志做"三不朽"的读书人，就是要立不朽之德、立不朽之功、立不朽之言。他是著名核物理学家、中国科学院院士，为中国研制第一颗原子弹和第一颗氢弹并爆炸成功作出了重要贡献，是当之无愧的中国新一代优秀知识分子的光辉榜样。他的名字和我们的国防大厦紧紧地连在一起。我们应该瞻仰他。

和司机感叹了邓稼先的丰功伟绩，又说到陈独秀，原来陈独秀是怀宁人，这让我想起了诗人海子，和司机一番沟通，继续打车前往海子的故居。海子故居位于怀宁县高河镇查湾村，关于海子的故事传播得非常广泛，这里不多言。在海子故居里，我见到了海子的母亲，比我母亲还要大 10 岁的 87 岁老人，像我的奶奶，也像我独居农村的母亲。她是非常慈祥的体面人，常年守着海子的书房，几个柜子塞得满满的书房。海子的纪念馆、海子的故居，使这个平凡的村庄显得极其不平凡，有西藏、新疆、海南等地的人来到这里，春暖花开之后，游客更多。一些游客还把信件和在这里的留影寄给海子的母亲。我默念着海子的诗歌："当我痛苦地站在你的面前，你不能说我一无所有，你不能说我两手空空。麦地啊，人类的痛苦，是他放射的诗歌和光芒！"他的雕像和诗歌墙在夕阳下熠熠生辉。人人说到海子，到最后都是一声比夕阳还沉重的叹息。

由于次日要专程乘火车前往宿松，我早早结束了一天的行程。出租车是开不到步行街的，行人需要穿过倒扒狮步行古街，这里美食铺子一家连着一家，游客络绎不绝，穿过古街就到了现代时尚的步行大街。这里的广场舞健身曲有时尚现代的，也有黄梅戏曲伴奏的。酒店对面的黄梅戏馆一下子又把我吸引过去了。这是一座装修古典的戏楼，舞台的LED大背景为戏楼表演增加了更好的效果。自小我就喜欢听黄梅戏，特别是《天仙配》里的"夫妻双双把家还"，我还会唱，现场观看地地道道的黄梅戏，这是第一次。很多表演令人如痴如醉，最后一出小戏是《戏牡丹》，药店老掌柜之女白牡丹和神仙吕洞宾斗智斗勇，机智灵敏，聪慧过人。"放歌如春水荡漾，轻吟如风树纷披。"我录下几十分钟的视频，回来时反复观看，山水清音，清凉甘甜，如痴如醉，如梦如幻。

我的下一站就是宿松，这是我本次旅行的主要目的地。第二天一大早，我就接到宿松家族会会长留平爷爷的电话，他安排宗亲专门到高铁站接我。在宗亲的陪同下，我虔诚地祭拜了宿松历代世祖。一同接待我的有祖辈留平、冬生、早华，有父辈庙岭、苏华，有晚辈丰平、宗楼，有孙辈嗣红和他的孙子。午餐和晚餐在自家宗亲经营的饭店，我受到了亲人们热情的接待。我疑惑祖先的坟冢为何距县城这么近，也疑惑为何各位宗亲全都住在这个县城和县城附近，还疑惑为什么他们大多不按宗族排行来起名。宗亲耐心地为我解惑。原来，我们宿松一世祖从安庆迁徙到宿松定居，子孙众多，是这里的望族，高氏祠堂就在宿松县城主街道上，后来被拆掉了。过去宿松县城当地人称"高半街"，也就是说，这个县城一大半是高氏家族的人。由于人口众多，如果严格按照宗族排行起名，重名的人就太多了。后来有很多分支迁到县城周边的村镇，比如大岭村就住着很多户高家人。虽然我能说镇安的方言，但和宿松的方言差别还是比较大，毕竟相距一千多公里，还过去了两百多年。但这完全不影响宗亲之间的交流，我们有着天然的亲近感。在高家续谱房，看到一摞摞各个分支的家谱，我仔细地翻阅着老谱，从我们这一支看到和镇安家谱基本相同的记载，祖辈的姓名位列其中，心里有说不出的感受。据宿松县家族会会长留平爷爷讲："县级档案记载，我们的先祖去陕是当时清政府的一项迁移决策，长江中下游地区都有迁移任务，我们高姓这支当时有十九股都迁移了，在七修宗谱上有记录，到目前只找到杓、莹、檐三股的人，其他音信全无，当然也有没找到的，河南和湖北还没有去找，我们前年还派人去四川寻祖，也没找出名堂，很是遗憾！"我非常敬佩高留平爷爷，他为家族的事情，付出了很大的心血。宿松是个非常美丽而富饶的地方，县城规模很大，是我们镇安县的十几倍。这里水产丰富，盛产稻谷，县域拥有三分之一湖泊面积，龙湖和感湖合称龙感湖，还有黄湖、泊湖；长江流经三十多里，所以水陆交通相对发达。如果不是战乱迁徙，我们的祖辈怎么舍得离开这样美丽的地方？

时间匆匆，宗亲送我到宿松高铁站，这座新启用的高铁站周边还没有太多的建筑，显得格外雄伟和气派。这座高铁站是元旦前一天才开通的，吸引了很多当地的群众在广场上参观、拍照和打卡。难道这是故乡冥冥之中对我的欢迎吗？从上海到宿松只要四个小时的行程，可以不用转车了。在车站广场上，石材浮雕的李白《赠闾丘宿松》吸引了很多人欣赏："夫子理宿松，浮云知古城。扫地物莽然，秋来百草生。飞鸟还旧巢，迁人返躬耕。何惭宓子贱，不减陶渊明。吾知千载后，却掩二贤名。"李白离开长安后，一路坎坷，而停留在宿松，患难中真情流露。据考证这首诗是李白第一次来宿松时所作的，李白在诗中高度赞扬县令闾丘治理宿松有方，随着时间推移，声誉可能超过宓、陶二人，这二人是指孔子弟子单父县令宓子贱和晋代诗人彭泽县令陶渊明。后又作《赠闾丘处士》，在病中作《赠张相镐二首》。因此宿松和李白有较深的渊源，这里有很多与李白相关的景点。宿松县高家还有一位作家高嗣照，是中国作家协会会员。宿松人杰地灵，人才辈出。

今年夏天我去合肥出差，参观了合肥博物馆，这里对安庆有一些介绍。安庆别名"宜城"，是个宜居的城市，以前是安徽省的省会，也是长江沿线经济发展的重心。安徽省的第一座发电厂、第一座自来水厂、第一家电报局、第一部电话，都诞生在这里。2021年的安庆、宿松之行，是我的一次精神回望，是祖辈世代殷切的希望之行。时代走到今天，两地宗亲的距离越来越近，不再那么遥不可及。安庆宿松，以后我还要再来，还要带上我的家人。

牧　石

　　真名胡旭，祖籍陕西绥德。中国散文学会、陕西省作家协会、陕西省散文学会会员，《作家摇篮》杂志签约作家。作品散见于《青海湖》《鸭绿江》《参花》《中国青年作家报》《中国能源报》《文化艺术报》等。散文获陕西省作协征文优秀奖，入编《全国司法干警优秀作品选》等文集。著有散文集《馒头山纪事》。

清明回老家

前几年，年逾九旬的老母亲说她以后"老"了，不回老家，随早年去世的父亲埋在铜川。我就想，那现在我应该回去，在老家祖父母的坟上立一块碑。

看好风水，给母亲和先逝的父亲在铜川耀州的锦阳山上买了墓地，我想着给祖父母立碑的心情就越发强烈，甚至感到迫在眉睫。我要给祖父母一个交代，告诉他们的在天之灵，后人还记得他们。我不愿祖父母的坟茔荒芜，若干年后村上的人不晓得他们是何人、后代去了哪里。我还想告慰父亲，儿子记得自己的来路，根在何处。我想趁老家有人帮衬，把事情办得圆满。

一

去年，姐姐从老家来，我说了立碑的想法。姐姐非常支持，认为我的想法对，应该给老人立碑。我说自己没这个能力。这当然指的不是钱上的事，而是我的视力问题。姐姐理解，说老家有她和姐夫，还有她的三个儿子，我的外甥，办这么个事容易，刻碑的地方多，打一个电话就妥了，就在她家里待客。我说，这对我来说比登天都难。

我患有严重的眼疾，十年前就办了二级视力残疾证。现在的病情更加严重，右眼已失明，左眼仅有光感，什么也看不清，无法独立外出。听了姐姐的一番话，我甚觉安慰，高兴自己给祖父母立碑的心愿马上就能实现了。

一个月后，姐姐回到老家的第二天就给我打电话，说对姐夫和外甥们说了，都说这事好办，不用操心，只要我把时间定下来，到时候只管往回走就是了。我把时间定在来年清明。姐夫说，还早，不用急，年后将碑上要刻的字用微信发给他就行了，其他一切要做的事都由他操办。

辛丑年春节，大姐带着外甥和外甥女一大家子人来给母亲拜年。我在饭桌上说了立碑的事，话音未落，外甥就说他陪我一起去，外甥女婿说他也去。望着他们，我放下筷子，举杯一饮而尽。

春节一过，我就开始构思碑文，很快敲定，一气呵成，发给了姐夫。不仅要按常规在碑的正面刻上祖父母的大名，以及每一个立碑的孝子贤孙的名字，背面还有文字简介，说明祖父的履历及其子孙后代的去向。令我吃惊且没想到的是，一周后墓碑就刻好了。

我将姐夫微信传过来的墓碑照片给妻子、女儿看，她俩说简洁大方，碑后的铭文特别漂亮，言简意赅，写得好。望着手机屏幕，我虽什么也看不清，但能想象出来，这一通正面刻有方正的宋体碑文，背面刻满疏密有致、整洁优美的隶书的青石墓碑的美观，不由得打开手机读屏软件，又听了一遍碑文内容，感慨万千。

父亲八九岁丧父，十一二岁时又失去了母亲，被迫将无力养活的三四岁妹妹送了人，自己流落乡间，靠给人做工艰难过活。由于年幼，他连自己父母的名字都不知道，直到后来长大了一点，听地主骂他是"胡义增留下的害"，方才晓得我的祖父叫胡义增。可怜我的祖母，不要说名字，就连一个姓氏也没留下，所以墓碑上只刻了"祖父母胡义增夫妇之墓"几个字。

墓碑还有一个问题，碑上刻的立碑人名字中，我姐姐的名字里有一个字同姑姑名字中的字相同。我知道，这是旧习俗忌讳的，可如果改了姑姑或姐姐的名字，那还是姑姑或姐姐吗？我决定就这样吧。在那个缺吃少穿的年代顾不上这些，没什么可拘泥的。

二

清明节的前两天，由妻子驾车，我们一大早从铜川出发，直接上高速路，冒着绵绵春雨向北奔驰而去。

车过黄陵，进入真正的陕北高原，我闻到浓郁的黄土味儿，心跳就开始加快。到了延安服务区，驾车的换成外甥，嫁给我这个陕北人三十多年还是头一次回老家的妻子双眼紧盯着车窗外，看着春雨中不断闪过的一座座大山、一道道梁、一面面坡，与同样从未回过老家的女儿一起不时感慨，惊叹黄土高原的雄浑、厚实和苍茫。女儿兴奋地说，毛主席当年在这里生活了十三年啊。我抑制不住激动地说，是啊！人生能有几个十三年？

无法看到窗外的景物，我极力从记忆中检索出曾经的印象，安慰自己。进入清涧，离绥德近了，想起1969、1970年，我六七岁，两次回老家，走了三天才到外婆家的经历。算了下时间，这次早晨八点出发，中午一点多就可到县城，百感交集，觉得发展太快，超出想象。

车下高速路，进入绥德县没多远，估算所到的路段，我急切地告诉妻子、女儿和外甥，秦始皇的大将蒙恬墓就在左边，右边的河岸上有烈士陵园，西北革命先烈李子洲的陵墓在里面。车过"二康"医院，我让他们快看，河对面不远处的崖壁上，摩崖石刻宽约一丈、高有六丈的"天下名州"几个猩红的大字。我自豪地说，这就是我们的老家。

自北到南穿过县城，到了靠智慧和勤奋发达起来的外甥在龙湾的家里，一进门就吃到了为我们准备的午餐——外焦里酥的绥德油旋、香喷喷的辣汁猪头肉和羊杂汤。妻子和女儿直喊好吃。我说，这是地道的陕北风味！

饭罢，我们立即起身出门，沿着古老的无定河向东而去。车经崔家湾，听不到河流的声响，我估计无定河的水流一定小了，不无感慨地说，我小时候从这里过河，去清涧店则沟还要乘渡船呢。女儿说看不出这河里曾经还能行船。

　　不一会儿车子上山，我闻到雨水中熟悉的泥土特有的芬芳，口中不住念叨，快了，快要到了。身处苍龙般的大山里，看不到周围的一切，心中升起难以言状的惆怅和无法诉说的遗憾。

　　车子进入安沟村姐姐家的大院里，随即我就听见妻子和女儿惊叹，真美！她们给我描述，面前是一线六眼整齐宽大气派的窑洞，每一眼都装有精美的花格子门窗，漂亮极了。下得车来，双脚踏在地上，我遗憾自己站在窑前什么都看不见。在窑门前，我用手细细抚摸那用带有花纹规则的石头砌起来的窑面，心潮澎湃，想起了姐姐苦难的童年和婚后拉扯四个孩子长大的艰辛。

　　姐姐命苦，出生四十多天母亲就死了。父亲无力养活，将她放进粪筐挎在肩上，送给了邻村的一户人家。没想到，一个多月后，这家的婆姨患病死了，又把姐姐送回来了。望着襁褓中瘦弱得连哭都哭不出声来的婴儿，父亲愁坏了，料定孩子的小命保不住了。就在姐姐饿得奄奄一息时，另一个村子里一户家境不错的人家捎来话说想要孩子，父亲就让他们抱走了姐姐。然而，姐姐的命运并无转机，真正的苦难才刚开始。她刚懂事就给家里干起了活，伺候一家老小。人家的六个亲生子女随着村上的一茬茬孩子长大，都上了学，她却年年岁岁、月月日日在山里放羊、砍柴，回到家里还要烧火做饭，没上过一天学。可以说，她就是这个家里"打长工"不挣工钱的保姆。为了给儿子娶媳妇置办嫁妆，养父母早早地将她嫁了出去。姐夫家上有一双老人，下有两个弟弟两个妹妹，姐姐扛起这么一个沉重的负担，又养育了四个儿女，生活的苦和难是现在的人无法想象的，不提也罢，免得让人伤心。

　　进到宽敞明亮的窑里，我就被姐姐、姐夫邀上炕。盘腿坐在炕上，我满心欢喜，感觉到了姐姐如今的幸福。相信在场的人都能看到我脸上洋溢出的发自内心的喜悦和抑制不住的兴奋。忽然，我觉得宽大的炕上少了点儿什么，伸展双臂在面前摸索起来。姐姐的大儿子问我找什么，我哈哈笑问，炕桌呢？现在炕上是不是不摆炕桌了？外甥一听就呵呵笑着说，有！我给你搬来。他将一张小方桌放在我面前，我上下左右抚摸着，从衣兜里掏出一个平时把玩的烟斗，叼在嘴上，又觉得不妥，就拿在手里摆个 pose，让女儿给我照个相。妻子忙也上炕坐在一侧，叫女儿给她也拍个照。这时的窑里充满笑声。

估摸我们到家的时间，外甥已把饭做好了。坐在炕桌前，端起黄澄澄的喷香的小米饭，我们吃得开心，觉得可口极了。

这季节，春风吹过高原，山沟里已不再寒冷，姐姐家还烧着热炕。吃罢饭，坐在炕上拉话，我觉得暖融融的舒服极了，哪也不想去，一心只想把热炕坐个够。妻子坐了一会儿就觉得腿脚酸麻不习惯，下了地。她看到窑撑里的灶台，烧火用的还是老旧的木风箱，像是发现新大陆似的叫女儿快看。娘俩稀罕，又是拉风箱，又是给灶火里添柴，忙不迭互相拍照，高兴地发朋友圈，逗得姐姐一家人哈哈大笑。

三

姐姐的大儿子见我们拉话，就对我的妻子、女儿和外甥提议，带他们到村子里去转一转。我想他们走不远，没想到回来女儿说逛美了，不仅去看了表哥的爷爷住过的老地方，还走了两三里路，穿过大半个村子，出了沟，到另一个村头才返回。

妻子说，姐夫家祖上住过的地方讲究，建筑风格同关中平原农村大户人家一样，青石铺起的台阶上的门楼高大，进得大门有一面照壁，院子靠山一侧是住人的一排窑洞，另一侧是牲口棚和柴草房。看起来虽都已破败，但从门楼和窑面上残存的雕花青砖、用石头铺砌的院子，以及牲口圈里的两个大马槽上还能看得出，从前的光景不错。

我告诉她，听父亲说过，他家祖上生活在贫瘠的山沟里。好在熬到了改革开放，姐姐和姐夫勤劳，三个儿子和一个女儿又勤快，都走出山沟去谋生，迎来新时代，过上了小康生活。

女儿等不及我说完，惊喜地说，她见到了真正的陕北，还看到了手持羊铲的牧羊人。他们正走着，忽然迎面来了几百只羊，只听牧羊人吆喝了一声什么，羊群就立即站住了，再听牧羊人又吆喝了一声，那一大群羊就机灵地避开他们走了。还在一处山坡上看到一群羊，其中有一只调皮勇敢，灵活地攀登上陡立的土崖。她用手机拍下来，发在了微信朋友圈。

我呵呵笑说，这就是真正的陕北啊。我对她说，那些牧羊人不仅会放羊，还都有钱，一个个都"腰缠万贯"。见她好像不信，我帮她算账，一只羊能卖一千多元钱，一百只羊就能卖十多万元。

妻子说，难怪林子里满地的红枣没人捡，都烂掉了，羊都不吃，原来是农民看不上红枣卖的那两个钱了。我说不全是，还因枣树品种老化，结的枣儿核大肉少不好吃，再加上枣林漫山遍野，沟沟岔岔到处都是，不好经管，病虫害多，没人收购。

遥想当年，这些大红枣曾经被陕北人作为家庭主要经济来源，视作山珍，当作红玛瑙般喜爱，如今竟被冷落，在山野自生自灭，我心情复杂，不知是喜是忧。

夜晚，拉话间上厕所，在院里见雨停了，可感觉空气湿乎乎的，天还是阴沉，我的心里犯了愁。除了小时候回过两次老家，1997年的秋天我还回来过，给祖父上过一次坟，知道从公路到坟地有一段一里多长的陡坡，担心明天的墓碑送来了，如果再下雨，姐夫请来村上帮忙的人要怎么把墓碑抬进墓地。

四

睡在舒适的炕上一觉醒来，天光大亮，竟迎来一个天空湛蓝、万里无云的大晴天。我不由得惊呼，老天开眼啊！

早饭时，我感谢了请来帮忙的人。饭罢，大家按姐夫的安排分头行动，他和我的两个外甥，带领十来个人乘两辆车上山去抬墓碑，我与妻子女儿，还有一起回来的外甥乘一辆车，去镇子上买花圈和香火纸。

不一会儿，到了母亲常念叨的高山小镇，车门一开春风扑面，顿时一股亲切的暖流涌进心头。我的双脚一落地，就情不自禁冲着小镇大声说："定仙墕！我又回来了。"

这天不是赶集的日子，街上人少，和煦的春风吹得人舒服极了。我想天空一定是那久违的湛蓝，飘有几朵雪白的云团，明媚的春光中小镇一定更加光鲜漂亮。

在小镇上，我忘不了那年一位表姐给予我和母亲的热情接待，提些薄礼，一路打听着就去了她家。刚从街上转到一个坡上，远远就看见她带着一对双胞胎孙子，在窑院硷畔的路口上迎候。

进到院子，妻子和女儿又是一阵感慨，不住地赞美这一线三眼窑洞的漂亮。顾不上表姐招呼进窑去，就在院里对准窑洞，左边一张，右边一张，高兴地拍起照来。乐得表姐合不拢嘴。

坐在炕上，表姐捧上几个黄亮软和的"摊黄"。妻子和女儿还在好奇地问这是什么面做的饼子的当儿，我高兴地接过表姐递过来的一个咬了一大口，香甜地咀嚼着说，这不是饼子，是黄米面做的"摊黄"。见我吃得津津有味，妻子、女儿和外甥也一人拿起一个大口地吃起来。表姐看我们吃得高兴，走的时候让我们带了一摞子。

他们哪里知道，在我小时候，离开老家跟随我父亲到了千里之外的渭北矿区的母亲，一次去广阳镇上赶会，见一家铺子卖这种制作"摊黄"的鏊子，高兴地买回一个。可惜那时没有小米面，我吃的"摊黄"是用苞谷面做的，远不如黄米面的好吃。但"摊黄"的做法大大地改良了苞谷面的口感，使我感觉苞谷面也有好吃的时候。

当时，母亲吃着苞谷面做的"摊黄"，却说着老家的黄米面如何好吃。我清楚地记得，母亲把这吃食不叫"摊黄"，就叫"黄"。可能是现在的人为便于外地人理解，在前面加了一个"摊"字，渴望这种古老的吃食为天下人所知晓，让更多人了解黄土高原悠久的历史。

告别表姐，来到街道上，我们从西到东，又从东到西地转悠。我一边回忆昔日镇子的风物面貌，一边凭着感觉估摸着所处的位置，给他们讲述这里曾经是什么地方，那里过去是什么模样，而女儿又给我描述这些地方现在的样子，使我感慨。

从古色古香的戏台前的广场出来，往西拐上坡没走多远，我冲着街道右边对女儿说，这里有座娘娘庙。女儿惊讶于我的记忆和感觉。

我虽只回过三次老家，仅到镇子上来过两次，但从小到大听多了父母对老家的念叨，那些念叨每次都绕不开这个小镇。所以，我熟悉这里，知道这里是父母心目中曾经最繁华、最热闹、最大的地方。这里在我的心目中，也占据重要位置。

20 世纪 30 年代后期，从小失去父母的父亲，少年流落到此，给财主家放过三四年的羊，成年后又在镇子上的一个染坊里打工，给人染过几年布，中华人民共和国成立后，他是在离这里仅有三四里路的井塽村里成家的。我的四个姐姐都是在这村里出生的。留在老家的姐姐，至今还住在距离这里不远处，我们这次回来栖身的安沟村。

妻子到街对面的商店去转悠，女儿和外甥拾级而上去看娘娘庙，我独立街边不由得思绪万千，脑海里浮现出一幅幅画面。

黄昏的寒风中，少年时代衣衫褴褛的父亲，没有扣子的上衣两襟交叉用根破麻绳扎着，手提长长的拦羊铲，饥肠辘辘地赶着一大群羊从街上走过。一条荒凉的山沟里，从小送给人家抚养的幼小懂事的姐姐手里牵着一只羊，紧抿着嘴，吃力地背着一大捆柴，艰难地朝前走。骄阳似火的黄土坡上，父亲抡起老镢头挥汗如雨，扬起阵阵尘土。硷畔上，大姐背着三姐，在碾盘上撒开一把石子哄着眼角红烂的二姐玩，母亲赶着毛驴去深沟里驮水。腊月天里，踏着雪地从十几里路外的安沟上来卖豆腐的姐姐，在冷风中挑着担子一声声急切地叫卖着。合作化时，身为副社长的父亲，穿着破烂的露膀子的衣服，戴着大红花在戏台上领奖……

这时，女儿说，娘娘庙的门锁着，进不去。我回过神来，背过身，任由温暖的春风吹干眼眶的潮湿，不让他们看到我内心的悲伤。

定仙塽镇不大，用不到半小时就转完了。随即，我带妻子、女儿和外甥到井塽村的老家去。

在村口不远处，路过通往墓地的路口，女儿对我说，姑父在这儿哩。身旁的地上还有打开的白酒、成箱的矿泉水。我明白，墓碑及组件得分几趟抬，姐夫在照料东西和招呼帮忙的人上来休息。我下车来跟姐夫打招呼，拉话间，我顺便冲着路旁土崖上高高隆起的山顶，对妻子、女儿和外甥说，这就是"九州疙瘩"。在上面放眼望去，能看到周围九州二十七个县，瞭见东面四五十里路外的黄河和山西省。此话一出，他们惊讶地抬头，好奇地仰望。外甥想爬上去看看，姐夫阻拦说上去的路陡峭不好走，又刚下过雨，不要去了。可外甥还是心有不甘，想上去看一看，但终因时间仓促放弃了。

我们村很小，当初总共才有十三户人家，坐落在"九州疙瘩"的另一侧坡上。在村口不大的谷场上停好车，我便由女儿搀着，带领他们进村，凭着感觉朝自家老窑的方向走去。

我想，这村子小而拥挤，家家户户没法扩张，不会有什么大的变化，就尽量详细地描述出自家老窑的样子，让他们去寻找。可走出不远，我就感觉不对劲，脚下的这段贯通整个村子的道路，原来陡峭狭窄不好走，如今怎么变得如此平缓？忽然，茅塞顿开，我觉得这路一定用推土机推平了。果然不出所料，往前又走了一段，我脑海中已清晰地浮现出自家那眼老窑的样子了，可任凭我反复地不断强调，那地方一线有四眼窑，咱们家是靠这边儿的第一眼，院前有一个碾子，硷畔上还有一棵不大的枣树，他们三人依然说没有。我明白了，推土机修路没推到头，路没有通到我们家。

正当我伤感茫然之际，女儿在不远处喊，找到了。随即过来告诉我，在村子的最下面，院子里有碾子，硷畔上有一棵不大的枣树。我忙说就是这里，急忙要前去看看，却被女儿拽住胳膊不让走。她说没路可走，过不去。我无奈，朝着老窑的方向沉默了一阵，对女儿说拍张照，回去让奶奶和大姑看一看。这当儿，妻子不住感叹，我的天啊！这里也能住人，还能一代一代地生活。

满怀惆怅回到村头停车的地方，我无语，妻子一直在重复她的感叹。车子发动掉头离开时，他们才想起来，村子里怎么一个人也没有？连一只猫狗和鸡也看不到。我调侃道，咱们不是这村里的人吗？

回到姐夫所在的路口，他说墓碑马上就抬完了。我就不急去镇上买东西，想着等一会儿，待帮忙的人都从墓地里上来，见个面说几句话，表达了谢意再去。

五

一番客气后，姐夫带着众人先回了安沟。他的大儿子和我们到镇上去买第二天要用的东西。

在镇子上，我的手机不停地响，几个表哥正在从不同的方向往这里赶呢。

这次回来，我不想大操大办，也不接受任何礼金和礼品，只想给祖父的坟上立个碑，尽到一个后人的孝心就行了，原本不打算麻烦他们。可细思量，又觉得不妥，一是因为二十多年没回来过，我实在想见一见我这些农民兄弟；二是这次回来时间紧张，没有机会十里八乡地挨个去看他们；三是回来了不给他们打个招呼，也说不过去。于是就给一个姑姑、一个舅舅、两个姨姨家的表哥都打了招呼，说明我这次回来办的事，解释没时间去看他们，还想见一见面，就请他们都来聚一聚、拉个话。并一再声明，人来了就行，什么东西也不要带。为款待好他们和帮忙抬碑的人，姐夫和我商议，买了四五十斤大肉和一只羊。

等回到安沟，吃午饭时，所有在家的表哥，最大的七十岁，最小的也有六十多岁了，比我年长六七岁，来了。一见面，我们的手紧紧地握在一起，久久松不开。

之后，女儿见我们在一起总有说不完的话，奇怪地问，这些表叔她都没见过，我是什么时候见过的。我说二十多年前，她惊讶，怎么一见面还这么亲热？我感慨道，这就是亲戚，身体中流淌着一样的血液。随后的时间里，我特意一一当面对女儿说了，哪个表叔是她见过的哪位亲戚的什么人。她恍然大悟说，原来都不陌生，很熟悉啊。我还对女儿说了，他们都住在哪个村，离这里有多远。让她记住。

席间，大家推杯换盏，喝得畅快淋漓，吃得满嘴流油，很是热闹。这顿饭竟与晚饭连在了一起，我们一直喝到天黑。傍晚，大姐的女儿和女婿，也就是我的外甥女两口子赶到了，将酒局推向了高潮。

一来，祖父毕竟是九十年前去世的人了，后人没有忘记，是值得高兴的；二来，隔代人立碑，不能算作喜事，但也不算丧事；三来，亲人们借此机会聚在一起，彼此感觉稀罕，高兴也是自然。所以，我们这般热闹，祖父倘若看到想必一定不会责怪，还会高兴。

席间，安沟的大外甥带着我的妻子和女儿到村子的后沟里参观。他结婚时，我回来参加婚礼，他们家在那里住了十几年了。妻子看后又是一番感慨，说那几孔窑洞不错，可在那么个深山沟里，四周没有人家，让人感觉寂寞，还有点害怕。我听后哈哈大笑，告诉她，陕北人爱"利洒"，觉得单独住在一处方便，不愿和外人挤在一起住。我还问她，看到后沟里的那眼井了吗？那井水真好，是真正的矿泉水。姐姐一家住在那里清净，吃水方便，有田有地，是世外桃源啊。

六

翌日，又是一个晴好的天气。吃了热腾腾的油糕、香喷喷的大肉烩菜，地道的陕北人办事必吃的早饭，我们带着花圈和香火纸，开着几辆车就上山了。

十来分钟后，我们一大群人到了"九州疙瘩"下的公路上。然而，离开公路走了没几步，站在山坡上朝墓地望去，大多数前一天没来过的人傻眼了，都说眼前一道陡峭的山坡，一眼看不到坟地，没路可走。我纳闷，除了二十多年前来过一次，自己六七岁的时候也走过，记忆中这里是有路可走的，没那么艰难啊。所以，我心里不以为意，由随行一起来的外甥揽着，不管三七二十一，只管跟着往坡下去。可刚走出没多远，我也觉得不对劲。脚下不是绊脚的荒草，就是一米多高的土坎，走的的确不是路。外甥也纳闷，说连个脚印也找不到，不明白昨天抬碑的人是怎么下去的。我听到不远处的妻子、女儿和外甥女也在发愁，叫喊没路可走。

这段通往墓地的陡坡虽不长，但的确不好走，用了十多分钟方才走完。到了墓地，我的脑海里浮现出从前看到的坟墓及周围环境的样子，想起我那苦命的父亲和姑姑，黯然神伤。

女儿对我说，面前的地上就是要立的墓碑。我连忙蹲下身去，恭恭敬敬从上到下抚摸，感觉石材细腻坚实，碑上字迹镌刻有力，通体美观大方，很是满意。

确定了碑座的位置，众人抬起立好，女儿就挽着我到碑前抚摸墓碑，感受高低宽窄和纹饰，以及碑座上雕刻的一个精致的小供桌，让我放心，说墓碑做得精致。

鞭炮声在寂静的坡上炸响，青烟袅袅升起，我和姑表哥一起跪在我的祖父母、他的外祖父母的墓前，点着火纸，一股莫名、难以言状的冲动通过全身，脑子里竟一时空白，不知应该再做些什么，只是烧纸。听表哥念叨"外孙子来看你们来了"，我忙跟着大声说"孙子来看你们来了"之类的话，又跟着长长地磕了三个头，起身站到了一旁，让仪式继续进行。

我觉得非常遗憾，看不到面前的一切，但能感觉到一切都在庄严肃穆中进行着，脑海里不由得浮现出一幅画面。一百年前，在黄土高原贫瘠的小镇上的一个药铺里，祖父戴着一顶缀有枣红色顶子的黑色缎面的瓜皮帽，神清气闲给人望诊把脉；祖母慈祥，坐在炕上一边哄孩子一边做活，旁边有一个小男孩乖巧地在玩耍。

祖父不是井墕村人，没在这个村子里生活过。据父亲说，我家祖籍在距离这里五六百里路外的神木县（今陕西省神木市）。祖父出生在那里。当时家里经商，不知发生了什么变故，祖父十二三岁时流落到清涧县店则沟镇，给人做起了木工活。偶然给一个人家做活时，为这家害病的婆姨开了个方子，治好了病。人家欣赏他的医术，就出资帮他开了个药铺，他做起郎中来了。生意不错，还娶妻生了子，就以行医为生定居下来。至于他是怎么学会干木工活的，又是在哪里学会给人看病的，父亲也不知道。只说后来，祖父先后有两个儿子在五六岁时夭折了，他心灰意冷，抽起大烟弄坏了身体，患病死了。没几年，祖母也患病撇下儿女走了，父亲成了孤儿，流落到这里给人做工，新中国成立后他娶妻成了家，才在这里扎下根。后来，又有了四个女儿，到了 1958 年的腊月，他生活过不下去了，就去千里之外的铜川当了煤矿工人。第二年，把全家也带去了。1966 年，在铜川生活稳定下来后，他才带着大姐回家乡，将祖父母的坟迁了过来。

女儿提醒我，咱们走吧。我才知道仪式全部结束了。我总觉得还应该做些什么，却怎么也想不起来，又从地上捧起一把土撒在坟上，内疚地说"爷爷奶奶，我们走了"，鞠了三个躬，方才依依离去。

我不敢说再见，更不愿在先人面前说谎。因为，我知道，自己已年近花甲，眼睛又什么也看不到，此生可能再也来不了了，也不能保证女儿会不会再回来。转身离去的那一刻，我的眼里满是泪水。

七

往回走，我几乎是被两个表哥一前一后地架着，前拉后推才爬到公路边上的。我清楚地记得，二十多年前和母亲回来上坟时，这道坡上是梯田，到祖父母坟地以下是刚刚收割过的较缓的坡地，除了坟堆和两侧的沟畔上有一些荒草外，整个一道坡上没一点绿色。

这次回来，上下一个来回，我什么也看不到，心里未免遗憾，生起些许悲哀，可又感觉地形没变，依旧亲切熟悉，得到一些安慰。令我惊喜的是，大路上不见了大风扬起的尘土，空气中没了呛人的土腥气儿，脚下都是即将被春风吹绿的荒草。我也奇怪，地上为什么遍布不深的土坑？我问表哥是咋回事。他说是人挖药材留下的。我问，这地没人种了？他说早在十几年前就"退耕还林"了。我感慨，这山再过十天半个月就全绿了。他说那当然。

我惊讶，国家号召"退耕还林"，再造一个山川秀美的大西北，实实在在见效了。表哥高兴地说是的。我想，那坡上遍地挖药材留下的坑洼，不正印证了"绿水青山就是金山银山"吗？

八

在"九州疙瘩"下，等候一些人去自家的老坟上烧纸的当儿，妻子和女儿对我说，面前这道长长的山梁上的公路边，泊满回来祭祖的人们开的各式各样的小车。我不住感慨，换了人间！妻子瞭望远处的景色，忘记刚才的艰难，信口动情地轻声唱起《就恋这把土》。女儿连忙打开手机拍起来。我也唱起《羊肚子手巾三道道蓝》《提起那个家来家有名》……让自己的歌声在山里的一道道疙梁梁上回荡开来。

收起歌声，面对苍穹，万里春风扑面，我情不自禁想起上次站在此处看到的景象，脚下一座座高山绵延起伏，一望无垠，如滚滚波涛汹涌浩荡，前呼后拥，排山倒海奔腾而来，苍茫悲壮，震撼人心。我不由得感慨，那黄色的波涛，如今一定像是被人类驯服了似的，变得墨绿温驯，碧浪滔滔，缓缓而来，壮观美丽。在这碧绿的海洋上，天也一定更蓝，仿佛抓在手里就能沁出水来。白云悠悠，如棉花糖般甜美，轻轻飘过。

回安沟的路上，妻子远远看到路边有一个纪念碑，好奇地问那是个什么碑。我脱口而出，黑圪崂战斗纪念碑。1935年刘志丹率领陕北红军，在这里消灭国民党前来围剿的一个团，打了一场漂亮的伏击战。近前，他们都要停车去看看。回到车上，女儿感慨我咋知道的。我说上次回来就有，随即问姐夫黑圪崂沟在哪里。姐夫说，到地方给你说。

车在山上蜿蜒的水泥沥青路上行驶，我们拉话间，转弯到了离安沟不远的一段路上，姐夫冲着一侧沟畔说，这下面就是黑圪崂沟。继而兴奋地说，这一仗打得惨烈。当时，阎锡山率领的国民党晋绥军一千多人渡过黄河直扑而来，在前面沟口问红军装扮的农民，这条沟里通不通。

农民诱骗他们说通着呢，那大队人马就一头钻进去。结果，队伍一进去，就被切断后路，遭到埋伏在两面沟畔上的红军的突然袭击。顿时，枪声大作，喊杀声和手榴弹的爆炸声震天响，沟里鬼哭狼嚎乱成一团，三个多小时就结束了战斗。讲到这里，姐夫有些激动地说，我们村里有个叫李仲俭的人，当年就在这支红军队伍里，参加了战斗。在他小的时候，这位老红军经常给他们这些"猴娃娃"讲这次战斗的故事。这儿的沟畔上，还有他的一块地。几十年过去了，他耕地时，还常在地里捡到一些锈蚀了的子弹和人骨。

姐夫提到的李仲俭，我知道。他是我一个朋友的爷爷，也是我父亲朋友的爸爸，1932年参加红军，打过许多仗，后来在盘龙战役中受了重伤，不能再跟随部队战斗，早早就解甲归田了。前年，朋友回来在村上给老人家立了一通纪念碑，建起一座碑亭。那碑上介绍老人生平事迹的碑文，还是我拟的稿。

九

老家人厚道，待人实诚，这次回来，我也不敢怠慢，一切待人事宜，入乡随俗，都依着姐夫。从墓地回来，吃最后一顿饭，虽不安排酒席，但端上来三大盆子香喷喷的红烧羊肉、大肉、鸡肉，就摆在窑院上，让大家自己吃、自己舀，尽管放开肚子吃个美。众人嘻嘻哈哈，一边吃一边拉话，开心得很。我不仅表达了谢意，还感受了乡里办事待客的风情，体会到了农村人的朴实、热情。

告别时，我让女儿从后备箱里取出带回来的美酒，每人两瓶，送给每一位表哥，表示心意。言语间，虽都说下次再见，但心里都明白，都是一把年纪的人了，有没有下次，恐怕难说。所以，告别的场面没有笑声，只有惜别的话语在凝重的空气中流动。我向姐姐一家人、向所有亲人轻轻地挥了挥手，钻进车里默默地走了。

十

车过崔家湾，我们去了顺车回家的姑表哥的家里，参观了他位于镇子街道旁的二层楼房。表哥的儿女都成家了，儿子儿媳妇在西安，一个女儿在延安，一个女儿住在县城，表嫂这时正在街上摆摊卖凉面，我就要表哥带我去看看，一定要与表嫂见个面，当面夸一夸他们如今的好日子。

我六七岁时到过这里。那时候姑父还在，姑姑去世了。姑父和表哥父子俩还住在现在的二层楼房所在位置后面的坡上的窑洞里。表哥小时候可怜，四岁没了母亲，由父亲一个人拉扯成人。长大后家里没钱娶不起媳妇，就投奔千里之外的舅舅——我的父亲，下井挖煤挣钱。一年多后还干不出成绩，又回了崔家湾。让人没想到的是，他回乡后，恰好遇到农村实行土地承包责任制，生活一下子好了，娶妻生子，靠种地和做点儿卖凉面的小生意，养大了三个孩子，过上了丰衣足食的好日子。

在街道一处路边，我见到摆了三十多年凉面摊子的表嫂，拉着手问，嫂嫂，还认得我吗？她咯咯笑着说认得。从嫂嫂饱经岁月浸泡的手上和变了的笑声中，我感觉她的脸庞一定更加黝黑，一头乌发也一定灰白了，就激动地说，谢谢你！谢谢你给了我哥一个家。你们的日子过得好啊！

我们以前见过面，那是二十多年前，我回安沟参加外甥的婚礼，路过逢集的定仙墕镇，在她的凉面摊子上。当时，镇子上有亲戚知道我们的关系，就在背后对我和母亲赞叹，这个婆姨能干，做生意风雨无阻，每遇周围几个镇上逢集都去。你们的姑舅脾气大，有一次婆姨不知怎么把他给惹下了，他噼里啪啦把摊子给砸了个稀烂，把婆姨气得哭着回家了。可第二个会上，这个婆姨又出摊了。他们家全靠婆姨撑着呢，所以，我对嫂嫂充满敬意。

同姑表哥匆匆见过一面，我们又出发了。到了绥德县城，本来是要赶路的，可同行回到家里的姨表哥却不让走，强留我们住下好好拉拉话。无奈，恭敬不如从命，盛情之下，我们一行回来的两辆车六个人就住下了。在表哥的引领下，一起游览了石魂广场，感受了绥德这座石雕之乡的雄浑壮美。

到了住在繁华地段的表哥家里，我和表哥表嫂怀旧，从过去到现在，从自家到熟悉的亲戚家，一肚子的话拉不完。其他人插不进话，就各自相约出去，欣赏绥德这座历史悠久、古老而又文明的城市的风采去了。

众人回来，表哥在一家具有地方风味特色的饭店宴请了我们。吃的虽不是满汉全席，却是地地道道的绥德风味小吃，绥德各式各样的小吃，让我们吃了个美。尤其是妻子和女儿，一边听表哥讲制作小吃的原料、工艺和里面的故事，一边吃得眉飞色舞。

有趣的是，在井墕村我没碰到一个人，却在这个不大的饭店里遇到两个同村人。我们互相不认识，但他们说出大人的名字，我便觉得亲切。因为我从小到大，经常听父母说起。

饭罢，天还亮着，我陪着妻子女儿和外甥、外甥女乘兴到千丝桥上转了一圈，步行回到住所，领略了一番千古名城傍晚的景色。在抗金名将韩世忠的雕像前，我凭感觉告诉女儿，这里有座巨型石雕，韩世忠威风凛凛地骑着一匹骏马。女儿诧异我咋知道的，我说这座城全都装在我的心里。我问她下午和妈妈都去哪里逛了。她说不上地名，就一一详细描述环境。我听着，不时插话告诉她，她和妈妈的银手镯是奶奶哪年在哪家银铺买的，到刻有"天下名州"几个大字的崖壁下去没有，感觉如何。

第二天，我们早早起床，忙的不是赶路，而是去街上一家小吃店里买油旋、碗坨和干炉，带回去送给亲朋好友品尝，夸一夸"天下名州"的美食。我在车里等候，原本想着带几个就行了，没想到，他们几个回来，每个人的手里都提着满满当当的袋子，每一样小吃都买了几十份。就这样还不尽兴，大家都忘不了自己的肚子，车过老城区，又在路边的小吃摊上美美地吃了顿早饭。

车上高速公路，天又下起小雨。我将手伸在雨中，任由温暖的春雨淋着，冲着窗外道了声"再见了！绥德"。

　　回到铜川，我向九十多岁的老母亲和七十多岁的大姐汇报了立碑的情况和此行的所见所闻，分享我的感受。女儿送给她们一袋子从"九州疙瘩"下取的泥土。回到熟悉的家里，我的心情久久不能平静……

　　回望这个清明，这次回老家，虽然仓促，但感觉充实，收获颇丰。不仅圆满实现了给祖父母立碑的心愿，告慰了父亲的在天之灵，安慰了健在的母亲，让妻女看到了我的来路和根，彻底转变了她们娘俩对陕北人贫穷落后的看法，一家三口共同体会了黄土地上的风土人情，还切身感受到了姐姐一家的小康幸福生活，见到了那么多家乡的亲人，耳闻了他们愉快爽朗的笑声，见识了沐浴在新时代的阳光下的黄土高原上新农村的新气象。

奖章

　　整理一身心爱的藏蓝警装，沐浴在阳光下，在走了几十年的道路上辨明方向摸索前行，来到办公室，我愉快地开始一天新的工作。在同事的帮助下，借助电脑读屏软件，我尽心尽力撰写或修改好每一篇文稿，出色完成每月的本职工作，连续多年被省局评为优秀通讯员，在单位精神文明建设评比中，被评为"最美监狱人民警察"，今年连续三年考核优秀，荣立三等功，获得一枚耀眼的奖章。

　　那日，我一个睁大眼睛什么也看不见的人，领到三等功奖章，兴奋不已。在办公室就请同事帮忙拍照，写下感言，发在了微信朋友圈里。

　　下班回到家里，我饭也不做，就从精致的盒子里取出奖章，捧在手中用心抚摸一番。还从柜子里找出以前荣获的另一枚奖章，放在新领到的警服上比画，努力想象自己佩戴两枚奖章的样子，好一阵兴奋。

　　那年夏天，一天中午，中队基建工地，一名因诈骗罪被判处有期徒刑十三年的罪犯脱逃。单位组织追捕，我随即参加，领命前往古城西安围追堵截。历经一个多月蹲点守候，发现逃犯踪迹，我和战友将其围堵在一栋家属楼内。正当实施抓捕之际，罪犯穷途末路，凶相毕露，突然拎出一个装满炸药的手提箱叫嚣，谁要抓他，就引爆炸药。我当即让战友撤出，稳住逃犯，经过三个多小时的周旋，将其诱出家属楼击毙，荣立个人一等功，这就是我另一枚奖章的由来。

　　当时，组织上还在礼堂召开庆功大会，为我们披红戴花进行表彰。很快，消息在单位中传播开来，传到兄弟单位，传遍全省监狱系统，引起不小的轰动。掌声落去，整理思绪，我平静下来，迅速收起喜悦，一如既往回到日常忙碌中。

再有一年多，我就要退休了。我盘算，在退休前，除了站好最后一班岗，还想再出一部散文集，用真情抒发情怀，歌唱美好的未来，为自己的四十年警察生涯画上一个圆满的句号。

张俊英

笔名琼花、瑞叶琼花。中学语文高级教师、中国散文学会会员、陕西省能化作协会员、陕西省散文学会会员、《作家摇篮》杂志签约作家，热爱本职，笔耕不辍，用文字记录多彩生活。

窗外

周四，下午作文课。

我布置完《窗外》的作文题，随手指着窗户，让学生凭窗而望，大家"哇"的一声扑向一排窗户，赞叹着、议论着，似乎是第一次知道窗外就是美景，窗外就有故事。待他们找到灵感，开始伏案，我站在窗前，沐浴着深秋的暖阳，聆听着笔尖游走纸张的沙沙声。

现在是下午三点多，阳光尚好，大自然仿佛是一位温情的壮年人，慷慨地把透亮的光线均匀洒在树上、地上和对面的楼房上。逆光让梧桐树上的叶子变得金黄通透，仿佛一颗硕大的成熟的种子，树叶中部棕色的叶脉那么深厚，犹如这棵强壮的梧桐一般，充满生命的活力。

2018 年 11 月 8 日，立冬，我却没有感到寒意，秋天，似乎还有夏天、春天的气息在室内流淌，和孩子们在一起，冬天总是姗姗来迟。

操场上，阳光下，上体育课的学生奔跑着、走动着、似乎还在争论着、说笑着，体育课永远是他们的最爱。雨天的时候，这里也不寂寞，小学部的孩子会在雨中嬉戏，有的故意追逐着、打闹着；有的会倒打着伞，好让雨水乖乖流进伞里；也有的用伞当成簸箕，把地上的雨水铲进另一个小朋友倒放着的伞里，任凭雨水淋湿头发，流进脖子里。孩子们的童年，总有老师想不到的精彩和故事。冬天，当一场鹅毛大雪铺满整个校园，一脚踩在上面看不到绿色塑胶跑道的时候，大家一定记得堆雪人大赛，堆雪人的、滑雪的、团雪球的，窗外学校的操场简直成了欢乐的海洋。

还有升旗、开会、艺术节、科技节、防震疏散演练、艺术家慰问演出等，操场上永远都在上演着不用彩排的故事。多少毕业离校的孩子，怀念这里的快乐时光。

窗外正对面的活动中心大楼，分别是致诚楼和致雅楼，上面的红色大字，是我们学校的"一训三风"。透过茂密的梧桐树，可以看到一排排的大窗户在阳光下亮晃晃地反射着耀眼的光，几乎每扇窗的旁边都有一簇五彩缤纷的爬墙虎，深红的、火红的、浅黄的、金黄的、深绿的，绚丽妖娆，成为秋天的校园一道亮丽的风景。而这座楼里的阶梯教室、微机室、器材室、各种实验室、乒乓球室、舞蹈室等，一定有你上课开小差时偷偷惦记的最爱。

当然，这里的二楼，是我们学校领导办公的地方。上次综合实践活动，同学们有幸走进"神秘"的领导办公室，采访平时远望仰视的领导，过了一把和领导面对面交流的"记者"瘾，不但巩固了课本上的新闻采访知识，也给大家的中学生活增加了一段难以磨灭的记忆。

我们所在的楼"致远楼"是学校的主楼，东侧是"致慧楼"。我们学校四座楼的命名来自学校"自能教育"的核心——"自律而雅""自主生慧""自立须诚""自强致远"，而该核心则来自典籍名篇。我们楼下是内容丰富的文化墙，小学部的文化墙是可爱的卡通画，除此之外，不知道学生们是否关注过操场上的黄色花箱，一共十三个，黄色的、红色的、紫色的小菊花正在怒放，花箱上的字是学校的德育目标，"团结""节俭""勤劳""公正""责任""包容"，等等。没想到，我对学校的每个角落如此的熟悉，它们仿佛都刻在我心里了。

是啊，我走进这所学校已经二十多年了，怎么能不了解呢！刚来学校的时候只有一座楼、几排平房，一下雨室内还滴滴答答漏雨，操场上常常尘土飞扬。可是不知不觉中，一座楼起来了，又一座楼起来了；雨天泥泞的操场铺上了砖、铺上了水泥，又铺上了彩色的塑胶跑道；冬天，火炉取暖、空调、水暖；夏天，电风扇、吊扇、空调……学校，就这样点点滴滴地变化着，毕业的学生回校的时候，没有不惊讶且赞叹的！

这熟悉的一切，是我这多年生活的大部分，生活中的喜怒哀乐无不和这里有着丝丝缕缕的关联，和诸位同仁一样，我的青春、理想都在这里了，而一批批毕业的孩子，他们的理想也从这里放飞、起航。

"下课了，老师们辛苦了，同学们请到室外活动吧！"一阵美妙的音乐开始在校园飘荡，电子自动播放器里柔美的声音响起，把我从遐想中唤醒。

整个学校又要喧闹一阵，课间的主人要登场了！

网课往事

2020 年 2 月 10 日

经过两轮培训学习，今天我终于第一次在网上开讲，在家里给学生上课。

早上第一节课，8：30—9：20。昨天晚上有点失眠，六点多就起床，洗漱完，坐在电脑桌前把上课要用的课本、教案、眼镜又整理了一遍。七点半，把笔记本电脑打开，点"开关"，左上方那个"一"字节欢快跳动几下，海蓝色的屏幕瞬间亮起，设置好的钉钉软件直接启动了。我把钉钉窗口最小化，打开 PPT，把教学内容从头到尾重温了一遍。

终于，8：20 了。点开钉钉窗口，打开在线课堂，发起直播，写直播课题，点"开始直播"，点"露脸"，连接 PPT 朗读："邹忌讽齐王纳谏。邹忌修八尺有余，而形貌昳丽……"清晰的诵读声在房间里回荡。我突然发现提示框里跳出几位老师的名字，怎么回事？他们又不是九年级的老师，其他老师也能看到吗，怎么没有一个学生围观？正疑惑，悠扬的手机铃声响起："张老师，你怎么在教工群里发起直播了？""抱歉，不好意思，我知道了！"我语无伦次，赶紧关闭直播，这才发现我在学校大群里开起了直播，还好，因为提前了十分钟，还没有上课。我赶紧退出教师群。

准确进入九（2）班群，点击"在线课堂"，发起直播。那个黑色的互动区瞬间跳了出来：1、25、40、60……学生"哗"的一下围上来，我的心也悬了起来。"不对，怎么这么多人？"再一细看，原来学生家长也来围观了。哈哈，直播开始，我成功开始上课！"同学们好！我们今天第一天上网课，学习《邹忌讽齐王纳谏》，听朗诵，注意情感和抑扬顿挫。"我有点紧张，声音也似乎有点异样。笔记本电脑有点旧，鼠标不灵敏，我急得手心直冒汗，腿都在哆嗦。因为视力不好，我一直用台式电脑，但是笔记本电脑才有视频、扩音功能，只好弃大用小，看着屏幕有点费劲。

介绍作者、分析人物、赏析语句，及时切入PPT，抽空瞅瞅学生……9：20很快到了。"今天我们第一节网课就到这里，同学们再见！""老师再见！"很多同学用文字回复我。

退出钉钉，合上电脑，还好，虽然手忙脚乱，但整个课堂还比较顺利，长吁一口气。悠扬的铃声又响起，我赶紧拿起手机。"张老师，你成功了，条理清晰，课件展示清楚。"学校还没有总结，学生家长的反馈先到了。

"谢谢！过奖了！"霎时，我心花怒放！

2020 年 2 月 11 日

今天早上第二节课，9：40—10：30，继续学习《邹忌讽齐王纳谏》。

我吸取昨天手忙脚乱的教训，精心制作了两个版本的PPT。学生看到的版本简明扼要、重点突出；我使用的版本详尽、全面，这样就不会遗漏重点内容。但是这样就需要两台电脑，课堂三机并用——直播课堂学生看到的是笔记本电脑；我自己看的是台式电脑，放PPT作内容提示，不用翻书、翻教案，鼠标点击我在桌面上放好的文件夹，需要看什么点开看就行；手机重点浏览评论区。当然三台机器的位置很重要，笔记本电脑要稍微和台式电脑错开，不能挡住PPT的内容。直播的时候，评论区在镜头里很碍事，干脆关掉，用手机看，所以手机放在电脑桌上，重点看学生的文字回复并观察学生在线情况。

10：30，第二节网课完美收官。

网课问题解决了，学生的作业批改又成了新问题。今天在同事的指导下，学会了一招——在钉钉上解决作业问题。在"家校本"上发作业，指导学生上传作业，然后批改作业，不合格的作业还可以退回去让学生重做。不但书面作业，每日朗读、古诗文天天背也可以打卡进行，我随时可以查看打卡成果，看排行榜。

想起一句古代谚语：兵来将挡，水来土掩。伟大的钉钉，无所不能！

2020 年 2 月 13 日

比较成功地上了三节课了，我紧绷的神经有点放松了。

今天第三节课上语文，10：50—11：40，学习《出师表》。

十点了，我优哉游哉去开电脑，糟糕，怎么打不开了？赶紧检查连线，网络好好的，昨晚临睡前还好好的呀！为了网速，我把电脑里多余的东西都删了，毒也杀了，这怎么办？儿子已经走了两天了，没人帮我。顾不上多想，我一个电话打到杭州。"妈，别急！界面打不开，同时按Ctrl、Alt 和 Delete 键，Delete 键在键盘右上，慢慢找，别急！"在儿子的"遥控"指挥下，我重启电脑，终于打开，提到嗓子眼的心稳稳放下了。

10：40，进入班级群，赶紧进入在线课堂，发起直播。完了，上不了网，电话打到学校网课大本营。"上网的人多，网速慢，有点卡，不要急，再试一下！"按捺住急躁的心，退出，然后重新进入，瞬间连线，还好，提前两分钟开始直播。

"同学们好！我们今天继续学习《出师表》，请大家打开书，听朗读……""这一课生僻字比较多，你们复习巩固、修正完以后，拍照发给我。注意听——陟罚臧否、咨诹善道、裨补阙漏、庶竭驽钝、攘除奸凶……请对照书上，自己改。"刚念完，韩梦第一个发来截图，并附上一句："老师我全对！""韩梦，你真厉害！"我附上一个大拇指。

时间过得很快，还有五分钟。最后一个问题"诸葛亮都推荐了哪些良将给后主刘禅，为什么？总结一下，也可以回复我"。怎么回事，一个回复都没有？11：40，我正要结束直播，窗口里"哗哗"地涌出一堆学生的回复："郭攸之、费祎、董允、向宠……"原来，刚才网络卡顿了！

今天的课有惊有险，好在任务完成了！

2020 年 4 月 3 日

喜从天降，两天后开学！

在线课堂就要告一段落，所有的屏幕前的快乐和郁闷将要终结，几个学生在网上"装聋作哑"的日子也将一去不复返了。后天就要回到分别了三个多月的校园和课堂，我在心里欢呼起来！校园梧桐树的叶子已经巴掌大了吧，爬墙虎爬到三楼了吧，致慧楼前那两个花坛里已经五彩缤纷了吧？我真想冲到操场上，和学生一样，在松软的塑胶跑道上打几个滚、踢几脚球、跑几个来回。

今天早上是钉钉网课的最后一节，我熟练地打开视频会议，看学生在自己的书桌前朗读课文。我仔细看过每一位在线的同学，屏幕后面是一张张熟悉的脸庞，经过这一场疫情的考验，坚持在线学习的他们应该也有很多收获吧！那几个管不住自己常常"溜号"的学生能赶上学习的进度吗？中考在即，那些落下的课程该怎么办？这场疫情会不会真是学生的分水岭，让一些学生败下阵来？毕竟中考的脚步近了！

我相信，疫情结束，绝大多数学生会犹如放开缰绳的骏马，奔驰起来，也会冲出几匹黑马，因为他们有信念、有毅力！

不管是我，还是学生，网课的经历何尝不是一笔财富呢！

听雨

"嗒嗒嗒，嗒嗒嗒……"还没睁眼，一阵阵有节奏的雨声就从后窗户缝隙里闯进来，听声音就知道，又下雨了。

自从楼后那片厂房盖上了蓝色的屋顶，雨声就成了一种连续不断的"打击乐"，应该是楼上的积水流到楼下厂房的屋檐所致。我一开始觉得这声音倒也新奇，但是久了竟感到聒噪，特别是大雨倾盆的时候，"嗒嗒嗒，嗒嗒嗒……"雨声就像鼓槌落在漏气的鼓上，令人无限不适！无奈，下雨的时候，我会关紧北面的窗户，甚至拉上窗帘，白天关紧卧室的门，不去理会这恼人的嗒嗒声。

这个时候，楼前的小广场是我凭栏眺望的地方。楼下常常有两排汽车，骤雨落在上面应该铿铿锵锵，遗憾我听不到，只能隐约看到雨花欢快地跳一下就四溅开来；雨小的时候，雨滴会紧密附在车顶上，等汇聚多了，猛然遇到一大滴雨，就会"忽"地流下来，形成一股小小的急流。雨落在小孩巴掌般大的杨树叶上，深绿的叶子会亲亲密密迎上去。"滴滴……唰唰……"这窸窸窣窣的声音像是树叶在和雨打招呼。雨大风大的时候，树叶们就不干了，不停晃着脑袋，怒目圆睁，和雨对峙着、对峙着，不强壮的树叶会被雨打落，败下阵来，随风去了。还好，只要这大雨一停，树叶们就好了伤疤忘了疼，继续和雨做朋友。

现在几乎都是水泥地面，雨下一会儿，很容易汇聚起来形成小溪流，流到该流的地方去了。马路上，只要遇上大雨，马路两边的低洼处就成了小河，流不远，就顺着下水道的门户"哗哗、哗哗……"消失了，这时候，颇有节奏的雨声就被这"小河"的哗哗声取代，丝毫没有一点乐感和美感。

可是，在我的记忆里，曾经的雨声，特别是春雨的窸窣声，是一种多么美妙的音响啊！"春雨贵如油"，贵如油的雨声不就是最珍稀的声响吗？雨中散步听雨是记忆中一道多么别致的风景。

记得刚工作不久的那个春天，我和小荣在周末的午后，迎着斜织的春雨，打着伞沿着公路去散步。阳春三月，万物复苏，大山深处，草色遥看近却无；春雨绵绵，像牛毛、像花针、像细丝，两个妙龄姑娘打着伞漫步，多么富有诗情画意！我们聊的是刚刚过去的学生时代，还是刚刚开始的教师生活，我已经记不得了，只记得出门的时候，雨很小，蒙蒙细雨落在伞上几乎听不到；后来雨稍稍大了一点，我们不说话的时候，雨伞上传来"沙、沙、沙……"的声音。公路两边，高大的松树，叫不上名的小花小草都被雨浸润得绿油油的，空气里虽然有点土腥味，但是格外清新。大山深处，因为偏僻，公路上汽车极少，偶尔一阵鸣笛，就像是《春天的芭蕾》里洋溢的小号，激越、饱满、高亢，给这静谧的山野增添了亮丽的元素，让人不由得精神振奋。

在我的少年时代，还有一次在田野听雨的记忆。那是一个夏天，在老家，和几个伙伴到地里玩，近处地里一大片树，记不得都是些什么树了，只记得郁郁葱葱，地里应该种的是苞谷吧。那是一片无垠的田野，尽头，天和地相融在一起，蓝天白云和大地在视野尽头似乎低下去了，成了我想象中的球形。正想入非非呢，发现天边涌过来一团乌云，向我们这边流动。

"是不是要下雨了？"没人回答我，突然听到远处"唰唰……"的声音传来。"下雨了，下雨了，快跑！"他们拔腿就跑，我落在最后，跟在他们后面疯跑起来。"唰、唰、唰……"声音由远及近，似乎就在我的后面，就像怪兽，跟着我、推着我，我害怕极了，不要命地跑。实在跑不动了，脚步慢下来，唰唰声灌进我的耳朵，迅速把我包围了，大滴大滴的雨瞬间砸在我的头上、身上。还好，雨不大，我也很快到家了。惊魂还未定，一抬头，太阳竟然还在天上，哈哈，雨就这么说来就来说走就走了。很多年过去了，"唰、唰、唰"的声音似乎还在耳边，我似乎还在和那场"白雨"赛跑。换到现在，我还会和雨赛跑吗？哈哈，不一定喽！

童年时候更好玩，一到下雨，我就穿上胶鞋，专门到有水的地方去踩水。一脚下去，泥水四溅，"噗、噗"几声，另一条腿上很快溅满了水印子、泥点子，全然不怕回家后父母的一顿呵斥。玩疯了，还不忘仰起脸接雨点——闭着眼睛让雨水直接浇到脸上，直到一大滴雨点砸在鼻子上，才赶紧低下头，擦擦脸……童年，写满故事的年龄，连下雨都有一串串的逸事。

其实，喜欢雨的不仅仅是我自己。我的那些小伙伴，哪个不爱下雨呢，哪个不爱在雨天穿着胶鞋到泥水里闯一闯呢？还有现在，一下雨，操场上真有不少"玩雨"的孩子呀！

还记得那个叫小云的女孩，特别可爱，胖乎乎的圆脸和一双明亮的大眼睛。她刚参加工作，和我们一样住在宿舍楼。有一天，在一场大雨飘洒之际，她奋然冲进雨中，仰着脸，伸开双手："快来呀，太好玩了！"任串串雨珠在头顶翻成水花落满头发，打湿衣裳。"小云，回来！""你疯啦，快过来，快过来！"在大家的惊呼声中，小云不情愿地回到房檐下。

"你们去试试，太好玩了！""你都这么大了，不敢在雨里疯了！""这都几次了，大雨了也敢玩！""我就喜欢淋雨！"她胡乱抹了一把脸，湿漉漉的脸上竟然荡漾着笑意，我被她惊得目瞪口呆。

一晃二十多年过去了，小云也早过了不惑之年，她的孩子也应该和当年的她一样大了，好久不见，她还好吗？经历了人生的风风雨雨，还喜欢雨吗？还会在风雨中那么天真烂漫、无所畏惧吗？是不是和我一样，记忆里也装满了和雨有关的故事？

娘家的小院

娘家的小院，在西山脚下。

从娘家搬出来很久了，在家的时候不觉得，搬家的时候也没有觉得，现在回想起过去的事情竟是那么刻骨铭心。大概十年前，妈因为身体不好，搬到大姐家以后，那个小院我们去得就少了。虽然我们几个也会回去看看，但是只能在记忆里搜寻曾经的欢声笑语。我有时想，娘家算是"依山傍水"的宝地了，虽然面前只是一个再小不过的小水库，但是谁说这不是"傍"着水呢！

大门上是用水泥板做的平顶，可以遮阳。当年，夏天午休的时候，母亲几乎天天坐在这里纳鞋垫，和邻居聊天，我还吼过母亲，嫌她说话影响我午休。因为时间太久了，朱红色的铁门有点斑驳，显得旧了些。进了大门，左边是小菜园，围着拆了一把大扫帚做的栅栏，栅栏里面是一畦一畦的蔬菜：碧绿的青菜、芫荽、菠菜，诱人的西红柿，紫红的茄子，墙脚的小茴香，还有顺着架子攀援的豆角等，菜的品类多着呢，虽然菜园子不大，但是作物丰富多样。因为院落低，外来的人都能看到，常常引得邻居和行人驻足。大门的右边是小小的花园，父亲在世的时候种有菊花、夹竹桃，父亲走得早，他走后，这些花渐渐不见了踪迹，似乎被父亲带走了。后来这里养的是月季和大丽花。如今，繁华不再，多少让人有点心酸。小花园旁边的电线杆子下一直都有狗看着大门，黄狗、黑狗都养过，从来是光会叫、不咬人的那种。院子里最醒目的是那张小石桌，应该是父亲弄来的，原本很粗糙，但父亲一点一点把它打磨平了，一直用到现在。母亲走后，院子成了我们心系的地方，由侄子打理着。

这个周末，我又去了娘家。进了大门，正对着的是厨房，走进没有母亲身影的厨房，不由得伤感起来。橱柜里还放着锅碗瓢盆和瓶瓶罐罐，案板上盖着报纸，橱柜上有一层细碎的灰尘。窗户还和过去一样，关不严，窗帘半开着，午后的阳光静静洒在案板上、地上。物是人非，时光带走了童年、少年的幸福时光，留下点点滴滴抹不去的回忆。

在我们上学的漫长时光里，母亲在这里给我们做早饭、午饭、晚饭。我们上学时几乎都在家吃早饭，勤快的母亲一年四季都会把早饭给我们做好，把菜炒好，把饭盛在碗里凉着，等我们洗漱好，正好吃饭，然后上学。高中的时候，每天回来得晚一些，错过家人吃饭的时间，一进门就听见母亲的声音："饭在锅里，快趁热吃！"一掀锅盖，热腾腾的饭菜映入眼帘，要么是一碗面，要么是笼箅上的一碗菜和一个馒头。那时还没有煤气，但是家里的炉子大概天天用碎煤"封着"，一拉鼓风机，火苗立刻"呼呼呼"蹿上来……

后来，我有了自己的家，但很少在家自己做早饭了，这才想起，过去所有的幸福时光都是母亲带来的！我打开橱柜想看看里面，一眼看到母亲常用的那个绿白相间水浪般花色的搪瓷盆，轻轻取出来。这个是面盆，一尺见方，家人都知道是父亲的奖品，质量绝对上乘，据母亲当年说的从1960年算起，它已经为我家服务几十年了，我里外看了看，有些地方的搪瓷掉了，但是整体依旧完好。母亲用它和过多少次面，无法去算了。兄弟姐妹都说，好像小时候一记事就有这个漂亮的搪瓷盆了，因为其他邻居家都没有，商店里也都没有见过，所以家人的印象格外深。我想了想，准备把它带回家，留个念想，娘家所有油盐酱醋茶的记忆都在这个绿白相间水浪般花色的搪瓷盆里了。我打电话给大姐，征得她的同意。我把搪瓷盆拿到院子里，轻轻拧开水龙头，搪瓷盆立刻溅起水花，叮叮咚咚地响，就像春雨落进小溪，恍惚中我似乎回到了当年热闹的大家庭。"快端饭，饭做好了，先把桌子擦干净！"母亲的声音从厨房的"风门"（挡风的半截门）里传出。我们顿时手忙脚乱，有的找抹布，有的搬凳子，有的进厨房端饭。石桌上很快摆满了，大家围坐在一起，开始吃饭……

"汪汪汪！"看门狗黑子的叫声把我从回忆中唤醒，有人从门口路过，黑子就会习惯性地亮开嗓子吼两声，然后躺在树下警惕地看着大门。环顾四周，房檐下，那一排靠墙的花盆渐渐失去了往日的生机，倒是种在院子地里的月季、大丽花每年笑容依旧。那一块菜地没有了母亲的侍弄，往年的青菜渐渐变成了青草。小石桌那时候多热闹啊，在大杨树下，全家人围着石桌吃饭、聊天，我们有时候在石桌上写作业。这个石桌陪着我们听过母亲多少家长里短的唠叨，它陪着我们一天天长大，度过了多少快乐的时光。如今，它孤独地在冷清的院落里静默着！

在这个院子里，我与父亲闹过一次矛盾，那是唯一一次。那时我应该上初中吧，我记不清什么原因当着父亲的面和哥哥吵起来，应该是我骂人了吧，父亲大声说"你再说一句"，一把拽住我，我吓得急忙后退，衣襟"刺啦"一声撕了个大口子，我大哭起来。这次矛盾与父爱比起来不算什么。父亲于我，印象最深的是他背着我，那时候我应该很小，但是已经记事了。因为多病，我常常哭闹，父亲总是把我背在背上到处转悠。父亲身高超过一米八，宽阔的温暖的脊背，居高临下俯视下面的小朋友，那种感觉真特别。可惜父亲英年早逝，只给我留下一个坚实的背影。

楼下的房门上都挂着门帘，就像母亲在的时候一样，门口有刮风落下的树叶和灰尘，应该有一段时间没人扫地了。我想到房间里看看，在橱柜最下面的碗里，找到房间的钥匙。有几年了，不管谁回来，都会在这里找到钥匙，很容易地打开家里的任何一扇门。我把钥匙插进锁孔，轻轻一扭，还是那熟悉的有点沉闷的金属的声音。门开了，光线有点暗，拉开窗帘，黄色的书柜上那个陪伴我很多年的暗红色木箱子还在，我当年参加工作去单位报到拿的就是这个箱子，后来它又辗转回到了娘家。我打开书柜，里面的书还是满满当当的，时间久远，不少书都发黄了，但是我舍不得清理、丢掉。枣红色的书桌上那块玻璃台板还在，底下的照片早被我取出保存下来，红色的大椅子有点矮，以前母亲曾经给我做过一个墨绿色的海绵坐垫，现在已不知去向。生活中，我们走着走着，总会丢失一些东西，哪怕是一些重要的东西，时间长了，也会淡忘，忘记曾经的拥有，好在还会得到一些新东西，充盈我们的生活。

我又到其他房间看了看，陈设依旧，人去楼空。俯仰今昔，离愁黯然！不知不觉，两个小时过去了，该走了。我找到一个许久不用的布兜，把那个搪瓷盆装起来。打开门，掀起门帘，午后的阳光瞬间照在脸上，有点晃眼，不过很快就适应了。我走到大门口，黑子在我身后哼哼唧唧，似乎在向我叮咛什么，我朝它挥挥手，黑子对我摇摇尾巴。回来的人少了，铁门的轴似乎有点生锈，我用劲带上大门，一把大锁轻轻扣上，童年、少年所有的故事都锁在了这里——娘家依山傍水的小院。

"汪汪汪！"黑子又叫起来，又有人路过了，树上睡觉的鸟儿也被惊动飞到另一棵树上。我突然觉得，我们多像这些鸟，被母亲养大、放飞，在外面筑巢，又开始养自己的鸟。然后，母亲老了，这个巢也空了……

家宴

　　进了腊月，我就惦记着筹备春节的家宴了。过了小年，每天晚上躺在床上，必定要把家宴的事捋一捋，热菜、凉菜、配料、酒、水果等都在我的脑子里过了一遍又一遍。

　　家宴要在大年初一这一天进行，娘家全家人聚在一起，热热闹闹共同度过新春第一天。母亲在世的时候我都是大年初二回娘家，做饭这些事压根轮不到我管，大姐一直代替母亲操持这些家务；前些年妹妹小文觉得一次家宴不够尽兴，于是邀请全家人在正月十五之前到她家继续热闹。母亲生病以后住在大姐家，家宴顺理成章又归大姐负责，我一直就是一个"吃货"，带上年货去赴娘家家宴就 OK 了。

　　母亲离世后，大姐那里就成了我们姐妹的娘家。但是过年的团聚实在不忍劳累大姐，所以操持全家在大年初一聚会的重任，理所当然地落在了老二我的肩上。

　　今年少雪的冬天不是太冷，它温情地和人们厮磨着，悄悄耳语着春天的步履和节令的消息。果然，还没有到春节，腊月二十二就是立春节气了。第二天就是小年，小年一过，我就开始筹备家宴了。

　　十二人的菜品，八凉八热足够了吧，其实去年准备的几个菜根本没上桌，现在谁家缺吃呢，谁家少酒呢？我们聚的不是餐，聚的是亲情；我们要的不是热闹，要的是和亲人在一起的温情。我不相信"妈不在了，就没有娘家了"这个谬论，张家大院记录着我无法割舍的父母的养育之恩和兄弟姐妹的手足之情。

酒呢，喝什么酒呢？西凤酒，是陕西人的最爱，什么铁盒西凤，六年西凤，西凤十年、十五年、二十年，还有"华山论剑"等，数不胜数。我突然想起上次酒店老板给我介绍的一种酒，什么贡酒，八十八元，就喝它吧。八十八，多吉利的数字，是我的心意！

我就这么筹划着、采购着，除夕转眼就到了。虽然已经和家人沟通了好多次，我还是在"张家大院"的微信群里发了一则消息："亲爱的家人们，明天所有人中午十二点之前来我家聚聚，什么都不要带，东西吃不完都放坏了。真要想带，每家带一道菜，放到桌上大家吃完！切记午饭之前务必到！麻烦小爱早点来给我帮忙！"远在江苏的老小开玩笑说："我晚一点哦！"并配发一张笑脸。"好的，晚饭之前啊！""ｏ（∩＿∩）ｏ哈哈～差不多！"接着，群里充满了发红包和祝福的快乐气氛！我又给不能到的两家分别打了电话，心意算是送达了吧！

晚上八点，春节联欢晚会开始了，刚看了晚会序曲歌曲联唱，我就坐不住了，把电视音量调大一些，就到厨房为明天的团聚忙活了。莲菜、芹菜、鱼、肉、葱、姜、蒜……所有该洗的我都洗了，该准备的都准备了。餐桌上铺了崭新的一次性桌布，水果、瓜子提前装盘，茶具、酒具重新洗了放好。

等我做完这些，新年的钟声就要敲响了，我坐下开始看晚会的尾声，突然我又想起明天要用所有的碗筷匙盘，赶紧又钻进厨房，把橱柜最下面的餐具全部拿出来，放到洗碗池里。家人说："你别干了，你要是这样，明早八点也干不完，让他们明天早点来帮忙干吧！""干完了！干完了！洗完就没什么事了，先睡吧！"我连忙回答。

终于，在晚会结束的时候，拿出手机拍摄厨房放满台子的肉、菜、碗、筷和客厅的餐桌——春节家宴所有的准备工作圆满完成。我可以安然入梦了！今天休息这么晚，真担心明天起不来，误了团聚的大事，于是我拿出手机，定了两个闹钟。

"剪一段时光缓缓流淌，流进了月色中微微荡漾，弹一首小荷淡淡的香，美丽的琴音就落在我身旁……"似乎刚刚入梦，悦耳的音乐铃声就把我唤醒，我迅速起床洗漱，立刻进了厨房。呵呵，今天可是我大显身手的机会，先把鱼腌上，然后把葱、蒜、姜等配菜切好放好，炸花生米、切肉、切菜、上油锅，忙得不亦乐乎。

"叮铃铃……"清脆的门铃声响起，来给我帮忙的妹妹小爱一家十点半就到了。"新年好！""新年好！""穿这么新呀，真漂亮！""过年嘛，就是要漂亮一点！""你准备了这么多好吃的好喝的！""过年嘛！"房间里立刻热闹起来！

春节家宴就此拉开了序幕……

又见平遥

最早了解平遥差不多有二十年了，一位朋友出差山西，带回了介绍山西平遥和山西"四大家院"的光盘。我惊叹山西的大院文化，更惊叹平遥的古朴和文化的悠久，平遥古城拥有 2700 多年的历史，是国家历史文化名城，世界文化遗产。

平遥为第二批中国历史文化名城，1997 年 12 月 3 日被联合国教科文组织列为世界文化遗产，与云南丽江古城、四川阆中古城、安徽歙县古城并称为中国现存最为完好的"四大古城"。我当时看的光盘大概就是申遗的宣传品吧。

我第一次来平遥是 2013 年的夏天，在平遥中学参观学校的图书馆。平遥中学是"神九"航天员刘旺的母校，创建于 1924 年，是山西省首批重点中学、山西省示范高中，获得过全国五一劳动奖状、全国文明单位、全国教育系统先进集体、全国实践教育先进单位等荣誉，连续四届获得"中国百强中学"称号。

这次来参观学习的是来自全国各地教育系统的相关人员，偌大的图书馆，琳琅满目的各类图书，让与会代表深感震撼。看到这所中学的图书馆，我才领略到什么叫文化底蕴深厚，平遥无愧中国历史文化名城的称誉，灿烂深厚的文化是这座名城的根基。学生在这样的文化氛围里学习、生活，才能真正地理解文化、传承文化。

那一次在平遥古城还参观了县衙。平遥县衙坐落于平遥古城中心，始建于北魏，定型于元明清，保存下来最早的建筑建造于元至正六年（1346），距今已有六百多年的历史，来到这里，印象最深的是这里的楹联。

这座古县衙的主要建筑均有楹联。如大堂楹联："吃百姓之饭穿百姓之衣莫道百姓可欺自己也是百姓，得一官不荣失一官不辱勿说一官无用地方全靠一官。"二堂楹联："与百姓有缘才来到此，期寸心无愧不负斯民。"古人已经深谙"水能载舟亦能覆舟"的道理。

还有"天理国法人情"六个大字题写在县衙墙上，不知出自谁人之手，但这六个字所包蕴的内涵，上至天道天理，下到世故人情，深厚、深远，与这保存恒久的平遥古城相匹配。

2018年7月初，我又以一个摄影爱好者的身份，跟随陕西省妇女摄影协会的姐妹再来平遥，参加影展，并且在摄影名家的带领下，从一个摄影人的角度审视平遥。

我们的影展布置在古城的城隍庙。平遥城隍庙位于山西平遥城隍庙街中段，建筑群布局严整，气势恢宏，汉民族古建筑中各种形式的屋顶应有尽有，亭台楼阁多姿多彩，一座座殿宇都堪称清式木构架屋宇的典范，明清两代遗留的琉璃饰件熠熠生辉，耀眼夺目。

我们的影展就布置在这具有浓郁古建筑特色的院落里，作为摄影新人，把自己的摄影习作和各位摄影老师的佳作一起放在这里，我心生忐忑。但是站在高处，看到一幅幅充满时代元素的摄影作品和这古朴典雅的院落相映生辉，历史和现代颇为融洽地交汇在一起，我内心的忐忑稍稍平复了！

在王武云主席的安排下，我们参观了有"平遥古城的后花园"之称的梁村和摄影基地"洪堡寨"。梁村自古为风水宝地，人杰地灵，英才辈出。著名的"蔚泰厚"票号经理毛鸿翰，著名商人冀桂、邓万庆，清代举人、民国议员冀鼎选等名人皆出自该村，明清时期该村经营店铺票号的掌柜、经理多达百人。虽然现在村落有些破旧，见到的多为老人，但这里院落规整、院墙高大，雕梁画栋依然能感觉到昔日的繁华气派。

平遥摄影基地"洪堡寨"，亦真亦幻，走进"破败的村落"，仿佛有一种穿越感，八路军、指挥部……一连串只有在电影、电视里才能见到的镜头、名词全部涌到面前，令人突然感到人世沧桑。穿行在"废墟"里拍照的姐妹又让我回到了现在——历史和现实交汇着，我不由得心生感慨！

在悠远浩渺的历史长河里，人生只不过是短暂的一瞬，我们不能决定生命的长度，但能决定生命的质量。我们是不是应该把短暂有限的人生活得精彩、活得有价值？

古城平遥，先祖的遗风，卓越的文化，恒久的地标——期待再次相逢！

聆听花开

"春雨惊春清谷天",这是西北最浪漫的时节。

初春,郊外踏青,挖荠菜、看杏花、品梨花、拍桃花,似乎成了小城人的时尚。可是今年因为新冠疫情,大家被迫局促于一室之内,赏春竟然成了一种奢望。

过了植树节,就开始了居家隔离的日子。惊蛰已过多日,阳气上升,气温回暖,春雷乍动,雨水增多,万物生机盎然。如此春讯,却不能游园、踏青,不能呼吸春光中氤氲着绿色的空气,不知有多少人翘首遥望着天边的流云,想象着河边的垂柳,念叨着"你不让我,我不让你,都开满了花赶趟儿"的桃树、梨树、杏树。我便是如此,每天回味着花树上嗡嗡的蜜蜂和花下成群结队的男女老幼。

不甘心就这样和春隔绝,在一室之内,寻找着大自然的踪迹。终于,我有了发现:阳台上,每天上午,明媚的阳光从东面倾泻而入,光线越来越长,甚至可以照到书柜处,柔和的春光铺满了三分之二的书柜,真的令人惊喜;从书房的窗户向最远处看,两座楼拐角处有团日渐明朗的红色,不知道是什么花树,更是令人欣喜万分。自从有了这个发现,每天除了在阳台上享受阳光,那团桃红就成了我极目远眺的目标。有一天,我实在忍不住,用长焦镜头拉过来拍下,放到网上比对、查询。这才知道这美丽的红色花树叫榆叶梅,也叫榆梅、小桃红、榆叶鸾枝,花语是春光明媚、花团锦簇、欣欣向荣,好温暖的花语!有了阳光和榆叶梅,我似乎才找到了到达春天的通道,才发现春天就在身边。

居家隔离的日子，开始几天还觉得清净。在家里上网课、改作业，足不出户，少了每天赶点坐公交的烦恼。但是三四天之后，居家的清净就颠覆成了内心的煎熬，每天上课最后的"再见"说完，房间里瞬间沉寂，有一种不真实的安静。日子一天天过去，3 月 20 日 23 点 33 分 15 秒，春分到了，气温持续回升。"春分麦起身，一刻值千金"，我们仍然足不出户。

在对春天的期盼中，我们每天关注疫情实时播报，了解最新动态。终于，3 月 25 日，我们看到了最新消息：在全体市民的共同努力下，我市疫情形势总体平稳可控。经省市级专家组会商研判，在从严从紧落实常态化防控措施的基础上，有序恢复全市生产生活秩序。继续严格管理封控的风险点位和隔离场所，按程序解封；各级党政机关、企事业单位逐步恢复正常办公秩序，有序恢复机动车通行……反复阅读，确认不是虚假信息，我开始亢奋起来，第一时间和家人开车奔赴心仪已久、牵挂已久的那片花海。

摇下车窗，呼吸着阳光下自由的空气，内心舒展到无限之高、无限之远的地方。远远地就看到蓝天下的那片浓绿和各色的鲜妍，我掩饰不住内心的喜悦！

终于，我来了，各色各样的花在蓝天白云下怒放。盛装的榆叶梅在一片浓绿上全部绽开了笑脸，清风徐来，花枝轻颤，一朵朵娇嫩的花仿佛在哼唱着春风的故事；有一小枝花朵，就像调皮的花小妹，摇晃着小花脑袋，说着、笑着，斜插在一排花姐姐面前，仿佛在跟姐姐们抢镜。一朵朵明丽的紫色玉兰，花瓣润泽饱满，色彩娇如晕染，充满质感的肌理，带着一些疏朗的安静，仪态万方，大家闺秀般端庄地浅笑着。"腻如玉指涂朱粉，光似金刀剪紫霞。从此时时春梦里，应添一树女郎花。"白居易的《题令狐家木兰花》说的就是这般风采吧。

花海中的桃花娇艳欲滴，粉嫩中一抹淡黄的花蕊，淡雅中散发着清香，轻轻耳语着，仿佛跟绿叶商讨着红花绿叶的映衬和搭配。浓艳的红叶碧桃毫不吝惜自己的色彩，重重叠叠的花瓣娇娇艳艳，那红艳仿佛要溢出来……

　　一种娇嫩又充满强烈生命力的气息扑向我，我内心最柔软的地方被震撼了。静静地和花们对视着，无言诉说着一种生命的感动，第一次成了花儿的知己，听她们轻柔呢喃！此情此景，似乎有一种似曾相识的感觉，哦，想起来了，那是前几日台灯下聆听学生朗读（网课期间的朗读作业）时的感动。平日里在学校听学生朗读，什么声音都不足为怪。而在静夜，听学生一个人朗读的声音，或响亮高亢，或温柔低吟，或婉转悠扬，或嗓音轻颤……

　　用心聆听，那些略显稚嫩的声音和优美的文字包围着你，敲击着你。那是一种有声世界的创造，是一种蓬勃着青春的律动，是一个生命和另一个生命的碰撞，是一个灵魂和另一个灵魂的对话，是生命拔节的交响，是一种无以言表的身心的感动。

　　生活中总有一些异常，改变我们习惯的轨迹，但同时，也馈赠我们新的体验和感受。感谢这个春天，感谢那些花儿，感谢那些朝气蓬勃的少年！

我的家乡是铜城

路遥，作为文学"陕军"的领军人物之一，似乎从没有离开过我们，打开若干微信公众号，他的名字常常出现在某个平台的某篇文章中。我还关注了"路遥纪念馆"的微信公众号，有关他的文章，我几乎每篇必读。不仅仅是《平凡的世界》，路遥的《早晨从中午开始》《人生》《在困难的日子里》等很多作品我都读过。

最难忘的是 2015 年，我一集不落地看完了长达 56 集的电视连续剧《平凡的世界》，同路遥笔下的乡党们一起上学、恋爱、分手，一起挖地、建窑、下井、救人，一起饿肚子、挣票子、包饺子、下馆子，一起经历那段艰苦岁月……不仅是我，同事们几乎都在追剧。闲暇时的话题，无一例外都是昨晚的电视剧。也难怪，作品里的铜城就是我们铜川市。路遥当年还在铜川矿务局陈家山煤矿写过本书的若干章节。第三部故事的发生地大牙湾煤矿就是鸭口煤矿的影子，而路遥曾经挂职铜川矿务局宣传部，任宣传部副部长。

记得二十多年前《平凡的世界》出版后，我第一时间买书阅读，随后，我又捧读了他的文学随笔《早晨从中午开始》。这样的鸿篇巨制写的是我们熟悉的矿工生活，主人公和他的兄弟姐妹就在我们生活的方寸之内，惊叹之余我努力搜寻记忆，看着这位伟大作家的照片，想象自己是否曾在街头和这位茅盾文学奖获得者擦肩而过，几多感慨、几多遗憾，深埋记忆，难以忘怀！

在黄卫平、刘西艳、李延军的报告文学《这里是平凡的世界》中，我了解到，作品里矿工孙少平的原型除了他在鸭口矿采煤四区工作的三弟王天乐，还有霍世昌矿长的影子。霍世昌矿长是采煤工出身，曾任鸭口矿矿长、铜川矿务局局长，后来任陕西省煤炭工业管理局局长；作品里雷汉义的原型，生活中叫雷汉玉，是采煤四区的副区长，陕北人，与路遥同乡，是路遥在鸭口矿结交的一个重要人物，除了陪他下井，还向他详细介绍有关专业用词和煤矿知识；而安锁子的原型，生活中就叫安锁子，现已退休，他做过 15 年工人、17 年班长，1993 年被评为矿级劳模。这样看来，《平凡的世界》就是我所生活的世界，书里的人物，就生活在我的身边。

其实，除了这些，电视剧《平凡的世界》让我感慨万分还有一个很重要的原因，那就是我的父亲也曾在铜川矿务局做过煤矿工人。父亲过世的时候我上高中，谨言慎行的父亲似乎从未给我讲过他井下的工作。这部电视连续剧让我了解了矿工和井下的生活，让我放飞思绪，想象着身材高大的父亲怎样在煤矿尽职尽责地做好自己平凡的工作，最终荣膺劳动模范，填补了我心中的空白和缺憾！

生活中的铜川矿务局即后来的铜川矿业公司，是陕西煤业化工集团旗下的大型煤炭企业，建于 20 世纪 50 年代。庞大的矿业公司、辉煌的业绩，是祖国建设浓墨重彩的一笔。这辉煌的业绩后，屹立着两万多名普通的矿业职工，凝聚了父辈们的兢兢业业和任劳任怨，千千万万个雷汉义、孙少平、安锁子的青春和汗水；当然，也有无数个惠英嫂子默默无闻的付出、辛劳和眼泪……

感谢生活在平凡世界而又不平凡的作家路遥，把鲜活的铜城（铜川）故事，用现实主义的文笔展现给我们、启迪我们——生活不能等待别人来安排，要自己去争取和奋斗；不论其结果是喜是悲，可以慰藉的是，你总不枉在这世界上活了一场。很庆幸，我生活在路遥笔下的铜城——那个平凡的世界里。虽然我没有经历那么多的坎坷，但是有父辈的教诲和铜川的朴实民风，所以，我才得以用心体验作者思想的激情和昂扬的斗志，我才有屏幕前的泪水和感动，我才有台灯下一次次的深思和遐想，当然，我更该有铜城人该有的踏实和勤奋！

而今，铜川矿务局的多数煤矿已经完成了历史使命。煤城铜川也由煤城顺利转型成一个旅游养生之都，特别是曾经的铜川矿务局王石凹煤矿，落实国家"供给侧结构性改革"政策关停后，成立工业遗产保护小组。2017 年 11 月，王石凹煤矿工业遗址入选陕西省首批"文化遗址公园"。老市区川口高架桥处象征煤矿工人忘我奉献精神的"基石"雕塑，就是对一个时代煤矿工人的礼赞！而路遥的《平凡的世界》，是我国当代文学画廊里，熠熠生辉的煤矿工人群体画像。

路遥有一句很经典的话："只有初恋般的热情和宗教般的意志，人才有可能成就某种事业。"作品里的孙少安、孙少平就是这样成就他们的理想的；《平凡的世界》缔造者路遥更是这样，给我们留下了宝贵的精神财富。我们怎样才能无愧于这个世界？我们有什么理由不去执着追求呢？像牛一样劳动，像土地一样奉献。这种自强不息、厚德载物的传承，这个朴实的道理，不仅告诫了我、温暖了我，还激励了不少和我一样的普通人，振兴了铜川这座"城"！

王 谦

男，1960 年 7 月 28 日出生，祖籍陕西子长，中国民盟盟员，大专学历，主任记者职称。西安市作家协会会员，西安市书法家协会会员，民盟中央美术院陕西分院理事，陕西汉唐文化创意研究院研究员，陕西省科普作家协会会员，西安科技大学高新学院客座教授。《陕西科技报》原执行总编，陕西广播电视台《视界观》杂志编辑，曾多次获得中央、省级行业新闻奖，新闻作品多次获中央、省市领导批示，发表新闻作品两百万字，散文、诗歌、小说、报告文学数十万字。

游泳的记忆

　　我是从四五岁开始学游泳的，最早是跟着二舅到离家不远的灞河玩，在堤坝旁边的浅水里戏水、摸鱼，练习"狗刨"，常常把衣服弄得干了又湿，湿了又干。大概在我五六岁的时候，父亲工作的工厂修建了一座露天游泳池，有两个池子。一个大人池，是比较标准的 50 米长、25 米宽的长方形水泥池。北边水深一些，大概有两米五，南边水浅一些，大概有一米六。另外是一个长宽均 25 米的小孩池，水浅一些，最深的地方，刚刚没过头，最浅的地方水在膝盖以下。池子中间有一个圆形的水泥台子，池子四周安有刷着蓝漆的铁管扶手。小孩池人多水浅，人密密麻麻的，多得跟下饺子似的，一般是家长在教孩子游泳。我记得，父亲用两条粉红色的自行车内胎，改制成了救生圈，给我和弟弟用，我们就可以大胆地学习游泳啦。父亲只有星期天才有时间陪我们游泳，而我们这些没有上学的小孩子学习游泳的劲头很大，平时只要游泳池开放，就会带上两三个凉馍，从早上玩到下午，甚至晚上都泡在游泳池里。饿了，啃几口馒头，渴了，喝几口自来水。长时间在游泳池里尽情地戏耍，根本顾不得太阳的暴晒，往往一个夏天下来，整个人都晒成了"非洲人"——皮肤很黑，眼底很白，牙齿白得反光，脸上反差极大，身上跟抹了橄榄油一样，真正的又黑又亮。晚上游泳池下班了，关门清场以后，有时候我们也会从围墙上翻进去玩。因为没有人，我们就光着屁股在水里尽情地戏耍。有时还会从一个搭建的高架子上向深水池里跳，一会儿是"冰棍"姿势，一会儿是扎猛子。还有的时候，我们从旁边的基建工地上抱来一块木头板子，时而推着木板游，时而躺在木板子上漂浮，仰望着满天的星斗，忘乎所以。

我们游泳时，时常会有一些大孩子欺负我们。比如两个大孩子分别把我的手脚抓住，抬起来，使劲来回晃悠，嘴里喊着"1、2、3"，扑通一声就扔进水里，我十有八九会因此呛水。有时大孩子还强迫我们潜到水底摸石头、抓蛤蟆。或者当你正在游泳时，忽然有大孩冲过来，强行按你的头，把你压入水中，叫你喝几口脏水，他们才乐呵呵地尽兴离去。

大约小学五年级时，学校组织了一次游泳比赛，是各个年级分别比。有集体 4×50 米接力项目，有个人 50 米项目和 100 米项目。那时我们虽然经常去游泳池玩，但是从来没有经过正规训练，都是野路子，大部分人是"狗刨"或蛙泳姿势。我是不标准的蛙泳，就是始终抬着头游，不会闷头和换气。个别游得好的同学，已经会游自由泳或比较标准的蛙泳了。比赛之前，我担心自己身材太瘦，影响形象，还专门在家玩了一会儿哑铃，以便使身体肌肉膨胀，显得更强壮一些。那天上午十点，比赛开始了。一个年级一个年级地进行，男生比完再让女生比。我们六个人一组，一人一个跳台，随着裁判员的发令枪一响，我们相继跳入水中，也顾不上姿势和水花是否标准漂亮，大家争先恐后地向前游去。刚开始我游得还可以，两臂用力均匀，两腿平稳地一收一蹬，头始终僵硬地浮出水面，生怕池水灌进自己的嘴里。第一个 50 米时，我基本处在第二名的位置。可当游完第一个 50 米返回来时，我一不小心呛了一大口水，导致我不停地咳嗽，感觉气不够用。好不容易调整过来呼吸，我又觉着双臂发酸，手指发软，头昏脑涨。我感到自己鼻子进水，呛到肺里，实在支撑不下去了，随时都有沉没的危险。我本能地游向旁边，头脑中冒出当一名逃兵的想法。就在我准备放弃比赛的时候，忽然听到游泳池东边的栅栏墙外有一个女生高喊："加油，加油，爱平，加油！"这一声声加油，好像真的给了我力量，给了我信念和勇气。我决定不逃跑了，我慢慢挺住了，真的加油了。我又咬着牙重新奋力向前追赶，经过努力，逐步超越。最终，我取得了年级第三名、小组第一名的好成绩，获得了一个文具盒的奖励。我真的十分感谢那个不知名的女啦啦队员，感谢那一声声节奏鲜明而热情的鼓劲。比赛结束，当我爬出泳池，扭头寻找那个喊加油的同学时，她已遁入茫茫人海，不知去向了。长大以后，每当我在人生拼搏最困难的时候，在就要支持不住、准备放弃的时候，就会想起那一声声加油，然后，我就有了必胜的勇气，向着正确的目标，心中默念"坚持就是胜利"的口号。就这样，我跨过了人生中的一次次艰难坎坷，踏平了一道道惊涛骇浪，进入了幸福的晚年。

外婆

我的外婆尤为勤劳、善良、乐观和慈爱。

我的外婆叫薛文清，1914 年出生，她的娘家在延安子长县（今子长市）东北边，一个叫麻地圪坮的小山村。外婆的父亲是一个乡村中医，看病时经常有人赊账，很多时候连药品的成本都收不回来。因为家里穷，外婆 13 岁就嫁给了外公。当时陕北的风俗习惯是穷人家的姑娘结婚早，娘家把姑娘尽早嫁出去，不但早早收到一笔彩礼，还可以节省很多开支；而富人家的儿子结婚早，这对有钱人家不过是增加一双筷子的事。外公家里条件优越，外公人也长得精神帅气，又有文化，外婆算嫁了个好人家。他们结婚时，外公也是一个 13 岁的娃娃，从此，她就跟着外公风风雨雨、跌宕起伏地过了一生。

外婆一生总共生了十二个孩子，养大了六个，两男四女，我的母亲是有幸养大的孩子里面的老大，比外婆整整小 20 岁。

1949 年，西安解放，外公被派到长安县（今西安市长安区）当法院院长。1951 年，外婆带着母亲、大舅、二姨和三姨辗转到了长安，住在清凉山下的窑洞里。母亲从 18 岁开始在长安县上了五年小学，1956 年与父亲结婚，1957 年随父亲到商南县工作。

1960 年夏天，国家经济困难时期，我出生了。据说，我出生时母亲难产，大夫是一个刚毕业的大学生，遇到特殊情况还得现场查书。因为产程太长，我的身体不好，母亲也受到巨大的伤害。外婆心疼女儿，就放下外公一大家子人的生活，冒着酷暑，乘卡车翻越秦岭，从西安来到偏远的商南县，给母亲侍候月子。当然受益最大的是我。

母亲生下我后没有奶水，而且不久就上班了。照顾我最多的是外婆，从此我就牢牢地记住了外婆慈祥的面孔和独特的气质。

1962年10月，父母被调到西安工作，母亲又生了大弟弟，这次是奶奶来帮忙。奶奶喜欢弟弟，父母忙于工作，大家都顾不上管我，我还"宁死不屈"，坚决哭闹着不去幼儿园，并且一再得逞。我先天发育不足，身体长得很瘦弱，整天蔫了吧唧，没精打采，脑门上有一条很高的棱，走路老是摔跤，人们给我取个绰号叫"猴娃"，还有人给我编了一段顺口溜："猴娃猴娃搬石头，砸了猴娃的脚指头；猴娃猴娃你要哭，我给你娶个花媳妇！"

可是，一旦我在外婆家住上一段时间，就会明显胖起来。原因一是外婆给我盛的饭多，二是外公经常讲浪费粮食犯法，我不敢剩饭，这样很快就胖了起来。

外公那时已经被调到陕西省干部文化学校工作，他们住在西安南郊小寨兴善寺东街，就是现在的陕西省教育学院的校址。当时他们家有六口人，只有两间平房，厨房还是另外搭建的。外公经常住在办公室，我就跟着外婆睡。外婆很勤快，天刚亮就起来做饭、洗衣、收拾家，她还买粮、买菜、养鸡、养猫，抽空还画画、剪纸，一天忙个不停。外婆年轻时上过妇女扫盲班，认识几百个汉字，还会简单的加减法，每次买粮都靠她骑着三轮车到小寨商场买回来。那时会骑三轮自行车的人不多，一路上人们都用诧异的眼光看着她，用现在的话叫比较"拉风"。其实那时她已经50多岁了，还是小脚。她还经常帮助邻居裁衣服，用缝纫机轧衣服。平时做饭时，一有空闲她就在锅台上练习写字、画画。她见啥画啥，她画的猫、狗十分形象传神。那时除了母亲出嫁，大舅在东北当兵，外婆的其他四个子女都在西安上学，家里的一切全靠外婆操劳。但是不管生活多么艰难，她总是笑眯眯的。

有一年春节，母亲带着我们兄弟姐妹四个从东郊到外婆家，下公交车后在小寨商场买了一斤鸡蛋糕。店员刚称好，我们几个小孩就抓着吃了。可是母亲一摸口袋，发现钱包丢了，只好叫我去找外婆送钱来。外婆大度地安慰母亲："破财免灾，小偷也要过年哩！"

大概是 1965 年秋天，核桃成熟的季节，我在外婆家待了很久，跟院子里的小朋友们也混熟了。他们院子里有很多核桃树，我经常爬树摘核桃，工作人员多次上门告状，外公一般会板起面孔批评我，而外婆总是以"孩子小，不懂事"来庇护我，以致我后来"乱子"越惹越大——

文化干校的教学楼是一座两边低中间高的凸字形大楼。一次，我和几个小朋友从教学楼辅楼的楼顶（四层楼）向中间的主楼楼顶（五层楼）抓着八字形螺纹钢向上攀爬，忽然头一晕，从五楼侧面掉到了四楼楼顶。楼顶的沙子把我的脸蹭破了皮，有人把我送回家，外婆带我去看病包扎，后来还去换了几次药。路上刮风下雨，外婆用她的绿色围巾包住我的头，担心我得破伤风。还有一次我在家里没事干，把一个电灯头拿在手里玩。那时候的电灯大部分是挂钩灯泡，灯头里有正负极两个触点。我将灯泡卸下来，把右手大拇指头伸进去，造成了"短路"，通电的灯头将我的手指烧伤了。我疼得大叫一声，外婆进来，见我的手受伤，不顾脏，把我的手指放进嘴里，轻轻吮着、吹着，后来还到邻居家借来獾油，轻轻地给我抹上。邻居开玩笑说："外孙是狗，吃了就走！"我怕外婆不喜欢我了，就对她说："外婆，我长大了一定孝敬你！"外婆听了高兴得嘴角翘起老高，脸上的皱纹开得像一朵菊花。

外婆和四姨有一段时间住在我们家。每天早上在我还没有起床时，外婆就把烤得焦黄喷香的馍馍送到我的被窝里，我吃得满床都是馍渣子。奶奶看了很不高兴，认为外婆过于溺爱孩子了。她们两人一严一松，对孩子的教育理念截然不同！

1976 年冬天，我跟二舅回老家过了一次春节，在外婆家待了十几天，再次体会到了外婆的豪爽和热情。真的像民歌里唱的那样："热腾腾的油糕，哎咳哎咳哟，摆上桌，哎咳哟；滚滚的米酒捧给亲人喝，依儿呀来吧哟！"外婆高兴地从早忙到晚，使出浑身解数，做这做那，生怕我们吃不好。又是不到十天，我就吃胖了。那个年代，人们以胖为美，认为胖了健康。临走的头一天晚上，外婆还给我们装了很多吃的东西，并千叮咛万嘱咐，担心我们搞丢了、放坏了，生怕我们路上饿着。

我们离开外婆家时，正是大年初六的清晨，陕北的正月，天冷得出奇，满山都是半尺厚的积雪。我们踩在冰雪覆盖的路上，脚下发出吱吱喳喳的声音，稍微不慎就会滑倒。但是外婆坚持要送我们到村口，谁劝都不顶用。我们走了很远，转了两三个山峁，回头看到外婆还站在寒风中招手，直到人影已经很小很小，也不知道她是怎么挪回去的。

1980年秋天，我在西安东方技校上学期间，外公重新工作，陕西省委安排外公、外婆暂时住在建国路省委招待所，就是现在的张学良公馆。有一个星期天我去看他们，那天晚上正巧外婆闹病，不知道什么原因忽然上吐下泻，腹背疼痛，疼得外婆呼爹叫娘，用她的原话就是"刀劈斧砍的疼"！外公一时也束手无策。幸亏我在跟前，急忙背外婆去了第四人民医院。经过紧张的抢救，过了几天外婆身体就好了。在场的病友问这个小伙子是谁？外婆骄傲地说："我的大外孙子！"

不久，省委安排外公到省委第三干休所当所长，并专门从宝鸡调三姨到临潼工作。外公外婆在这里生活了二十多年，他们种花种草，种果树，"采菊东篱下"，过了一段幸福安宁的晚年生活。

我们经常去看外公、外婆，我们一去外婆就明显地兴奋。外婆有时会亲切地摸着我的后脑勺说："你的后脑把子和你二舅舅的一样样的，平格沿沿的。"我知道陕北人很讲究男人的头形，而二舅和我的头形都是外婆用专门的枕头精心"制造"的杰作，是外婆审美观的直接体现。

外婆80岁以后，得了阿尔茨海默病，近期发生的事记不住，小时候的事却记得特别清楚。有时她连自己的儿女都不认识，却能轻松认出我，可以很自然地叫出我的名字，连我都感到奇怪。我每次看外婆，她都会反复问："你有几个娃娃？男娃娃女娃娃？"当我平静地告诉她我只有一个女娃时，她都会坚定地对我说："再要上一个！"

晚年的外婆已经完全记不住事了，但是她仍然不停地出去捡柴火，捡桃核、杏核。我想不明白，外婆的一生到底经受了什么磨难，才会这样"爱柴如命"？她锲而不舍地在家里积攒了很多柴火，在院子里种了很多果树。由于果树太密集，果实的品质比较差，但是她也会挑出最好的留给我们吃。平时她吃饭很简单，而我们一去，她就会做许多饭，米饭、馒头、面条同时上，每次吃饭都要剩下很多她才高兴。更有意思的是，她给我保存着一些水果或者好吃的东西，我们并没有及时去，以至于当她给我取出来时，才发现已经腐烂发霉了。也许只有当面看着我吃了，她的心里才会高兴!

外公去世后，外婆又坚强地活了几年，子女们都很孝顺，尤其是三个姨姨对外婆照顾得格外精心。可是，有一天外婆在母亲家里，晚上睡觉时不小心从床上掉下去，摔伤了胯骨。此后，她在床上瘫痪了四年，受尽了磨难。我虽然经常会去看她，但是，四体不勤的我真的没能帮上什么忙。

最为遗憾的是，外婆去世时我正在新疆出差，听到噩耗急忙赶回临潼，只见到外婆的遗像和空荡荡的房子。

外婆去世几年之后，我母亲兄弟姐妹们共同决定，将外公、外婆的骨灰安葬在老家祖坟里。我本来说好要回去参加安葬仪式，后来也因为一项实在走不开的工作而食言，造成了我终生的遗憾。

母亲的头发

在我的记忆中，母亲有两条又黑又粗的大辫子，辫梢能达到后腰。母亲的身材比较瘦，显得个子很高，我家里现在还保存有母亲长辫子时的照片，也有母亲两边头发烫卷的照片，而且，我记得家里以前有一把老式烫发钳子。看来，母亲年轻的时候，对发型还是比较讲究的。

母亲是 1934 年出生的，她一辈子虽然坎坷多艰，晚年却也儿孙满堂，吃喝不愁。

2021 年 4 月 18 日下午，母亲不小心摔倒在二姐家大门旁边的电梯口，左手手腕粉碎性骨折。老年人大多都骨质疏松，最怕摔倒。二姐和外甥迅速将母亲送到长安医院，办了住院手续，并通知我们兄弟姐妹。我陪母亲在长安医院住了两天，随后决定把母亲转院到骨科治疗水平更高的西安市红会医院。

红会医院在西安市乃至西北五省都是骨科方面的权威医院，医疗水平远近闻名。但母亲毕竟 87 岁了，又有多年的糖尿病、心脏病、骨质疏松等病史，而且，腕部经常活动，不容易愈合，还存在安装钢板以后二次手术的问题，真不知道能否做这个手术。

我和母亲在红会医院住了三天，陪她做了多项检查，与年轻的主治医生多次沟通，对治疗方案仍犹豫不决。

2021 年 4 月 25 日早上，下了一夜的瓢泼大雨终于停了。上午大夫查完房以后，我决定还是做手术吧！我们按医生的要求做完了相应的准备工作，暂时没有其他事，我看母亲脸色憔悴，头发有些长和乱，遂决定带她出去理个发，这样手术时比较清爽。

出红会医院住院部，向东不到 200 米就有一间理发店，店里陈设一般，有两个座位一个理发师。理发师是个小伙子，打扮时尚，比较健谈。他说他家是长安区的，因为媳妇在红会医院住院，他来陪护，发现了给住院病人理发的商机，于是开了这家店。我们聊天时，他就开始给母亲理发，快结束时我问了理发的价格，回答是 25 元。母亲一听，马上就不愿意了，其实西安市剪头发基本上就是这个行情，贵也贵不了十元八元。母亲说："这么快就剪完了，只剪了这一点点头发，怎么就 25 块，太贵了！"

我急忙给理发师使个眼色，并立即通过微信支付了费用，却故意对母亲说："人家师傅说了，因为你是 80 多岁老寿星，所以只收 15 块。"母亲听了，马上喜上眉梢。

我们兄弟姐妹虽然做好了在红会医院给母亲做手术的准备，但最后考虑到八旬老人有多种慢性病，尤其是糖尿病，伤口不好愈合，存在二次手术和将来取钢板的问题，风险比较大，于是决定放弃手术从红会医院出院。

出院后，我们又去了西安市十里铺骨科医院。医院里一位技术精湛的院长亲自负责治疗，根据母亲的特殊情况，他制定了缜密的方案，真正进行了保守治疗。在做了痛苦的拉伸复位治疗之后，母亲的手腕重新打上了石膏，回家慢慢地休养，中间多次拍片检查，多次固定。经过整整 60 天的治疗，才又去掉了石膏，拍了片子。检查结论是：比当初想象的效果要好。院长说回家坚持用热水泡，以后就可以慢慢活动，左手基本上可以恢复功能，我们兄弟姐妹才松了一口气。

回家的路上，我对母亲说，您真是命大福大造化大呀！母亲却说："是大夫的水平高，是儿女们照顾得好。"

复查那天太阳特别大，我看到母亲的头发长了，就说："天气这么热，理个发吧？"母亲坚持说："我觉着不长，也不热，过一阵子再理！"我知道母亲是怕花钱，故意推脱，就绕道将她拉到城里，在广仁寺休息了一会儿，然后带她进了一家理发馆，连哄带骗地把她按上了理发椅。这时她又不停地问理发师："剪个头多少钱？"她还说："我可没有带钱啊！"虽然嘴里念叨着，但母亲还是乖乖地接受了安排。

开始理发后，母亲一再要求理发师："理短些，再短些，长了梦乱，热！"我看理发师真的越理越短，急忙阻拦："可以了，不要再短了，再短就成男娃头了！"母亲这才不吭气儿了，静静地等待理完吹干。

从理发店出来后，母亲一再问我多少钱，说还不如在家里理得好。我说："妈，你挣那么多钱干啥？怎么连个头发都舍不得理！"她还是说："只理了一会儿时间，只剪了一点点头发，就 20 块，太贵了！"我说："今天收得便宜，只有 15 块钱。""15 块？"她有一点儿不相信。"15 块也贵，不如在家自己理。"我想，母亲一生抚养六七个孩子成人，怎么晚年理个发都要斤斤计较呢？

头发干后，我问："妈，您觉着怎么样啊？是不是凉快了？我觉得您一下年轻了一大截子。"母亲用右手不停地摸着头发，什么也没有说，好像默认了。

下了车，我搀着母亲，随手摸了摸母亲刚理完发的后脑勺，心酸了。她现在瘦骨嶙峋，后脑硬硬的、干巴巴的，基本上没有肉了。

其实，我们兄弟姐妹都知道，母亲存的钱，都支援了那些没有钱上学的孩子，也帮助了身边一些有困难的邻居。

啊，现在，我那个梳着长辫子、美丽的妈妈，哪里去了呢？

周厚明

　　男，汉族，1958 年生于陕西。中国诗歌学会会员，《中华文学》签约作家；陕西语言学会会员，安康市作家协会、诗词学会、楹联学会会员；《镇坪县志》编委会第二任副主编，镇坪县高级中学退休高级语文教师，《作家摇篮》杂志签约作家，"清风世界"文学平台签约作家，中国诗歌网认证诗人。著有诗歌、散文、小说合集《吉日诗文》，诗集《文心》。

仁者"国心"

　　噢！鸡心岭，我家乡的守护神！它是陕渝鄂三省市交界处的一座山岭，秦巴山地的一处峰峦，历史上曾有"金鸡岭"的美名。面对家园境内的这一灵山宝地，我想调整一下思绪，梳理一下多次登临的脚印！

　　每走一回鸡心岭，我都要产生一番感叹，领悟的深浅程度好像也在递进。犹如人生的阅历递增，坚强与脆弱的碰撞就发生得越频繁；生活经历越复杂，成功与失意的交替总是在变换酸甜苦辣，铸就五味人生。

　　记忆中第一回上鸡心岭，是早年徒步，孩提时代，没有公路，凭着年少的体力，跟着长辈们出门办事，也邀了三两个少年同伴，为了见识而赶路，行程是从家里出门到四川（重庆）境内的"铜罐沟"走个来回，大体两天往返算正常，当天一去一回的人又值得夸耀。去时走到瓦子坪，行经山路几回也就在脑海里记熟了地名：什么"老鼠迁""观音岩""母猪洞"等，算是走一处喊出一处地名来，与少年同伴相互鼓一下劲，权作丰富了阅历。爬"百步梯"，过"碑梁子"，逼近"凉水井"，越过鸡心岭就胜利在望了。回来时，只要到了"三岔"口，就可以直面仰视鸡心岭，等到一气攀上三省市分界的界碑处（没立界碑时旧名"窝坎儿"），就算是旅途的转折点，一定要长长地歇口气，也估摸着回程不再更遥远，剩下的路程脚步也会更加轻快，虽然又苦又累，心中的宽慰是：总算出了一回省！而且还亲眼看到了一丛作为地标三面分缕、不偏不倚的羊胡子草。今后在没有机会同去的伙伴面前，自然多了几分骄傲的说头。

　　走上工作岗位以后，有一年，好不容易到了"五一"，那时还没有长假规定，加上周末共三天假日，我约上单位几位有兴趣的同事，计划到四川（现重庆）的奉节走一遭，目标是看看白帝城。时间有限，星期五的晚上连夜起程，抓紧时间，五把手电筒是我们的必备夜行"眼睛"，必须赶天亮前步行到巫溪县的龙泉才有班车。年轻的活力加上无限的兴致，三四个小时的跋涉，我们就登上了鸡心岭，正是夜半三更，在这"脚踏三省"的界梁上，无法看清山容岭貌。当时我算是唯一走过往返的人，身为"向导"，在同事中多了几分责任感，还夹杂一丝自满。大家听说再往下走到龙泉，只需三小时左右的行程，就一致同意在界碑处多休息一阵，任由我凭着儿时的记忆来描述鸡心岭的山形走势、地貌峰峦。凭着记忆信手指点江山：这是陕西，这是湖北，这是四川。除此三句无须推敲，自然得以印证，其余的描摹本来就缺乏深刻的印象支撑，一次经历的儿时记忆就充满偏差，等到大家回归时，在光天化日下领略了鸡心岭的博大雄姿，对照我的山顶夜话，把我羞愧得无地自容，一下子减损了我八分的傲气。

后来通了公路，接着建了界碑，在公路通过的三省交会处还修了地标式高大牌楼，鸡心岭又获得了新生。再后来，原来的界碑扩建高耸，供人文观光和开放旅游的道路拓宽硬化，随着亭台标识的进一步建设，再上鸡心岭的机会多了，或是文友聚会，或是陪同客人，或是同事雅聚，或是家庭组合出游，都把鸡心岭作为县域境内小范围出行的首选，我仍然是自封的向导！总感觉百来不厌，来之有乐，慨叹万千！古人有"仁者乐山、智者乐水"的彻悟，我不敢在山水之间产生一丝的自满，反倒是多上一回鸡心岭，就多一分对于仁者智者的崇敬！

仰视鸡心岭，必须放眼，若只关注"鸡心"，只能感受鸡心岭的表象。极目远眺鸡心岭与左右群山的连贯，那是千山万岭的携手，是千里地脉的贯穿，也是千沟万壑聚散顾盼、普济奔波的体现。看陕西方向的群山绵延，有剪刀峰的回望、观音岩的慈怀、圣母洞的悲悯、五子峰的恻隐；进而拓开十里沟壑、百里群峰、千里江流；开辟南江河两岸层层关隘，遥遥对接发龙山，令一江清流曲折九湾十汇，入丹江归汉水。鸡心岭渗出的清流二分：一泓充作"南水北调"的先行官，一注投奔长江入东海。南望重庆边境，鸡心岭携手千尺绝壁、呼应巴巫群峰，它用仁者的持重、博学的记忆，诉说历史的沧桑：南边的溪流，从"鸡心"涓涓涌出，以一落千丈的气势，聚会东溪、西溪两河，汇总十大古盐都的大宁河，穿越小三峡，奔巫山入长江。"一泉流白玉，万里走黄金"，是鸡心岭的近邻宝源山的五千年写照，宝源山从远古唐尧时期因盐泉开发而立国巫咸，战国时巫咸国携鱼国、庸国、濮国联合伐楚，不料强秦联合巴国攻打庸国，庸国破灭，巫咸国也根基动摇，巴国乘机统治这方山水。但是好景不长，东楚北秦，两方夹击，先失利于楚襄王，后被秦相张仪彻底攻占。鸡心岭时而巫咸、时而巴庸，遭遇了朝秦暮楚的创伤，最终却以仁者的同情，在三分疆界的连接线上让出一条互通的盐运古道。几千年来，秦巴古盐道以鸡心岭为连接点，连接川东、贯通陕南、畅达鄂西。向东瞭望湖北，跨过菜籽坝的群山沟壑，引升旭日的远方，延伸鄂西群峰，连接神农架、武当山，鸡心岭以岿然不动的静态，彰显了亘古大度的从容。

　　鸡心岭被冠以"自然国心"之名，是从中国当代陆地版图的"雄鸡"形象，再联系鸡心岭的历史名称、地理位置、山峰自然形象，从理论上完成的文化挖掘。面对全国各处形形色色的品牌打造，面对纷纷扬扬的争鸣，鸡心岭的雄厚底气、灵动形象都昭示了一种自然的姿态：猝然临之而不惊，无故加之而不怒，宠而幸之而不傲，辱而忍之不失尊。

　　岭上人家陕渝鄂，和谐同尊鸡心岭，笑迎四方众嘉宾，群山齐奏阳春韵。远来近去的游客，在鸡心岭这方灵秀之地，在秦巴古道的界碑处畅游，春看草长莺飞，尽享氧吧春芳；夏览青山峻岭，笑傲云海雾嶂；秋观红叶硕果，评品山农果珍；冬望银蛇龙腾，南风北韵共鸣！

　　我把鸡心岭看作智者、视作仁者，是由于数十次的参悟，它一次次让我明白：何为是非荣辱？何为怵惕恻隐？何为羞恶辞让？何为人间路平？倘若还不明白，我就再上鸡心岭，再拜访"自然国心"。

红石河墨香飘京畿

——记中国书坛实力人物邹方程

　　打开《中国书坛实力人物——邹方程》这本专集，我感叹洪亮主编的慧眼独具，也感慨从家乡镇坪红石河走出的邹方程老师翰墨馨香，且名满京畿，作为陕西安康镇坪县人，家乡的自豪感油然升起。

　　邹方程老师出生在 20 世纪 70 年代，早年执教于镇坪县家乡的曾家小学、曾家初中等学校。21 世纪初进修于首都师范大学，毕业于首都师范大学书法文化研究所，2003 年取得文学硕士学位，导师为欧阳中石、张同印。毕业后留在首都师大任教，为首都师大副教授、书法硕士生导师，系中国书法家协会会员、北京市高校中青年骨干教师、首都师范大学德育标兵、北京市高等教育教学成果奖二等奖获得者。他曾经在央视书法频道主讲《兰亭序》16 集，在教育部高校精品共享课"书法技能培养"中主讲毛笔书法专题课程。在长期从事的书法教学和研究工作中，书法篆、隶、楷、行、草五体皆能，尤擅楷书、行书，出版《书法技能培养》《历代书法精论》等专著十多部，著名论文有《六朝社会与寒人书法》《论魏晋南北朝书法教育三大体系》等，作品无数，被誉为中国书坛实力人物。

　　鉴赏邹方程的书法作品，是一种高雅享受，其作品题材的选取，无不体现春风化雨、立德树人的主题：其草书《游于艺》的扇面横幅，从道家、儒家思想相融汇的育人理念着笔，圆润中透出志趣；其篆书《临池学书，池水尽墨》体现学海无涯、广纳博采的治学风度；其简书曹操的《短歌行》，将"山不厌高，海不厌深，周公吐哺，天下归心"的胸襟与纳才、励志、勤奋的深意倾注笔端；隶书《书到用时方恨少，事非经过不知难》，取材于清代杜文澜的《古谣谚》，倡导勤读博览、历练勤事才是走向成功的基础。楷书《天地有正气道义为之根，是气所磅礴凛烈万古存》，在选写文天祥《正气歌》章句时，浩然正气，力透纸背，入木三分。特别是其行书《出师表》，取材于三国诸葛亮的《出师表》，将诸葛武侯的忠贞之心、知遇之恩、报国情怀、拳拳之意饱注笔墨，一任酣畅淋漓。

从书法艺术的角度，邹方程近效导师欧阳中石、张同印等翰墨高手，远采历代名家的众长，成就自身风格。其行书《兰亭序》，临摹神龙本，在运笔功力、张毫走势、开合布局上高仰宗师，趋步接踵，笔显登攀之势；楷书唐代李商隐的《无题》诗，行楷互映、两体参差；其草书恭录苏东坡的《题西林壁》，笔锋高挂，中锋不倒，浩然大气。其楷书五言联"圣人心日月，仁者寿山河"更是亮眼。

我与邹方程老师只是过去的同行，在后来的发展中，他是文化艺术道路上的昂首阔步者，是家乡人的骄傲；我却故步老迈、上进乏术，也缺乏高度品评邹方程老师作品的能力和修为。好在2016年3月，我与镇坪中学校长谢道老师去清华大学学习传统文化，有幸拜访了邹方程老师，他为镇坪中学书写了"敢为人先"的条幅，也为我个人书写了"吉日门风"的横幅，对我来说，值得几代人珍藏展示。我们还参观了方程老师的创作室，叹为观止。单看他十几方书画印章大小不等、方圆杂呈，其学者、艺术家的风度与雅室墨宝相得益彰，我深感镇坪人士不管走到哪里、不管投身什么样的行业，都不乏佼佼者。

洪水河西流向东，南江河南源北涓，双河口的聚汇是生命的奔流不息，最终的走向是入汇湾，走丹江、汉水入长江，汇入大海。镇坪学子的走向需求，朝着格物、致知、修身、齐家、治国的方向迈步，也正是步步攀升、人尽其才的展望。红石河墨香飘京畿，镇坪人阔步走康庄。镇坪县曾家坝走出的中国书坛实力人物邹方程老师，无疑是镇坪文化人学习的榜样。

黄龙瀑畅想

飞流高挂自消涨，
银练聚散演沧桑；
碧潭盈亏留不住，
一腔清流汇南江。

　　黄龙潭位于镇坪县城南两公里处，马鞍山自东向西绵延到南江河东岸，半山腰丛林中两股溪流出自山崖，溪流涌出的洞口一名黄龙洞，一名青龙洞。两股溪流平行奔流数十米后合二为一，拥挤向前，聚在悬崖处形成飞瀑，是谓黄龙瀑。黄龙瀑略汇积水，继续蜿蜒西流，汇入南江河，在巨石堆叠处积水成渊，终成黄龙潭。

　　黄龙潭三段景致，由源头的黄龙洞、半山腰垂直洒落的黄龙瀑、注入南江河东岸的黄龙潭共同组合而成，犹如一曲高歌，奏出了自然造化的交响乐；又如天籁般的自然合鸣，情景如此相融，声色四时同汇。溯源马鞍山延伸的黄龙洞口，掩映在深山密林中，潮汐般涌出的两股细流，穿透岩石，流过一段丛林，携手合韵，进而舍身共赴绝壁，扯起白练，形成飞瀑，垂直奔泻，腾起漫漫青雾，落入峡谷翠潭。潭不盈丈，涨消一日四次，天天排演应时的乐章。涨潮时由喃喃细语，慢慢变奏成一曲清唱，继而箫笛合鸣，高潮来时，交响汇聚、鼓乐齐鸣。潮汐退时，水声渐小，婉转如诉，仅悬一丝细流。演练告一段落，细流顺溪直奔，一路欢歌，毅然投奔黄龙潭，去参加南江河的盛会。

你可以站立在黄龙瀑前耐心观赏，等待潮汐涨落，这需要一定的时间和专注；你可以在山脊险要处的悬空亭子里看长桥深潭，回顾"险自成"的关山锁钥，这需要定力与沉潜；如果有足够的体力和果敢，还可以在陡峭的山路上不懈登攀，去黄龙洞口探源。

黄龙瀑只是一泓溪流的行程，大自然的造化却赋予它灵动的生命，且与日月星辰共长存。既然"水不在深，有龙则灵"，古老的传说也曾印证：黄龙洞旧时有二龙治水，一黄一青，由于争夺南江河的水域发生过战斗，黄龙用托梦方式求助于一武将，在武将的帮助下打败了青龙，胜利的黄龙在领地上继续行云布雨，履行天职，以致南江河岸风调雨顺。失败的青龙悲壮而退，在发龙山上疗伤难愈，最终化作骨骸形成绵延山脉。但见落魄时常存傲骨，失落中隐忍，也不失英豪气度，千古沉潜，犹见壮心。

黄龙瀑风光，表面是自然的景致，展现出春夏秋冬的变换，标示昼夜晦明的异同。如若深思，以胜利者姿态出现的黄龙，应当秉承龙的意志，继续发扬龙马精神，毫不懈怠，恪守本分，自励勤勉，造福众生。

黄龙洞潮汐永注，黄龙瀑银练翻飞，黄龙潭流水潺潺，组合成天人合一的智慧。反复欣赏黄龙瀑景致，心中却抹不去发龙山的傲岸形影，我只好用四句回文诗作结：

> 龙青倒卧见高峰，
> 洞古铺云绿树笼。
> 浓情咏叹绕碧水，
> 同笔彩注赞黄龙。

文学使人自强不息

——在《中华文学》创刊五周年主题研讨会上的发言

在《中华文学》五周年庆典暨跨年笔会举行之际，首先向杂志社的主编、副主编、编辑老师，向来自全国各地的文朋诗友们问声新年好！我们今天聚集一堂，实在是人生之幸事，更是文学之幸事！因为过去的一年，是世界历史上不平凡的一年，我们每个人在经历了不同寻常的风雨洗礼之后，来到英雄之城武汉，追赶《中华文学》五周年一千八百多天的步履，更是人生高雅的造化！

《中华文学》创刊肇始至今五周年，以"香象渡河　囊括大块"的气度，追求文学大道的精深彻底，向往天人合一、同自然一体交融的至善境界，铸造厚重华章而广泛包容文学品类，充分展示全球华裔作家作品，打造中华民族伟大复兴新时期的星光大道，开启了从武汉起步，历经陕西西安——延安、湖北恩施、湖北荆州、安徽黄山的文学之旅；《中华文学》极力强调文学的大众性，同时着力培养大众的文学心，使文学真正成为人民大众的文学；《中华文学》在文学采编的格调层次上，尊重而崇尚文学大家，尊重而激励文学新人，有高峰奇伟之观，又不失却浅滩沟壑之优美，雅俗纷呈，百花共绽。五年前，也是在文化名城武汉，我有幸成为《中华文学》签约作家之一，有幸成为《中华文学》旗下的一名文学爱好者，虽然也陆续发表过几篇自认浅陋的作品，也在传奇书局出版发行了《吉日诗文》和《文心》两部诗文集，但是与《中华文学》和传奇书局提供的指导和帮助是分不开的。《中华文学》搭建的平台使我迈向新的境界，不断引领我对文学的仰视，也使我觉得有满满的收获和感悟，重要的是进一步提升了对文学活动的敬仰，更加增强了人生自强不息的坚定信心！

作为一个文学爱好者，而且是一个业余文学爱好者，我赖以生存的职业是教书育人，从事的学科又是语言文字，生存的基点让我与文学重逢，阅读的界面占据了工作与生活的大部分板块，古今中外的文学作品成了必需的精神食粮，单从汉语言文学层面领悟，我从神话传说中窥视人类不断战胜困难、融合自然的原动力，增添"精卫填海""刑天舞干戚"的壮心；从先秦诸子百家的作品著述中，体味"修身、齐家、治国、平天下""己所不欲，勿施于人""仁者爱人"的情怀；课读汉赋，体悟"体物写志"的铿锵笔法；浩浩唐诗，研读李白《日出行》诗句里的"吾将囊括大块，浩然与溟涬同科"的诗句，向往"六龙驭日"之豪迈，感叹在精神世界包罗与占有天地宇宙的博大情怀！宋词的豪放与婉约相得益彰，元曲迭唱《汉宫秋》，春夏常诵《梧桐雨》；明清小说，少壮偷窥《水浒传》，老迈亦读《三国演义》；对于现代、当代文学，博览"鲁、郭、茅、巴、老、曹"（鲁迅、郭沫若、茅盾、巴金、老舍、曹禺的作品），涉猎孙犁、李国文、张贤亮、周国平、莫言、路遥、贾平凹等，从现代、当代文学的"山药蛋"一脉，追溯"荷花淀"的苍茫，从"伤痕文学""反思文学"中寻求起码的记忆，从"寻根文学""改革文学"中审视自身和文学同道的步履，至于"痞子文学"流派的作品，也能引起一定意义的思考。文学让我在阅读和练笔中不断前行，走着走着，我们共同走进了《中华文学》，好像走进了一个文化大家庭，通过和来自全国各地的文学大家、文学爱好者一起开展文学活动，通过拜读各位文朋诗友的作品，我开阔了眼界，提升了自身的文化素养，精神的养料不但增添了强大的能量，也提升了自强不息的勇气。

感谢《中华文学》，也祝愿《中华文学》在开启第二个五年的文化征程中，迅速融入中华文化的时代洪流中，铸造中国特色、打造中国风格、亮出中国气派。在中国特色社会主义根植的文化沃土上，《中华文学》有《今古传奇》的引领优势，有强大的文化自觉和自信，有一支高素质的文化团队，第二个五年，不言"路漫漫兮"，唯有"上下求索"！恭祝辉煌再现！

巴山明珠　南山老林

——镇坪县自然环境、风貌概述

　　镇坪县位于陕西最南端，大巴山北麓、陕鄂渝三省市交界处，是丹江水库的源头、国家南水北调中线工程水源地、秦巴山区连片扶贫开发重点县之一。在国家主体功能区划分中处于秦巴生物多样性生态功能区范围，素有"自然国心、巴山药乡、养生天堂"之美誉。

　　全县面积 1503 平方公里，辖 7 镇 58 个行政村，总人口 5.96 万人，其中农村居民 5.07 万人。县内最高海拔 2917 米，最低 540 米，年平均降雨量 1034 毫米，年平均气温 12.1℃。林地面积占国土总面积的 93.7%，森林覆盖率达 86.4%，人均占有林地 35.4 亩。流域面积达 5 平方公里以上的河流 70 余条，水域年径流量 10 亿立方米，可提供 II 类以上标准水 8.5 亿立方米，水能理论蕴藏量 25.3 万千瓦，可开发利用 23.2 万千瓦。县域生态环境保护良好，县域生态环境质量状况（EI 值）持续名列全省前三，南江河出水断面水质持续稳定在 II 类以上标准，全县城镇化率达到 38.6%，水环境质量达标率 100%，空气质量良好天数保持在 350 天 / 年以上。

　　境内资源丰富，林麝、大鲵和珙桐、水杉等珍稀名贵动植物分布广泛，是全国闻名的"生物资源基因库"，其中珙桐被称为 250 万年前的"活化石"，林麝人工驯化、活体取香在全国具有领先水平；中药材 420 余种，黄连、玄参等地道中药材品质优良，黄连、玄参两个道地药材通过国家 GAP 认证；天然硒资源丰富，生长的主要农作物 95% 以上富含硒，还伴有锌、锶等人体必需的微量元素。镇坪富硒腊肉腌制技艺被列为省级非物质文化遗产保护项目，欣陕公司生产的"小石茶"特级毛尖分别荣获第二届安康富硒茶大赛绿茶"茶王"称号和第三届安康富硒茶大赛红茶"茶王"称号。生态旅游开发如火如荼。

镇坪县生物资源丰富，是一个天然绿色宝库，以木材和药材最为突出，木材蓄积量大，全县共有林地 191 万亩，活立木蓄积总量为 882 万立方米。名贵稀有树种多，属国家保护的珍稀树种，一级 1 种，二级 11 种，三级 20 种。全县有天然草场面积 43.1 万亩，牧草种类达 79 种。

素有"巴山药乡"美誉的镇坪县，属全国四大药带之一，中药材1026 种，载入药典的就有 426 种，野生药材遍布山野，共有各类中药材480 多种，其中草本道地药材 30 余种，药材分布广，史载"无农不药，无地不药"，道地中药材以葛根、杜仲、黄连、玄参等为主，其中，葛根含葛根素 6%，居全国之首；镇坪黄连含黄连素 8.11%，高出《药典》规定标准 2.25 倍；天麻含天麻素 0.71%，高出《药典》规定标准的 7 倍。早在 2002 年，陕西省政府就授予镇坪县"全省中药材规范化种植基地县"和"中药科技现代化示范县"称号。镇坪县华坪镇团结村获得"全国黄连一村一品示范村"命名。2015 年镇坪黄连获得农业农村部农产品地理标志登记保护，成为国家质检总局的原产地保护产品，并入选全国地域特色农产品普查备案名录。2021 年年底，中国林业产业联合会印发《关于公布 2021 年国家级森林康养试点建设单位的通知》，确定陕西省安康市镇坪县等 18 家单位为 2021 年国家级全域森林康养试点建设县（市、区），镇坪县成为 2021 年陕西省唯一的国家级全域森林康养试点建设县。镇坪县宜药面积 40 万亩，其中镇坪黄连 2021 年获得国际地理标志农产品认证，镇坪玄参、独活获得国家农业综合标准化基地命名，葛根黄酮和葛根素含量居全国之首。（2021 年度全县种植药材面积达 16 万亩，栽种黄连、玄参、独活、瓜蒌、重楼等 30 多个品种，建成中药材示范园区12 个，药材总产量达 1.28 万吨，年产值超过 1.8 亿元。）

一条古盐道，从古至今，贯穿镇坪全境。区位优势在于华中、西北、西南交汇；陕、渝、鄂三省市交界；陕西镇坪、湖北竹溪、重庆巫溪三县交融。千年盐道上的歌谣流传，优秀民风的交融濡染，多元的民俗文化，不但实现了与长寿文化的水乳交融，而且推进了先进文化的层递发展。文化的积累沉淀、发酵升腾，促进了诗歌应运而生。几千年来，重庆巫溪县大宁河的巴盐，翻越崇山峻岭，肩挑背磨地转运，鸡心岭上下跋涉，百步梯挥汗如雨；历经六里垭的攀缘、秋山的缓步递进，过长桥、行栈道，东进湖北竹黄三县，西走城口返川；北上化龙山，过八仙、顺岚河、走汉水、溯汉中。黎明起步，黄昏投宿，迢迢路漫漫，岁岁复年年。古道留下万载痕迹，古道记载长路辛酸，古道镌刻世道人心，古道见证历史人文！

镇坪县 2014 年创建省级"诗词之乡"，2017 年创建成功。继而创建全国"诗词之乡"，2019 年经过验收，国家授牌。又一块金牌诞生，镇坪文化幸甚！镇坪人民幸甚！

近几年来，全县每年旅游接待总人数达到 100 万人次以上，旅游总收入 6 亿元左右。目前，启动全域旅游示范县创建工作。建成 A 级旅游景点 3 个。新策划包装文化旅游财政投资项目 20 个、招商引资项目 12 个。成立大巴山旅游联盟，并成为首任联盟主席县区。培训旅游服务行业从业人员 1000 余人次。全县现有星级酒店 2 家。开发了具有地方特色的五味子、腊肉、蜂蜜、竹笋、洋芋等旅游特色纪念品，设置了专营店，初步形成了"食、住、行、游、购、娱"六要素健全的旅游产业链。

镇坪盐道遗址被列为省级文物保护单位，飞渡峡景区已获国家 AAAA 级旅游景区、国家级水利风景区命名。

古称"南山老林"，今日巴山明珠，熠熠美丽镇坪。

自然人文两风情

——王生军花鼓戏《盐道风情》简评

　　王生军老师新近编创的陕南花鼓戏《盐道风情》，以秦巴古盐道的文物科考中部分真实素材为依据，着力发掘文物素材中的人文内涵，采撷民国初年发生在古盐道上的民间故事，从人文再现历史风情、舞台浓缩自然风光的角度着笔，充分展示了盐道历史的悠久，反映了古老盐道的自然风貌和民风民情，表现了盐道人的艰辛生活以及求生存的顽强意志和生命价值观。

　　《盐道风情》的基本剧情以民国初年为历史背景，演绎盐帮客栈罗老板为女儿罗幺妹摆擂招亲，"盐背子"（运盐挑夫）王狗娃被招为婿，举行提亲仪式时双双被官军所掳，回城路上却又遭土匪伏击，土匪取胜后，匪首田麻子将罗幺妹和王狗娃抢进山寨。罗幺妹遭蹂躏后与匪首同归于尽，残匪拥王狗娃为新首领。王狗娃在特殊环境下被迫沦为土匪，后遇盐帮，复归背盐行当，继续前人千百年的盐运生涯。

　　剧中人物不多，却涵盖了古盐道上的各社会层面：蔡逸之、王狗娃是盐道上的盐运代表，是几千年来挥汗洒血在悠悠古道上的有生力量的典型；罗幺妹及其父母是盐道上开店谋生，却又服务于盐道盐运的善良百姓；李会长代表商会阶层；田麻子代表土匪势力；郭连长代表军阀政府的边缘化地方势力。通过剧中十多号人物的舞台活动，尽显了巴山边地、古老盐道上的人物风情。客栈老板罗发财一家三口，苦心经营盐道小店维持生计，善良和蔼又极富人情味；蔡逸之及背盐人是盐道上的有生力量，王狗娃是劳苦大众苦求生存的戏剧性典型，在和命运抗争中贯穿与自然和社会的抗争，他和罗幺妹的婚姻悲剧也是古盐道上爱恨情仇的缩影；罗幺妹情窦初开，王狗娃痴情好逑；有情人难成眷属，不在于封建观念，而要归结于复杂的社会形态和恶势力。故事背景浓缩了巴山边地兼具交通要塞地段的特殊地理风貌和社会风情。各种社会势力的矛盾激化自然完成了戏剧的冲突。

把悠久的盐业开发与运输行当及其古道作为背景处理，剧作者利用舞台效果的渲染，展现了五千年的盐运与开发历史，完成了从远古到民国初年的历史跨度，再现了数千年的盐运历史。秦巴古盐道，虽然地处深山峻岭，但数千年川流不息的脚步声不停，林木、溪流都见证着发展的历史。一台戏剧唱不完悠悠史实，却能反映世事风情：剧情直面盐路险峻的同时，袒露人间众生之路的不平，又能摆脱悲剧的镣铐，在官匪之争中尽可能尊重当地的史实，力图不走同类题材之剧情的老路。在客店歇息的一幕，活人夜锣鼓的生动场面，既是巴山边地历史风情的展示，也体现了盐道上邻省区县文化的交融；有历史风情的传承，也有地域区别的异彩。作者把花鼓调戏曲的主旋律作为《盐道风情》的主题音乐，以花鼓戏唱腔为主调，根据剧情，配合重庆山歌、湖北大鼓、陕南夜锣鼓调，尽显秦巴边区的地域风情。各种地方曲调、民间唱腔的融合，既合乎古风民情，也是盐运生活的真实写照。《盐道风情》充分利用曲词和说白相结合来表现故事情节，具有与众不同的艺术趣味，透过曲词，深刻反映了一系列人物的内心情感。对人物性格的突出，也不乏鲜活灵性。由于演出时间和空间的舞台限制，作者在情节的处理上，对几千年盐道生活进行高度的集中和概括，剧中的矛盾冲突发展迅速，各类角色的性格塑造恰如其分：罗幺妹的善良质朴，王狗娃的勇敢智慧，蔡逸之的圆滑世故、精明老道，郭连长的贪婪骄横，田麻子的凶残霸道，都在剧作中充分体现。

在戏剧语言的构建方面，作者运用自身丰富的从艺经验，集编剧、导演、表演才艺于一体，发挥独特的创造才能，运用陕南方言引领台词，运用花鼓唱腔主导唱词，便于情节的推进、人物性格的揭示，用形象化的戏剧语言（台词与唱腔的有效配合）完成了剧情的合理演绎。剧中个性化的语言，不仅适合剧中人物的身份、出身、年龄、性格、经历，也符合特定的历史年代的语言风格，人物的语言在表达方式和情感显露方面也达成了一致。

更值得一提的是，剧中人物因语言的个性化显得丰满，还在于剧中富有动作性的人物语言。戏剧语言富有动作性，不仅展示了剧中人物丰富的内心世界，而且有效引导人物的外部动作，推动剧情向前发展。如第四场"鸡心岭背盐招婿"一场戏，蔡逸之的鼓动、罗发财的憨实、罗幺妹的担忧与小精明、众盐客的踏实竞争、王狗娃的胸有成竹，都通过戏剧语言的动作表现得淋漓尽致。

细细品读王生军老师的剧作《盐道风情》，仿佛又回到几年前和他一同参加古盐道文物科考的日子。他手中的照相机曾经灵动记载了许多人文画面，具有相当的文物佐证价值。想不到他运用储存在相机里的生动画面，以及科考的见识感悟，激发出戏剧艺术的灵感，发挥丰富的艺术想象力，创作出《盐道风情》，不但风情盎然，而且蔚为大观。我们热切盼望它早日走向舞台，从而再品这精神食粮。

镇坪芍药园

盛赞家乡山水好，
神游镇坪芍药园；
当忆神农尝百草，
千年万代开新篇。

镇坪县位于陕西省最南端，巴山沟壑纵横，坡陡林密的地貌，"九山一水半分田"的天然布局，造就了"靠山吃山，依山就势"的人文理念，每座山岭都是轩辕之丘，每道溪流都是卧龙之泽。数千年来，巴山山民观山势、顺水势，勤劳作、沾天光。

长路漫漫，野生芍药、当归、党参、牛膝、天麻等百味药材成为镇坪人赖以为生的重要资源。

中华人民共和国成立后，镇坪的公社、大队以至生产小队种植大户都种植药材。黄连寒冬吐蕊，党参花开香熏半里山湾，芍药花蕾圆润、绽放娇艳，金银花春夏之交漫山遍野……

改革开放四十年，镇坪县七个镇积极调整产业结构，每个镇村的药材产业都形成了一定规模。

曾家镇向阳茶山和牛头店小石茶园，三春皆传佳话！

上竹镇百合花园点缀盛夏，令人目不暇接！

钟宝镇三坪村谭家湾芍药园地，每年吸引无数游客！

华坪镇尖山坪村杨家湾芍药园地，在环山圈椅、犀牛望月的风水宝

地中形成公司连接农户的规模产业。

曙坪镇大树村花海，千年神树披红挂彩，与满园红花绿叶相得益彰。

2022年5月21日小满节气，曙坪镇阳安村"夫妻树芍药花节"是一场盛典，在政府主导、商业经销、文化宣传、百姓联欢四个层面，人文效应与经济社会发展等量齐观！

尽兴之余，翻开镇坪史籍，知名中医李金山老人在20世纪六七十年代编辑的中药材典籍中，就对道地镇坪芍药有精确记载：

"赤芍：味苦，微寒，归肝经。有清热凉血、散瘀止痛之功用。白芍：又名余容、解合、可离、将离。性凉，味苦酸，入肝经、脾经。有养血柔肝、敛阴收汗之功效。"

原来，镇坪自有行业高人！

时逢炎炎夏日，神游家乡山水，观赏数处芍药园；间或浏览本土药典，静心思索，盘点近几年陆续考入中国药科大学的本土学子，品味长寿文化餐饮，细数十几位健在的百岁老人，前后思量，品味自然生态如斯，发展势头绵延，文学生态亦然。

于是，以小见大，赞叹镇坪芍药园！

种子择优联想

　　我习惯每年在住房阳台上种上花木的同时，也种上观赏性瓜果，观赏之余，应接时令也满足口腹之欲。自命劳动或休闲、烦琐与情致搭上文化的轻骑，生活的速度自动调节了快慢。

　　阳台种养花木瓜果只能算是闲情逸致。我总是坚持在清明前后下种，立夏过后就有苗壮的长势。植被的基础是市场上购回的各色花盆，选择容积稍大的型号，便于保土融肥利水；幼苗长出，间或栽种购来的苗木，调配土肥比例，也用生根粉之类的助长剂喷洒。观察地温和气温相差不大的早晚时间浇水，在生长缓慢时节追肥添土，在生长旺盛时掐薹打杈，在花朵绽开笑脸的时候协助授粉结果，累赘的果实争抢营养，需要忍痛割爱。从花木瓜果的初生到成熟，立秋左右的回首，从朝朝暮暮浇灌经营的欣赏劳作到收获时的陈列品味，享受成果的优越感总是超出了所谓辛劳，在植物栽培学的层面也增长了知行体验。

　　更深的体验还在于种子的选择，我的家乡是陕南农村，大巴山山清水秀空气清新，但土壤瘠薄、坡地众多又是一大缺憾。追求劳动成果的丰硕，用以满足生存发展的需求，就是山里人的基本意愿。我少小时跟随家人从事过农业劳动，农作物的种子大都需要自留品类，以作来年备份。品种品类质量的选择，决定收成的好坏。选择种子的第一原则是择优，好的品质从外观入眼，根据个体大小、颗粒饱满程度、先后结果层次、形象光泽颜色、老嫩成熟状态选择，这是来年丰收与否的品质保证；第二原则是地域落差，高山的种子来年调运到低海拔区域种植，较低海拔地域的种子调换在高山种植，往往给农民带来惊喜。诸如洋芋、红薯，从块根上辨识；南瓜、葫芦、冬瓜、向日葵类，在早先结果的成熟籽粒中优选。葡萄、苹果、梨子、桃李树苗的选种，从嫁接母本根系审视，到扦插原苗的体貌分析，往往凭着慧眼识"良材"的底气，直到开花结果、成熟收获以后，才回头总结自己当初选择的眼力。至于玉米、水稻、小麦等大面积播种的农作物，从自留自选发展到通过种子公司采购，经过了几十年的优选历程。如今种子产业已经走向科学化、专业化、产业化、商品化，但优选品种的烙印已经镌刻在人们的生产、生活习惯中。

看着阳台的茂盛花木：百合用一株花蕾自报午龄花语；葡萄用彩珠缀叠的排列方式，展示汲取阳光雨露的过往；丝瓜把果实高高挂起，炫耀不凡的成绩。

回过头来我又有无限的遗憾，繁茂的枝叶和饱满的果实背后，除了选种之外，剔除了多少杂苗，剪掉了多少枝条，摘掉了多少赢果，我心自知，眼前的完美其实也包含了些许"残忍"。

在这个世界上，没有一劳永逸、完美无缺的选择。你不可能同时拥有春花和秋月，不可能同时拥有硕果和繁花。不可能所有的好处都是你的。要学会权衡利弊，学会放弃一些什么，然后才能得到什么。你要学会接受命运的遗憾，然后，心平气和。

植物种植如此，也许人生道路亦如此。

树大通神

"山上自有千年树，世上难逢百岁人。"这句流传在大巴山地域的俗语，在镇坪县得到了反向印证，简而言之，千年大树很少，而百岁老人在整体人群中，却占了不小的比例。这也是镇坪"长寿文化之乡"的佐证。

树生千年，必居奇地，必有奇观，必逢奇人。

细数镇坪县存活的具有千年树龄的大树，现在发现的确实不到十棵，奇树巧貌的大树亦在三五之列。在被旅游界称作"大巴山最后的秘境"的山山岭岭中，也许还有未被发现的，有待进一步找寻。

镇坪南江河流域与湖北省竹溪县交界的红阳村，有一棵被边民称作"大树老爷"的杉树，矗立在悬崖与溪流之间，树冠伞盖，虬枝苍劲，当地人为其就近修了不足十平方米的小庙，数尺香火平台，镌刻诗文的标牌，充满了乡民对健康发展、平安和顺的朴素期盼。

镇坪化龙山下的庙坝村，有一对双生的"藤缠树"，远看是两棵树并地而生，并肩齐长；近地观察，一棵树被另一根藤紧紧缠绕，几百年缠绵共生，粗细相当，高低齐枝。藤经百年化树貌，只在叶片分木本。藤树互相怀抱，是镇坪的一大奇景。

大曙河阳安村的"夫妻树"，是两棵山地柳木，并排矗立在公路两旁，树根距离数丈远近，枝丫却时刻并肩牵手，犹如一对恩爱夫妻长相厮守。在旅游开发的近年，被注入人文的血脉，寄托着人们对婚恋的美好祝愿。

镇坪县域上游的曙坪镇，有一个名字响亮的"大树村"，标牌地段是以冉姓命名的"冉家坪"，冉家坪溯流向上，被称作"鲁班沟"的小溪与大曙河交流之处，有一棵千年大树，当地人叫它"黄瓜米树"。其树身高数十米，树围三米开外。树下方圆十几平方米有铸铁保护圈旧痕，相传几百年前就有人保护，中华人民共和国成立后，又被政府列入保护性挂牌名木。大树枝条苍劲，叶片四季常绿；傲然矗立，傍溪纳水，依山据河，扎根沃土，犹如一位镇守热土的老将，披挂待征，守卫山河。

大树所在村落冉家坪，有梯田数百亩，河水缓缓流过，小溪争相涌入，两岸青山拱手，房舍参差，群众安居乐业，而且人丁兴旺。白发苍苍的老人精神矍铄，秉持长寿风度；青春少年奋发向上，营造祥和胜景。大树身上，红绸披挂，是远近乡民记挂的"彩头"。2021年当地一名冉姓高中毕业生被北京大学录取，村民热议：这是大树的灵气！

近几年重阳佳节，镇坪县都隆重设宴招待全县健在的百岁老人，大树村的出席代表都要在出席之前向大树致敬。

人秉自然，自然养人！正是：

> 激情一观瞻，
> 慷慨谓言行；
> 自然堪造化，
> 树大亦通神！

李毅瑄

笔名李戈、木子禾。陕西礼泉人，中共党员，高级工程师、高级政工师。中国散文学会会员，陕西省散文学会会员，西安市文艺两新联合会会员，香港作协会员，陕西省诗词学会会员，《作家摇篮》杂志签约作家，中国作家库入库作家，第十届半朵文学网专栏作家，《壮美昭陵》编委。

幼时好文喜作，成年虽有懈怠，作品散见《中国第一时间》《朝闻天下》《中国新闻报道》《陕西工人报》《西南商报》《三角洲》《搜狐网》《网易网》《西安日报》《咸阳日报》《贵州文学》《长安》《新文青》《壮美昭陵》。代表作散文《雨中抒情》《脸盲》《十婆》，小说《兄弟》《口罩》等。

十婆

做生意卖调和（调料）的十爷，在真十婆因病早逝后，从河东领回了十婆。十婆是"婆"，又不是真"婆"，村里经常有人称她为"姚婆"。

说起这"姚婆"的叫法，还有一番来历。据《史记》记载：舜生于姚墟，即今天的浙江余姚，故而姓姚名重华。舜的生母早亡，其父瞽叟又续娶一房妻室，该女子欲使自己的亲生儿子霸占家产，因而对舜很是苛待，多次加害于舜，后来更是将舜赶出家门。该女子姓名不详，因嫁了姓姚的瞽叟，所以被称为"姚婆"或"姚婆子"。后世多取其贬义，代指狠心继母或不良续弦。村里人不是很敬重她。有事找十婆帮忙，用得上的时候，"十婆""十姨""十嫂"地叫着，忙完后又随便地称她为"姚婆"了。

小时候我不知道"姚婆"是啥意思，还以为是什么尊称，就当面叫她"姚婆"。没想到我刚叫出声，一向对我疼爱有加的十婆脸都绿了，直直地抢起了胳膊扑向我。那会儿我才五六岁，身高也就一米出头，感觉十婆魁梧的身材像山一样向我压来，吓得我撒开腿就跑，以至那之后半个月，我都不敢见她，远远地看见她，赶紧躲开了。

十婆不被村里人敬重，还有一个原因，就是十婆是大脚板。十婆是差不多一米八的大个子，说话大声野气，离半条街都能听到。印象中"婆"字辈就她一个是大脚板，就成了"异类"。因为这大脚板，她常被村人特别是自家后辈诟病。

十婆的大脚板，听十婆说是因为她小时候父母思想比较开明，不想让姑娘受"裹脚"的罪。这在十婆小时候的那个年代，是非常少见的。

十爷把十婆从河东领回村子的时候，村子里反对的人非常多，特别是十爷的父母。在那个年代，女人以小脚论身价，脚越小就越显得有教养，越显得有身价。十爷的父母看到十爷领回家的十婆是一米八的大个子，身材魁梧，大脚板子，比瘦小的十爷还高大一圈，死活不同意他们的婚事。

十爷虽然身材瘦小，可是却铁了心非要和十婆过。十爷说：我这身子骨风都能吹倒，几个娃娃还小，体弱多病，家里就没个好劳力，我不找个身体结实能干活的大脚板，这后半辈子日子没法过呀！

事实证明十爷还是很有眼光的，虽然当时在村里惹人笑话了一阵子，也把父母气得要死要活的，最后十婆还是留下来和十爷过日子了，但是十爷的父母到死都不承认这个续弦的儿媳妇。这也许是村里人特别是本门后辈对十婆不够尊敬、一直被人背后称为"姚婆"的根源吧！好在十婆的性格豁达，从来不在乎这些虚头巴脑的名分之类，开开心心地过自己的日子。

十爷是个精明的生意人，精瘦的老头，经常戴一副据说很值钱的石头镜，骑着比人还高的自行车，后座用绳子绑着各种各样的袋子，到处赶集卖调和。十爷常年在外，家里地里的活计都是大脚板的十婆在做。

我记事的时候已经是生产队末期，印象不是很深。只记得村人都说十婆田间地头是一把好手，又舍得出力气，在全大队五百多户一千五六百人口里面，十婆是唯一一个和男劳力挣一样工分的妇女。

1982年，关中地区"联产承包责任制"政策开始落实，撤销大队改称村委会，小队改叫村民小组，最核心的是打破"大锅饭"的集体经营模式，包产到户多劳多得。

农民唯一的生产资源就是土地，土地到了农民自己的手里，立马显现出真正的价值。每家每户的人，就像不知疲倦一样，恨不得二十四小时都扑在地里，侍弄这些庄稼，让它多打粮食，有个好收成，以养活一家子老老少少吃饱饭，吃好饭。

十婆的继子，也就是我的十七伯父，自小体弱多病，身材瘦小的他在生产队还能混个全工分，但包产到户后，他就没法子混了，马上就显得力不从心。万幸的是有十婆在。面对体制改变，十婆很快就适应了。她立即带领全家人，投入到自家的地里精耕细作，充分发挥她种地全把手的优势，把庄稼侍弄得舒舒服服，使了劲地往上长，拼了命地结果实。

十婆一个女人侍弄的庄稼，竟然不比全村任何一家差，这让村里许多等着看十七伯父笑话的人惊奇不已。据说，联产承包第一年，十七伯父家的小麦亩产超过三石，在全村都名列前茅，这都是十婆的功劳呀！

岁月如歌，青春易逝。我记忆中的"婆"们早已作古多年。偶尔想起，竟然不知道十婆是哪一年去世的。因为十婆的身份一直没有得到承认，且一直没有生养自己的亲生子女。虽然她为家庭付出了全部的心血，做出了很大的贡献，但是在她人生的后期，听说没有得到太好的照料。她去世以后，也没有按照老家的风俗举办隆重的丧仪，简单入葬了事，以至于我这个在外工作的侄孙都没有被通知回家送她老人家最后一程。

人生苦短，流逝的日子谁也留不住，过往却深深地烙印在骨子里。

十婆无私无畏的精神永远滋润着我，永远激励我奋勇前行。老一辈先人们不屈不挠地奋斗，才筑成了中华民族不屈的脊梁，让我们心所向处无所不能、无所不成。享受海晏河清盛世繁华的人们，更应该永远铭记波澜壮阔的过往，永远不忘记自己的根。

兄弟

青藤镇

李子清回到老家青藤镇时，已经临近春节。镇子上人头攒动，熙攘不绝。在这个古老节日的召唤下，几十年来出生于青藤镇却又络绎不绝、义无反顾地逃离青藤镇的后生们和姑娘们，犹如驮着夕阳归林的鸟雀一样，又短暂地回来了，回到了隐匿于秦岭山脉那重山复岭的褶皱中的青藤镇，可回来似乎也只是为了抖落那一身疲倦。

青藤镇说是镇，其实也就是依着山势、顺着柒水河繁衍出来的几百口山民和十几家铺面而已，至于为什么叫青藤镇，李子清没听父亲乃至爷爷讲过，也许只是因为那一架架山梁上那些盘根错节、枝蔓披离且即便是在腊月飞雪中也不改青碧色的藤蔓吧。正如柒水河的得名，或许是山太深了，水太长了，沟壑太多了，懒得起名字了，就肆伍陆柒地叫着吧。其实，老百姓的日子一直都是这么简单。

摊贩们将逼仄的青石板街道两侧挤得满满当当，这是一年里镇子最热闹的时节，也是他们生意最好的时候。李子清很享受把自己裹挟在小镇熙熙攘攘的人流中的感觉，特别是在年末青藤镇的烟火气中。也就只有在这个时候，他那颗躁动不安的心才能感受到无所欲求的踏实，几吊熏肉、些许葱姜，就可以过年了。山外边的繁花似锦、风花雪月、蝇营狗苟、尔虞我诈、浑浑噩噩也好像和他没有了丝毫的关系。事实上，李子清也就只提了这几样东西挤出了人流，踩着路边的残雪向着镇子的西头走去。

一阵急促的刹车声裹挟着车轮甩起的残雪和泥泞的泥水，突然停在了李子清的前方。李子清爱车，不用看，听声音他就知道这车也就是十万元不到的国产车。车上下来一位略显发福的红黑脸膛的中年男人——这人，李子清认识！那是他曾经的兄弟，小名唤作庆，大名董连庆。这男人下车后也不说话，站在那上下打量着李子清。李子清再也装不下去了，冲他笑了笑，开口调侃道："董股长好威风啊！到了老地盘就是不一样。"李子清不想再唤他小名，自打那件事以后就不想了。

"哥呀，你这回来也不打声招呼，不够意思呀！咋没开车？这是要到哪儿去？"

李子清抬了抬下颌，向西示意，董连庆就明白了。

"那我送你过去吧？"

"不用。"李子清干脆地拒绝了。

镇子尽头依山的小院落几十年来似乎不曾改变什么，李子清对它熟悉到闭着眼睛也能摸过来走进去。李子清不想开车，不愿意任何突兀的声音惊扰了这个长着冠大荫浓的香樟树、满墙青藤枝叶披离的院子。

开门的老人似乎更苍老了，愣愣地看着他，半天才说了句："回来过年？"末了，侧了侧身子，算是让李子清进门。

屋子里没有生炉子，阴冷而杂乱，李子清放下手里提着的东西，不等老人让座，自己便在靠床的椅子上坐了下来，低头沉默，老人也沉默着。

"阿延呢？不在家？"李子清问。

"谁知道野哪儿去了，一年到头不着家。"老人闷闷地回答。

半晌无话。

李子清掏出出门时妻子准备好的一沓钱，放在床上说："叔，我没买啥东西，你明天自己看着办点年货吧，再买点钢炭生个炉子，这几天还有雪呢。"

老人突然抬起头，瞪大浑浊的双眼瞅着李子清说："把钱拿回去吧，阿保媳妇不够人，她二回进城又给你要钱了。"

"叔，这钱跟她没关系，你一个人在家，总要用钱的。"李子清还想说这钱权当是阿保给的，没了阿保，还有我。但话始终却没有说出口，李子清不是木讷之人，但这世间有些东西用苍白的语言说出来，不仅无济于事，反而显得矫情。

那年的婚车

柒水河孕育了青藤镇，青藤镇依偎着柒水河，清凉的河水里泡大了三兄弟：李子清、庆和阿保。三人打小形影不离、共衣共食，并说好了一辈子同甘共苦生死与共。阿保高二下学期当兵走了，随后寄回来军装，竟然还带着肩章领花。高中毕业，庆接了他父亲的班，就在青藤镇农机管理站上班，李子清学校毕业进国企做了瓦工。

再聚首已经是几年后阿保的婚礼上，三人当中，李子清年龄最大，阿保人厚道乐呵，属庆最聪明活络。借着他父亲的人脉，几年时间，庆就成了青藤镇农机监理站临时负责人，管了七八号人。农机站有一辆普通桑塔纳轿车，配有专职司机，庆自然享受起了这配有专车和专职司机的待遇。阿保部队复员转业到镇初中保卫处做了干事。而此时子清所在的国企面临转型，前途茫然。李子清和阿保都觉得自己的兄弟混成了人物，当了小领导配了专车和司机，很了不起。

每年的腊月底正月初，绵亘千里的古老秦岭，因山民的辞旧迎新而更加喧闹，青藤镇也迎来了一年里最繁华、最热闹的时节，这也是山民们儿婚女嫁的最佳时节。庆结婚时，李子清和阿保跑前跑后忙了三天。

1999年农历腊月初十，阿保要结婚了。那年头还没有婚庆公司，婚礼用车大都是借来的。他们提前说好了用庆的桑塔纳轿车做头车，也是为了省几个钱，所以阿保只租了中巴车接送女方客人。

初九天一亮，李子清早早就去了镇西头阿保家里帮忙，心里想着庆肯定也会早到。结果等了一天都没见人，李子清看了几次腰间的传呼机，都没有庆的信息。于是他又跑到街道上在IC卡电话亭给庆打了几趟电话，庆只说一会儿就到。

一直到晚上九点多，在新房里和同学们一起神吹海聊的李子清突然听说庆来了，急忙迎了出去。黑色的桑塔纳已经停在了香樟树下，司机下车小跑着过来打开了副驾驶车门，庆慢腾腾地下车，迈步四平八稳地踱进了院子，下巴颏抬得老高，和大家点头示意，在同学们的簇拥下走进新房。司机跟在最后边，等庆在沙发上落座后，忙小心翼翼地递上水杯。

阿保连忙叫厨师上菜开席。

饭后约莫一盏茶的工夫，司机对庆说："领导，咱还有事呢，得走了！"庆顺势站起来说自己还主持着站上的工作，有事得走了。阿保乐呵呵地笑着，说有事你赶紧走，莫耽误了公事。可李子清心里清楚，农机管理站不过就管管农用三轮车之类的，全站连灶夫在内也不过七八个人，这都晚上十点多了，能有啥事？于是建议叫庆把车留下，趁着大伙都在，把车洗干净后明早好装花车迎亲。

庆没有作声，司机立即说事情比较急，他回头再把车开过来。

凌晨，阿保给庆打电话，电话却是司机接的，司机说领导开完会就回家了，没有安排他出车，这黑天半夜的，他也联系不上领导。

当着满院子的亲戚邻居的面，保叔骂儿子大事不操心，阿保的脸憋得通红，急得几乎要哭。李子清的脸色很不好看。忙乱间，庆终于到了，一脸睡眼惺忪，说他眯了一会儿，要不然没法开车。

迎亲出发前，保叔单独拉过李子清叮嘱："抬头嫁女儿，低头娶媳妇，咱们去迟了就按迟了办，路上莫要慌，都不容易，庆娃子也是一宿没睡。人家娘家人说啥都好脸应着，别争一时长短，结了亲就是踢不断门槛的亲戚。你处事比阿保清明，多操心。"李子清连忙应着，招呼娶亲的队伍赶紧出发。

正如保叔所料，阿保媳妇的娘一脸不乐意，只说误了时辰，委屈了自家姑娘，不准女儿出门。最终是李子清拿主意，封了300元红包才过了关，新娘才不情不愿地上了车。

汧水河

古老的汧水起源于甘肃，流经秦地，自西北向东南最终汇入渭水。汧水流至下游川台区，它从黄土高原沟壑间冲来的大量泥沙几经沉淀，水质清澈，冯家山水库就建在汧水河的上游。

那一年的七月，丰沛连绵的雨水滋润了黄土高原干涸的土地，而这过量的雨水却也煎熬着秦岭人每一根绷紧的神经。那日凌晨一点，李子清被急促的电话铃声吵醒，接到省防汛指挥部紧急通知：当日早晨八点整，冯家山水库准时开闸腾库泄洪，让他们做好相应的应急处置安排。冯家山水库下游十多公里就是汧水和渭水交汇之处，那里有一条横穿河底而过的天然气输气主管道——咸雍线，李子清他们正在那里应急抢险，正在加固因河水冲蚀裸露出来的管道。

接完电话李子清的心怦怦直跳，咸雍线是雍城市唯一一条天然气高压输送管道，是这个300万人口的城市所有单位、市民用气的唯一通道，如果正在水毁加固的管道经不住泄洪洪水的冲击发生断裂，这个地级市工业用户的生产和市民的生活就面临无气可用的严重后果，天然气泄漏还极有可能发生管道爆炸等次生灾害，非常危险。

李子清紧紧抓住手机，立即拨通了阿保的电话，叫他召集工友们立即赶往工地，把握好时机尽最大可能确保管道安全。

阿保在电话里问咋办。

"应急处置！拉钢缆绳保护露管，压石笼稳固！我联系石料，其他东西你抓紧落实，一秒钟都不敢耽误！"李子清说完就挂了电话，他知道阿保明白怎么做。

七八年前，李子清辞掉了国企待遇还不错的工作，成立了这家工程公司，承接石油化工、天然气、市政等工程施工。再后来，阿保所在的学校和高中合并，人员下岗分流。合并后学校公布前两批聘用人员名单中，都没有阿保。阿保约了庆，找李子清拿主意。庆的意思是叫阿保拿出几千元，他去教育局找熟人托关系，争取第三批能聘上。李子清不赞同，他问阿保："政策是三年一聘，三年后咋办？继续送礼托关系？"阿保苦着脸不说话。他还来不及考虑三年后能不能聘上的问题，却在心里嘀咕这要送礼的几千块钱绝对是从媳妇手里要不出来的。在三个男人喝空了一大堆啤酒瓶后，阿保做出了一个决定：如果第三批聘用名单上有自己，就回去上班；如果没有自己，就跟李子清去干。阿保落聘后，李子清又让他买了一辆铲车租赁给工地，按月支付租金。阿保媳妇没有固定工作，这样一来，阿保一年的收入抵过两个人的工资，阿保经常笑着说铲车是他又娶了一个会挣钱的媳妇。

李子清赶到工地时，阿保已经安排好了现场，他把工人分成两拨，一拨人正在扎铁丝网笼，另一拨他带着挂钢缆绳去了。粗壮的钢缆绳一头已经箍在钢制的天然气主管道上，另一头准备整搭挂在桥墩上。

"哥，缆绳没地方挂，只能搭在桥墩上！"阿保和另一个工人站在高高的铲车斗里冲着李子清喊。

高速公路的桥墩是不允许挂缆绳的，胳膊粗的钢缆绳，一米就有十几斤重，泄洪时还要承载洪水对天然气管道的冲击力，桥墩受力小不了。但是，李子清明白阿保的处置措施是当下能做的最简单的也是最有效的法子了。

天逐渐放亮时，却仍是阴沉得厉害，九月底的天气，河水不至于渗骨，但也阴冷得紧。李子清和弟兄们直接蹚入河道中，大卡车运来的石料顺着河堤倾倒下来，再由铲车转运至现场，铁丝笼已经横压在管道上，弟兄们一溜儿递过来的大石块装进去摆好填满封口，一条石笼才算完成。齐腰深的水里，石笼并不是很重，人一抬腿就漂起来了，李子清大声喊着让弟兄们把腰间麻绳一定系结实，一定要确保安全。

"一条绳上拴了十几只蚂蚱，一只蚂蚱被水冲走了，其他蚂蚱可都蹦跶不了了。"阿保接着李子清的话蔫不拉几补了一句。

弟兄们看着腰间的麻绳，哈哈大笑起来，遂有人给阿保脸上撩水，骂他臭嘴不吉利，熬夜干活的疲累与紧张在笑声中也消散了几分。一千多方的石头、几百条石笼终于在洪峰到达前二十分钟压完了，劳累、饥饿、湿冷，弟兄们几乎虚脱了。他们撤出河道现场，刚刚爬到河堤路上不到三四分钟，就感觉到脚下的路基开始颤动，远处三四米高的浪头奔泻而下，瞬间四五百米宽的河道上水面升高了三四米。李子清想到刚才还在河道里抢险的弟兄们，心"扑通通"直跳，他不自觉地抓住了阿保的手，阿保的手也冰凉冰凉的。

泄洪几天后，河面回落到平时的位置，阿保要带人去卸缆绳。李子清说不急，等河床上的淤泥稍微干一点再去。阿保说趁这几天工地上活不忙，他卸完缆绳想回一趟老家，家里给阿延说了个对象，要"作大揖"，他得和父亲去女方家送彩礼。李子清知道阿延也三十出头了，婚姻耽误不得，想着缆绳本身就是偷挂在桥墩上的，高速公路管理部门要发现了找过来事就不好说了，也就没再阻拦阿保下午去卸缆绳。

意外的可怕，在于它的突如其来，好似一场狂风暴雨，在你没有任何防备的情况下，它就降临了，把一切冲得一干二净。

接到工地的电话，李子清的整个世界突然停滞了：他看见办公室人影幢幢，却听不见他们在说什么；街道上车流人流汇成一片，他却听不见任何喧嚣；更不知道他们从哪个方向来，又到哪里去。他只记得电话里说，钢缆绳已经卸下来了，可绳头却抢在了阿保的头上……

李子清感觉到自己很冷，手脚冰凉，他听见自己的牙齿在咯咯作响，浑身被密密麻麻的冷风层层裹着，无法呼吸。慢慢地，李子清感觉到了痛，他似乎看到那胳膊粗的钢缆绳冲着自己的面目砸了下来，血泪汩汩而流，疼痛不在头上，而在心底。那心底的疼痛顺着血管蜿蜒着向他的四肢攀爬，爬过全身、密密匝匝地箍紧了自己的四肢百骸，使自己无法动弹，甚至连号哭都不能……那可是他的兄弟啊……就这样永远留在了工地上……

震惊、恐惧夹杂着疼痛，席卷了全身，使他不由自主地浑身颤抖。趋利避害的本能使李子清陷入深深的自责里……

那一年的春节天格外冷，正月初五一大早，阿保嘴里哈着白气，贴对联、搭喜棚、摆桌凳，前出后进地忙。到了下午，阿保踅摸到李子清跟前说："晚上学校要值班，我得过去。"末了掏出一沓钱放到桌子上说："3000块，要不要？"

"哪儿来的？"

"我攒的，想买摩托。"阿保嘿嘿笑着，脸上泛着红光。

李子清犹豫着没有接钱，他知道刚结婚的阿保手头也不宽裕。阿保上班还骑着自行车，很想要摩托。

"不要？过了这个村，可就没这个店了。"阿保作势把钱又要装回去。

李子清抢先一步，抓起钱塞进自己的口袋说："赶紧滚，趁着天还没黑。"

阿保乐呵着接过李子清父亲递给他的两个大白馒头揣进兜里，跨上二八大圈横梁自行车，说他明天一大早就过来了。这辆自行车李子清再熟悉不过了。那些年，就是这辆自行车，横梁上架着庆，后座上载着阿保，一辆自行车驮着弟兄三人在古镇上飞奔……

若不是自己的鼓动，阿保是没有勇气从体制内辞职的。如果那样，阿保现在应该还在学校做他的保卫干事。若是阿保不跟着自己干，哪怕日子紧巴些，可保叔一家的顶梁柱还在，天就不会塌下来！

后　事

保叔跟着，阿延、阿保媳妇以及她的娘家人一起进城，一起来的还有连庆。

一见到保叔，李子清"扑通"一声跪了下去。保叔突然愣住了，连整个酒店大堂都寂静了下来。一路积聚的哀痛与愤怒闷在了胸腔，保叔趔趄着几乎要晕厥，大堂里回荡起阿保媳妇尖厉的哭叫声和她娘家人的责骂声。

保叔住院了，中年丧偶时保叔没有害怕。那时来不及伤痛，他有结实的身板，有阿保和阿延需要抚养，他得扛起日子的艰难。这次，保叔深切地感受到了丧子之痛，阿保的离去让他恐慌、让他绝望。望着医院苍白的屋顶，保叔沉默着一句话也不说，心灰意冷到了极致，好像连呼吸都没了力气。

李子清也住院了，突如其来的惊吓与深深的自责使得他整夜整夜睡不着觉，血压飙升，在媳妇的劝说下，他也住进了医院。

第二日晚间，李子清媳妇来到医院，说下午她陪阿保媳妇去了商场。李子清很不解，这会跑商场去干什么？

"能干什么？买衣服呗！"他媳妇撇着嘴角，脸上甚至挂着一丝狡黠的笑："她说来得匆忙，还穿着颜色衣服，想要一件深色大衣，我就直接领她去了商场，衣服鞋子包包全买了，她娘家兄弟跟着，一并也给买了。"

李子清不语。

媳妇又说："出了这么大的事，这些东西能值几个钱？还在乎这些小东小西的！可见阿保那个小舅子也是个没成色的。只要他们要，我就给他们买，事情早几天解决，啥都出来了。"

"我觉得咱们不用怕，我看他们也不是有本事闹腾的人，事情已经这样，就只能拿钱说事了。"

李子清看着这个二十一岁就跟了自己的女人，岁月改变了她的容颜，也给了这个女人通透与练达。在这个时候，他甚至有点感谢这个女人的冷心冷肺，他就很想听一听她的意见。

"你继续躺在医院里别出面，连庆能自己跑到城里来，就证明他想在中间说事，他这两天一直医院酒店两头跑，他肯定清楚保叔和阿保媳妇的心思，连庆心思活络，这事他能说和成。"

李子清睡不着，心里跟过风似的，一阵阵全是思绪，搅和在一起，理不出一个头绪来。自己的工地上出了人命，震惊过后的疼痛已经淡去了，人与人的感情，在很多时候都是普通而平凡的，李子清也不例外。现在唯一能做的只有多拿一点钱出来抚慰保叔及家人受到的伤害，其他的什么都失去了意义。然而，对这个意外深深的愧疚和面对这样的事情的无助、无能为力与无可奈何几乎让他崩溃。此刻，他最需要一个人来听他倾诉，在一遍遍的倾诉中减轻自己的自责感，可是他的兄弟、他仅剩的兄弟自从出事后一次都没在他面前出现，更不要说安慰或者陪伴了。平时响个不停的手机这几天却出奇地安静，除了母亲询问他的状况外，竟没有一个电话打进来。

晚间，媳妇和庆过来了。李子清接过庆扔过来的烟，手颤颤巍巍地夹起来，两个男人都不说话，在一根接一根的烟中，李子清把心中的焦灼与无助一口一口地慢慢咽了下去。

"保叔始终不摆话，只说咱三个兄弟一场，让咱俩看着给。多了咱没有，少了又怕阿保媳妇和她娘家人闹腾。"庆说。

"阿延啥态度？"

"多亏阿延是个省事的，若阿延再折腾，这事就更难办了。"庆缓缓地说，"阿延和我明说了，这几年，都是她嫂子当家，赔偿费他肯定一分钱也拿不到，他哥的买命钱也不想要。三天后他就送哥哥回家下葬。有了阿延这态度，阿保媳妇才消停了些，说最低要四十万，否则，她就去告。"烟雾缭绕中，李子清看不清连庆的脸。

"连庆兄弟，我的意思是明天你再去和他们商量一下，把四十万打开，她那个娘家兄弟看着咋咋呼呼的，其实依我看，脑子里也没多少丘壑。外人看你哥这几年光鲜，其实也就咱自己人知道艰难。"怕李子清一口应承下这四十万，他媳妇急忙插话。

两个男人还在抽烟，没人接她的话。

"赔偿款得分清楚，必须给保叔留一部分。"李子清混沌的眼睛布满了红丝，不经意地瞟了一眼庆。

"哥，这都是后话，人家咋说都是一家子，钱怎么分，是人家的家务事，咱咋能插手？再说，就算咱们能直接把一部分钱给保叔，可是阿保媳妇给你闹腾得不让入土咋办？"

房间里重新归于寂静。

一周后，阿保回去了，是阿延拉回去的。

阿保媳妇走了，带着孩子和全部的赔偿款。

李子清从医院回到家里，想好好睡一觉，媳妇却凑过来说："我咋感觉你那个兄弟就不是个东西。"

李子清冷冷地看了眼媳妇，示意她把话说明白。

"我去酒店结账，阿保媳妇的房间明显是两个人住过的，除了你那个兄弟，还能是谁？"李子清媳妇幽幽地说，"阿保拿命换来的钱，说不定就进了狗肚子。"

"别说了！"李子清打断了媳妇的八卦，他一句不想听。

有些人可能不太相信"无能为力"四个字，可李子清此刻却深深体会到了自己的无能为力。自己的媳妇言语上是刻薄了些，但也有女人特有的敏感及精明。日子已经够难了，一个人的能耐是有限的，这就是事实。

老　家

墙上的藤蔓的叶，在冷风中漫卷，把生命中最后的苍翠蜷曲。

保叔老了，老得步履蹒跚。

保叔所说的阿保媳妇二次进城给李子清要钱是在阿保罹难一周年的前几日。她说寨子里的另一个后生在矿上出了事，矿上赔了六十万，凭什么阿保丢了命只给她三十八万，更何况还没过一年的诉讼时效呢。

李子清并不惊讶于阿保媳妇重新找来，只惊讶于一个没读过几天书的家庭妇女竟然能把诉讼时效说得明明白白。没人指使，她一个人在偌大的城市里连自己的公司都找不到，更遑论其他。

李子清不想过多地探究，他拿出五万元，直接联系了律师，让把该走的手续全部办好。他媳妇上次的话可能刻薄了些，但绝不是无凭无据，他宁愿隐在暗处的那个人是任何一个不相干的人，而不是自己的兄弟。

下午，庆打来电话，约李子清晚上喝酒。这几年，李子清的公司有了起色，在老家一带也有一些名声，年关回老家，约酒的人不在少数。李子清隐约知道庆的打算。镇农机站前几年机构撤并，庆回到了县上总站，混了一个什么股长，有名无实，几乎不用上班。本来是前倨后恭、拜高踩低的人物，领导也不是很待见他，就这样一天天混着。前一阵子庆给李子清打电话说他现在和领导关系非常好，可以不用上班也不少拿一分钱，想到李子清的项目上管个工地啥的，又吹嘘了一通自己的能耐以及他们三弟兄当年感情多好云云。李子清心里膈应，模棱两可地应着，表示后边有机会再说。

夜里，李子清孤独地躺在老屋的床上，听着川道里淅瑟的风声，而那些深藏在大山沟壑里的记忆，在漆黑的夜里如野草般疯长。

李子清带回来的酒，还静静地躺在车的后备厢里，没了那个可以把后背相托的兄弟，李子清却怎么也提不起和那样的人推杯换盏的兴致……

人到五十

人到五十，可舒适躺平，知足常乐，享受半生打拼换来的安逸；也可不甘平庸，知耻后勇，奋力一搏，挑战人生之极限！虽选择无对错，但取舍之间，五十之态度必在暮年映射并得以放大。

是时，或儿孙绕膝尽享天伦，或伫立峰巅指点江山，或成达显贵人前肆意，或著书立传桃李天下，或历经风雨落魄江湖，或英雄暮年穷途末路，或廉颇老矣尚能饭否，诸多可能之态状不一一赘言，然必个个不同，但无不与五十之抉择息息相关、遥相呼应。

古人云：人到中年万事休，余不敢苟同！窃以为：人到五十，是第二次投胎！

虽生命得之父母，出身不可选择，然人到五十，历经坎坷，心智竟盛，视野阔达，格局渐成，站位初定，已几无出身之虞而多为后天之化！

人到五十，似好剑锋芒毕露，凤凰羽翼正丰，唯登高望远振臂一挥则大事成矣。而此时若临门退缩，止步不前，虽可以说是淡泊名利，余却以为：人到五十大事兴，生命不止，奋斗不息，何等豪迈？人到五十，全力一搏，岂不快哉乎！

李士平

笔名鲁孤寒。2014 年退休后学习写作，散文发表于《西安晚报》及有关媒体，散文《西方沟人的挂壁公路》获 2020 年西安老年大学征文二等奖，散文《沧海桑田梭布垭》被湖北恩施梭布垭景区征用为景区宣传作品。《作家摇篮》杂志签约作家。

高原圣湖羊卓雍措

西藏人认为高山、湖泊是有灵性的，所以有的山和湖就被奉为神山、圣湖。羊卓雍措就是西藏三大圣湖之一。

藏人又有朝拜神山、圣湖的风俗，俗称转山、转湖。我们来西藏，因时间精力所限，不可能转山转湖，但神山圣湖总要去瞻仰一下的。昨日到拉萨，预约参观布达拉宫，尚需等一天。今天早上，吃了早点，就动身去羊卓雍措。

车出拉萨西行，万里晴空，天蓝得宛如少儿画板上涂抹出来的艳丽，白云散落在蓝里，远远望去，一天的深邃和空透，酿出高原万籁无声的静谧。我们似乎被这番景致迷住了，无人言语，连呼吸也平缓下来。公路两边是一片片的农田，田里的青稞大多已经金黄了。有的地块已经开始收获。收青稞，和割麦子差不多，镰刀齐根割断，拧一把青稞做绳子捆起来。一块地里，青稞被割倒一大片，地头停一辆马车，一头牛在割了青稞的地里吃草。时不时地抬起头来哞一声。这景象，小时候在田间地头经常看到，这些年，收麦都机械化了，这幅图画就成了遥远的记忆。

走一会儿，又遇了修路，半幅路面被围挡了，留一半通行。狭窄处，有胳膊上戴着红箍的人指挥，两边相错单行通过，走走停停的。忽然觉着有点饿了，看看表，已快十二点了，刚好路边一片简易的房子，周边停着很多车，原来是一个吃饭的地方。停车去看，有四五家餐馆，有面条、炒菜，为了节约时间，一人要一份面，也等了半个小时才吃到。等面时，和一个褐色脸的汉子聊天，问他这地方咋会这么多人，他说，这里是拉萨到日喀则的必经之路，这些人有的是去日喀则的，有的是去羊卓雍措的。我说，我们就是去羊卓雍措的，问他羊卓雍措还有多远，他说，不远了，再走一会儿，就要爬山了，那座山叫甘巴拉，山口海拔5030米，羊卓雍措就在那个山口下面。一会儿，同伴喊面来了。端了碗，却无空餐桌，席地坐一个台阶上。面是油泼的，一坨辣子，几许葱花，又浇了两勺醋，呼呼啦啦地吃了，地道的陕西汉子，走哪都喜欢这一口家乡的味道。吃完饭，继续前行，一会儿果然开始攀山，山道拐来拐去，却总不见羊卓雍措出现，一个同伴有些不耐烦了，调侃说，羊卓雍措是不是搬家了？另一个说，再不到我就要晕车了。我说，你不一定是晕车，这里海拔比拉萨还高1000多米，你不会要高反了吧？还是闭目养神，少说话。嘴上说她，其实也暗自嘀咕，咋就还不到呢？车又盘上一个山头，眼前一片开阔，原来我们已经到了山顶。转过山头，突然看到一片湛蓝，像一条蓝色的缎带蜿蜒在下方的山谷里，一车人不约而同地惊呼：啊！到了，看羊卓雍措，水真蓝啊，真漂亮啊。接着我们也听到了后边车上人的惊呼。伙伴老牛说：我敢打赌，所有来羊卓雍措的人，翻过这个山口，都会惊呼。我说，没人敢和你打赌，因为你是绝对的赢家。顺路下行，曲曲折折地拐几个弯，终于到了一泓蓝水的边上，下了车，步行下谷底，人影来来往往的，有的下行，有的上行，有的拍照，有的默默不语，对着湖水沉思，仿佛是被美丽风景摄走了魂魄。谷坡上立一块大石，用藏文和汉语写着"羊卓雍措，海拔4441米"。大石四周还有大大小小的石堆，这些都是游客们堆的，石堆藏语叫"玛尼堆"，堆几块石头，作为到此一游的纪念，同时兼有祈福的含义。玛尼堆，可以自己堆一个，也可以在别人堆的上面加几块石头。瞧，那边就有几个姑娘自己在堆，从周边捡了石块回来，垒起来，嘴里还念念有词的，是在祈祷爸妈健康长寿，还是在为自己祈求一个心仪的白马王子，只有她们自己知道。羊卓雍措又被称作圣女湖，所以来这里的姑娘们大都会为自己祈福，据说很灵验。

眼前的湖水，像一个熟睡的温柔少女，蜷缩在峡谷的怀里，她修长的身子，随着峡谷懒散地蜿蜒。远处飘来一片白云，将它洁白的身影投在湛蓝的湖水上。我突发奇想，白云是要为睡着了的羊卓雍措盖一条被子吗？一会儿，白云松散了，太阳的万丈光芒从白云的缝隙里射下来，那一片湖水，就变得银光斑驳的，像蓝色绸缎上绣出了朵朵的白莲花。在远处的白云下，影影绰绰却晶莹剔透，那是雪山。羊卓雍措旁边有三座雪山，其中最高的一座叫宁金抗沙，海拔 7206 米。它也是西藏四大神山之一。羊卓雍措形成于一亿多年前，是冰川泥石流堵塞河道的堰塞湖，湖岸曲折，又多分汊，蜿蜒曲折 250 公里，总面积 638 平方公里，所以，我们在陆地上是无法看到它的全貌的，如果乘了飞机在高空俯瞰，会发现羊卓雍措就像一棵多枝的珊瑚。所以，当地人也称羊卓雍措是美丽的"碧玉珊瑚"。

　　羊卓雍措流传着几个神话故事，都是和少女有关的，其中一个说：很久以前，湖边住着一个美丽的女子，女子夜夜去湖水里洗澡，温柔的湖水将女子的肌肤滋润得洁白如玉，后来一个黑心的财主起了歹心，要霸占女子，女子不答应，一天晚上，女子洗澡时，被悄悄跟踪的财主强行抱住，女子挣脱不开，恰巧有神女从天上路过，作法惩罚财主，财主死了，却没有松开女子，女子也被淹死了。第二天，人们找寻女子，在人们的呼唤中，一只洁白羽毛的鸟从水里冲天而起，原来，女子已经变成了一只白鸟。

　　一个个少女与湖的传说，有的凄婉，有的优美，所以也有人称羊卓雍措是少女湖。至于圣湖的名字，则有更神奇的传说：最初羊卓雍措是九个小湖，各不相连，大神空行母怕湖水干涸，渴死水中的生灵，就作法将九个湖连在了一起，新湖的模样像莲花生大士（藏传佛教奠基人）手持的铁蝎。在羊卓雍措形似蝎子心脏的位置有一个圆布多岛，岛上有 16 世纪宁玛派寺庙遗址，寺庙附近还有莲花生大士的手印遗迹，湖西南还有桑丁寺。据说，虔诚的佛教徒每年都会围着羊卓雍措转湖，一次要一个多月，等于朝拜了一次拉萨。

　　羊卓雍措被奉为圣湖，是当之无愧的，仅那一片湛蓝，蓝得让人窒息，足显它的高贵；它婀娜多姿的身段，使前来瞻仰它芳容的人无不为之折服；它的端庄优雅，又使人对它生出敬慕，站在它的身旁，深深地呼吸一次，就会净化一次心灵。走近它，你会听到它温柔的水声，看到它轻柔的浪纹一波一波地涌过来，触了岸，浪又变作了千万朵水花，像极了一粒粒白色的珍珠，在水面上跳跃。珍珠的下面，是一粒粒碎石子，有的拳头大，有的葡萄大，有白色的，有黑色的，还有黄、绿、蓝等颜色的，一粒粒被湖水冲刷得晶莹剔透，阳光下闪着艳艳的光泽。我本想捞几粒石子做旅游的纪念，又不忍心扰乱这一方纯净的自然的美，就放弃了这个念头。却又有万般的难以割舍，便俯下身去，掬一捧水在手心里，恰有一缕阳光照进来，手心里竟反射了明亮的光，心里霎时生出一番快意，圣水和阳光就在我的手心里，我感受到了它们的无比圣洁。

被这番静谧神奇吸引，沿湖边再走走，碰到一个牵着牦牛的汉子，他头戴一顶白色毡帽，鼻梁上架一副茶色石头镜，我停下来和他攀谈，问他这湖有多深，冬天可结冰。他说湖深 20～40 米，最深的 60 米。冬季也下雪结冰，冰厚可达半米。他还说，湖里有二十来个岛，大一点的岛上有人家的，他就在岛上住，早晨牵牛坐船过来，牛是游人照相的道具，照一次相收十块钱。他也问我从哪里来。我说陕西西安。他又问，很远吗？我说很远，有几千公里吧。我问他去过西藏以外的地方没有，他说没有，最远就去过拉萨，也只去过一次，他又问我，西安大吗？有拉萨大吗？我本想说比拉萨大多了，但话到嘴边改了口，说，西安和拉萨差不多大吧。又说，你有机会去西安看看呗。他说，去不了，要放牛放羊，挣钱养家，供娃娃上学读书。他又告诉我，湖里有一个很小的岛，据说很多年前从天上飞来一块石头，落在岛上，后来有人在岛上修了寺庙，供奉那块石头，寺庙叫日托寺，距今有 700 多年历史了。由于是在深湖里边，基本是没有香客的，庙里常年只有一个僧人，守着古庙孤灯修行，被人称作苦行僧。过去，很少有人知道那里，现在偶然也有人去了，说我们可以租船去看看。和他聊一阵，生了与他合影留念的想法，恰好走来一个小伙子，递了手机给他，我挨牦牛站着，手抓了它的犄角，拧一下，试试它的劲，却纹丝不动，再加劲掰一下，明显感到它在使劲对抗。我心想，牛的脾气就是牛啊。照了相，递给汉子十元钱，他却笑着推辞，我说这是给牦牛的，你替它收了吧。他又笑了，说，好，我替它收了。告别他，太阳已经西斜了，返程向坡上走一阵，返回头再看一眼羊卓雍措，正巧一群白鸟掠湖水飞过，将它们洁白的影子倒映在水里，就猜想，这些鸟就是那个姑娘变的吧，它们是在怀念上一世的美丽身影吧。再移目向湖的深处看，仿佛看到了那座孤独的小岛寺庙，看到那块天外落石，看到那个伴着孤灯修行的苦行僧，也笼罩在一片夕阳的余晖里了。又想到了那个牵牦牛的汉子，一辈子守着生他养他的土地，他没有远方和诗，但他有一份圣湖边上的宁静，有一个幸福的家庭，有一份安逸的生活，我庆幸没有告诉他西安比拉萨大好多，让他产生好奇而扰乱了他的心境。

黔南布依驿栈

2021 年 3 月，我从珠海自驾车回西安，绕道贵州，逛了一趟大七孔、小七孔，夜宿景区两公里外的村舍，房东家的客店就叫布依驿栈。大、小七孔在贵州南部的荔波县。人们形容贵州的天气地貌是"天无三日晴，地无三尺平"。可荔波却是另一番模样。平展展的旷野，一望无际的葱绿，也许是高原的缘故吧，天好像很低，云压得很近。人便有点飘飘欲仙的感觉。旷野里时不时地会冒出几个山头，之所以称它们是山头，实在是因为它们都是孤零零地突兀而起，就像一个个硕大的馒头，各自为政地在原野里矗立着。忽然觉着，它们更像"光杆将军"，昂首挺胸，俯瞰着自己脚下，护卫着自己的一方领土。

一个个山头，实际上就是沧海桑田的写照。这里数亿年前也是茫茫大海，海水侵蚀水中的碳酸盐石，不知多少岁月，海水渐渐退去，留下平展展一片原野，礁石变成了一个个耸立的山头。这实在不能不让人佩服大自然的鬼斧神工啊。下午五点多，到了景区的门口。门前偌大的广场，冷冷清清，游人寥寥无几。放眼四周，也是一片空寂，不见楼房人家的影子，心里生了不安，思量晚上去哪里下榻呢？正踌躇，忽然拥来四五个男女，有的手里还晃着一块牌子，上面写着"住宿"两字。生平最怕这种阵势，曾经有两次，被他们的热情感动，随了他们去，那住宿的条件却总不如他们说的那般好，欲重新选择，又怕惹了人家不高兴，就忍耐了住吧，但是心里总有被人"忽悠"了的感觉。面对眼前这拨人，我便生了抵触，任他们怎么说，我就是不随他们去。忽然看到向左有一条新修的公路，路面黑油油的。我心想，既然是新修的公路，那边肯定有市镇或者人家，就发动了车，向路的那头开去。果不其然，行一会儿，就看到远处一片房舍，正被阳光照亮，反射着白光。再近点，就看清楚是一处村落，房子一排排的，都是独立的三层小楼房，墙壁都是白色的。反光的正是白色的墙壁。车到村边看到很多人家都挂着"住宿"的招牌，我突发奇想，对妻说：咱们今天去"撞"一家住宿吧。妻问：什么意思？我说：看到他们村的第一个人，就去他们家住。妻说：行，这倒省了麻烦。说着话，我们就进了村子，忽然看到一个年轻女子，拿了扫把，正在扫院门外。妻子说，看到了吗？她就是我们第一个遇到的人。我便将车开到年轻女子跟前。她看到我们先柔柔地笑一下，又柔柔地说：要住宿吗？妻说是，又问，能看看房子吗？女子说：行啊，你们住我家，尽管放心。妻和她去看房了。我点根烟，在她家周边转转，看看村景。村舍应该是统一规划的，格局基本一样，一排一排的，街道很干净。女子家的院门上嵌着"布依驿栈"几个字。房子后边有一块菜地，有四五个菜畦子。种着葱、蒜苗、韭菜、青笋等。菜地旁边有一条小河，河上有一座拱形桥。看这桥，也没有实际的交通功能，应该是一个景观吧。正看着，妻来叫，说房子看好了，挺不错。转回前边，门口又站了一个年纪大一些的妇女，是年轻女子的妈妈，和蔼地和我打招呼，让我将车停在她家房子旁边一块空地上。我问：晚上安全吗？她说：放心，我们村子治安很好的，平常我们出去串个门上个街，都不用闭门锁户。进来房里，就是客厅，几张餐桌，旁边的墙上，挂着一条红色的绶带，上面有"人大代表"的字样，绶带旁边挂着几个相框，框里的照片都是会议合影。女主人告诉我，那是她丈夫开会的绶带和合影。又在照片上指出她的丈夫给我看。说老头子今天去县里开会了，明天回来。房子中间的一根柱子上，贴着奖状、人大代表证、会议证等，还挂着一顶草帽和两个黑色的公文包，包上也印着"会议留念"的字样。

我们的房间在二楼，墙雪白，被褥干净，窗外有阳台，两根鸡蛋粗的竹竿悬在阳台上。从阳台上远望，比楼下视野广阔很多，远处几座山头翠绿绿的，围在村外，不觉想起孟浩然"青山郭外斜"的诗句。夕阳欲落，金黄却更浓了，笼了远处的山，罩了眼前的村子。此时，正该是文人墨客吟咏炊烟袅袅的时候，但整个村子上空没有一丝烟，村民们都使用了液化气。因为这里靠近景区，要减少空气污染。一会儿，太阳落下去了，天尚未黑，天空里升了淡淡的烟雾，远处的山朦胧起来。几家院门前亮了灯，灯泡是装在灯笼里的，门厅下映出一片红光。妻洗了几件衣裳，搭在阳台上的竹竿上，未拧净的水滴嗒落下。这景物，使人感到几许南国乡村的气息。

一会儿，年轻女子来叫吃饭。餐桌上一盆米线，两盘小菜，几块烙饼。那分量我和妻显然是吃不了的，就叫她母女俩和我们一起吃，她们推辞，我说，一起吃，聊聊天呗。母亲坐了下来。年轻女子说，她有孩子要照顾，就不陪我们了。和女主人吃着饭拉起家常，她说她有一个儿子三个女儿，都上过大学。二女儿现在县医院工作，小女儿在景区工作。家里这个是大女儿，远嫁了温州，在那边做幼儿教师，这两天请了假回来帮她料理客店。儿子是驻村书记，不在这里住，晚上有时来家里看看，今天不知道能否来。吃完饭，上楼歇息，一会儿听到楼下有男子说话的声音，想是她儿子，就下楼去看，果然，一个男子在客厅坐着，三十来岁，浓眉大眼，正和女主人说话。女主人看见我，就介绍说这是她儿子。儿子站起来和我握手，说：欢迎来到我们家乡旅游。我说，我经常看关于驻村书记的电视剧，他们都是有故事的人，想必你也有故事，我想听听你的故事。他说好啊，我给你讲讲我们村整体搬迁的事吧。他说：2016 年，我大学毕业，被分配到县政府的计生委工作，那时国家改造大、小七孔景区的旅游环境，我们原先的村子被规划从景区中迁出来，政府派了工作组，来村里做工作。县领导得知我是本村人，父亲又是县上人大代表，就派我进了工作组，来做村民工作。

我问起他家的情况，他说：我们家过去很穷，我考上大学，父亲东凑西借才给我交了学费，后来我大妹也考上了大学，父亲为了供我们兄妹上学，就去县里租房子做化肥生意，和母亲吃住都在货栈里，进货、卖货、给人送货都是他们自己做，工作强度很大，为了减少开支，他们也不敢雇人，有两次，父亲进货扛化肥都累得晕过去了。我们家出了四个大学生，父亲又攒钱翻新了家里的老房子，也因此出了名，县里树立父亲为发家致富、培养子女的典型，号召大家学习。后来父亲又被选为人大代表。

我问起他们村的搬迁工作，他说：我父亲很通情达理，他对我说，我要支持你的工作。很快，我爸就和工作组签了搬迁协议。我说：那你们接下来的工作好做了吧？他说：哪有那么容易？让大家离开他们世代赖以生存的土地，他们更担心今后的日子咋样过呢。我们想，我们靠着著名的景区，就应该因地制宜，在旅游上拓展思路，我们处在景区的"后门"，这里没有"前门"的热闹，但自然环境好，交通又方便，便于大巴车出行，于是我们就去重庆、贵阳、广西等地方联系旅行社，让他们来我们这里考察，以后带客人来旅游，就住我们这里，我们保证供应新鲜干净的农家饭菜。另外还和景区联系，输送村民去景区打工。村民的后顾之忧慢慢解除了，搬迁工作才一步步地开展起来。我又问：你们搬迁后，村民的实际收入和原先相比变化大吗？他说：收入比原先种地好多了。你来这里，看我们这里环境多好，旅行社带来的旅客住在这里都很满意，有的回去以后，节假日又带了亲属朋友来，有的待几天没过瘾，再住几天。我说，那你怎么又做了驻村书记了？他说：村民搬迁过来，搞旅游接待，要有一个统一的组织领导，要规范化，不能各自为政，原先那些旅行社大多也是我联系接洽的，所以县领导就让我留了下来，让我将村里工作"扶上马，送一程"，不久县里又任命我做了村书记。这一干，就四五年了。我说，你不想着再回县上工作？他说，我觉得我离不开我土生土长的这块地方和乡亲们了，我有责任有信心带着乡亲们往前奔。我说，你果然是个有故事的人，你的担当、你父亲的心胸都使我感动，我祝你带领全村人发家致富，日子越来越好。又聊一会儿，我就告辞休息去了。

第二日，年轻女子请了她一个本家叔叔送我们去景区。临出门，女主人又拿两把雨伞，嘱咐我们带上。我平生比较懒散，出门有小雨，宁愿淋着，也不打伞，嫌累赘。不过，这会儿不能辜负了女主人的心意，将伞接了，装在双肩包里出发了。黑油油的柏油路两边，是一望无际的翠绿。城市里住久了，天天在高楼大厦间穿梭，这会儿对大自然的本来模样稀罕得不得了。天越发阴了，我倒希望它现在就下一阵雨，我将撑上伞，在这旷野上走走，感受一番大自然的原始气息。

景区里，游人还真不少，大家被大、小七孔的柔美恬静感染，说话也都柔声细语了。比比皆是的绿水素潭，反射着日光，像镶嵌在碧草中的珍珠。如画廊般美丽的天神峡谷，碧波荡漾，画舫来往，看罢多时也不忍离去。更有那拉雅瀑布从天而降，在绿树丛中倾泻，令人震撼得不由自主地吟诵"飞流直下三千尺"。后遇一片湖水，栈道曲折水上，湖中水草摇曳，几只长腿鹭鸶在水里捉小鱼小虾。忽然想，这里过去该是布依人家的稻田吧。不由得对他们肃然起敬，正是他们的迁出，为我们奉献了一片仙境般的旅游胜景。

下午，游玩结束。年轻女子的父亲开车来接我们。他中等个子，略瘦，皮肤微白，穿一身黑灰色制服，我怎样也无法将他和一个农民联系在一起，更无法将他和那个做生意扛化肥的人联系在一起。坐车上，我问他，开完会了？他说结束了，所以有时间来接你们。回到家里，抽根烟喝杯茶，女主人将饭菜摆了上来，蒜苗炒腊肉、清炒油麦菜、腊肉炒莴笋。肉红里透着油亮，绿菜脆生生的。我问，这都是咱们菜园里的菜吧。男主人说是，又说腊肉也是自家做的。他又递给我一玻璃杯酒，酒呈浅红色，他说这是他酿制的纯米酒，泡了药材变红了。喝一口，甘醇柔绵，十分爽口。我夸他的酒好，他说，我们布依族人家，家家都会酿酒，平常少酿，家里要嫁姑娘娶媳妇的就多酿一些，待客用。喝着酒和他闲聊，我说：你和老伴养出四个大学生，很了不起，但是我更佩服你带头搬迁的宽阔胸怀。他说，讲心里话，要搬离祖辈们世代居住的地方，还真舍不得，但是，要支持儿子的工作嘛。他又说，那几年，好多人埋怨我，还有人背地里骂我。我说：现在呢？他说：搬到新居后，城市里的旅游车队，天天拉着人来这里住宿、用餐。村民有了稳定的收入，心里踏实了，都说搬迁好，还说我有眼光，看得远。女主人插嘴说：我家老头子本来威望就好，经过搬迁这事，村民们更敬重他了。喝了一会儿酒，我说：有机会也到我们西安去玩玩。他喝了口酒，说他去过延安，是县上组织人大代表去参观学习。我问：你感觉延安好还是你们这里好？他说：延安是革命圣地，我们不能比。但是论自然环境，山清水秀，我们比延安好多啦。听他的话，看他的表情，感觉他很自豪。吃完饭，女主人收拾了餐桌，在一盆黄色的水里泡糯米，对我和妻说：明天早上请你们吃黄糯米饭，为你们送行。妻问这黄水是用什么泡的。女主人拿出一把干草，说是糯米草，水就是用它染的。她说每年清明节前，他们布依族人家都要采摘一些糯米草，晒干保存，清明节时，家家都要蒸黄糯米饭，祭奠先人，平常家里来了贵客，也蒸它待客。

第二天早上，我们从客房出来，桌上已经摆了早餐，一盆糯米饭，金灿灿的，几盘小菜，有荤的，有纯素的，食材都切成小丁。男主人已在桌边坐着等候。看到我们就说开饭。我早已馋涎欲滴了，拿起碗，舀出一勺饭，拌了菜就吃。男主人笑了，说，糯米饭要这样吃，他也舀一勺，倒在手心里，两手压一压，压成饼状，再舀一勺菜，夹到饼上，类似煎饼卷菜。我们学着他的样子也卷了吃，糯米伴着肉末的油香、笋的清脆和韭菜的鲜嫩，煞是好吃。一时饭毕，要和他们告别了，却有些舍不得，就以院门做背景和他们拍了合影。

过了几天，我和妻游览黄果树瀑布景区，一对夫妻请我给他们拍照，他们是从杭州来的，得知我们是从大、小七孔来的，说他们也要去，问我住宿的情况，我介绍了布依驿栈，他们说也去那里住。几天后，他们发来微信，说已经离开了布依驿栈，还说以后有机会还想再去一次。我奇怪，他们怎就有了和我一样的想法呢？

陈铁有

陕西省商洛市丹凤县人。大专学历，中共党员。先后从事教师、播音员、记者、编辑等工作，后调任政府机关公务员。年轻时喜爱文学写作，有文字在省、市报刊发表。2016年退休后重拾文笔。现为《作家摇篮》杂志签约作家。

享受微笑

　　二十多年前，妻子曾在县城经营一间小小的烟酒副食门市部。我有时在下班之余替妻子站站柜台。

　　一天傍晚，一对年轻夫妇来店里购买东西。两口子都比较腼腆，言谈举止略显拘谨，给人印象颇佳。那女的临走时对我微微一笑，低声说："谢谢，我们走了。"声音听起来怯怯的、柔柔的，让人觉得好温暖。我也礼貌地回了一句："不用客气，欢迎下次再来。"虽然只是一面，但彼此却留下极好的印象。

　　后来在街上偶遇，那女的仍然是冲着我微微一笑，算是问候。我也同样报以点头微笑来回应对方。

　　再后来，我俩经常在路上相遇，她都是用那特有的微微一笑向我表示问候。一来二去，微笑竟成了我俩特有的见面礼。尽管无语，但却让人听到了对方的心声。真是"此处无声胜有声"啊！那微笑，似三月春风拂面，让人感到全身温暖，清爽无比；那微笑，像甘霖润喉，让人觉得香甜可口，直沁心扉……

　　时光荏苒，年复一年。我就这样长时间享受着这份温馨的甜美的微笑。我从不去打听她姓甚名谁、家住哪里、在什么单位上班，我只记住并享受着这份微笑便足够了。

　　后来，她的单位迁到我的单位对面，中间只隔了一条不算太宽的马路，她有时还来我单位的大院如厕，见面，她依然是微微一笑。即便如此近的距离，我也不去打听她的详情，我怕一旦太熟识，会失去这份微笑。

屈指算来，从我俩第一次见面至今，竟然有二十七年了。虽然到现在我都叫不上她的名字，但却永远记住了她的微笑并依然享受着。

木槿花开

2024 年 7 月的一天，雨过天晴，我信步游走在县城北边凤冠山下的 312 国道一侧。我忽然发现，在一户人家的山墙外，有一株木槿，花开正艳，很是引人注目。望着满树的木槿花，勾起我怀旧的思绪。

木槿花，又名面花、喇叭花、朝开暮落花。属锦葵科落叶灌木。它耐干旱，抗尘力强。在我国北方，尤其是陕南秦岭，到处可见。

在我乡下的老家，房前屋后，有好多木槿花树。花有粉红色的，也有白色的。一到夏天，陆续绽放。那花骨朵繁多，开了谢，谢了开，要持续很长时间呢。那粉红的花瓣，很像公鸡头顶上的冠子，而且花瓣根部撕开有黏液，一群小屁孩儿就常常把撕下来的花瓣粘在鼻子上、额头上，一边学公鸡"喔喔喔"地叫着，一边打闹、嬉戏着。有些领头的孩子把那些粉红色的、白色的花瓣粘得满脸都是，被大伙称作"花公鸡"或者"公鸡王"。"公鸡王"走到哪儿，都有一群"鸡崽子"跟着拥到哪儿。

木槿花不但纤细、坚韧、美丽，而且能吃。20 世纪六七十年代，我正值上学读书。那时，农村生活很苦，每到这个季节，乡亲们都会弄些木槿花吃。可用木槿花与面、葱花、韭菜等做成煎饼或炸面团，当然，有鸡蛋更好了；也可以和豆腐一块炖着吃；亦可生吃，味微甜。花瓣撕开，可看到与莲藕一样的纤维丝。我们小孩放学回家，饿了，就会去摘几朵木槿花吃。

木槿花不仅能吃，还有药用价值。尤以白木槿花为佳。具有清热、利湿、凉血功效，可治疮肿、小便不利和痢疾腹痛等。那时，一到木槿花开的季节，本村和邻村的人就会来我家采摘白木槿花做药。

木槿花开的季节，也是我最想家的时候。小时候，尽管农村生活艰苦，但民风淳朴，氛围祥和，左邻右舍相处得十分和睦。谁家哪一顿做好吃的了，就会给近邻端一大碗；谁家孩子有病或者受惊吓了，大人便去邻里求舍"七家面"，让众人"分灾"。那种互帮互衬、童叟无欺的纯朴乡风，时常令人回味留恋。

一年又一年，时过境迁，物是人非。木槿花依旧在开放，可当年在木槿花树下嬉戏的孩童，早已不知漂泊到了何处。

槐花焖饭

又到槐树花开的季节了！

槐花开，槐花香，
槐花是穷人的口粮。
早晚一顿槐花饭，
吃饱肚子不发慌。

这是儿时槐花盛开的时候，我听母亲念的歌谣。确切地说，应叫顺口溜。我想，这大概是母亲自编的，因为我从未听别人念过。

槐，种子植物类，别称"国槐""家槐""豆槐""护房树"等。花色有乳白、浅黄、桃红三种。味微甜，可食之，亦当药材。主要分布在中国北部广大地区。按地域温差不同，相继在农历三月底至四月底这一期间绽放。

槐花，在老一辈农村人心中有"救命花"之称。因为槐花开放的时候，正值农村人越冬之食将尽，小麦、豌豆、洋芋等夏粮作物尚未成熟，青黄不接，吃了上顿没下顿的季节。槐花这时就成了乡下人的食物替代品。槐花将开，人心开怀！槐花能生吃，煮熟凉拌，当馅做包子、蒸饺、水饺等。最常见的吃法，还是槐花焖饭。做法也简单，麦面粉或玉米面与槐花按一定比例拌在一起，散散的，一握能成团，放锅里蒸、炒，只要葱、韭、蒜、苘任一样调料拿捏到位，一盆香喷喷的槐花焖饭盛上桌，未吃先馋！在那个年代，那个季节，每天只要能吃上一碗香喷喷的槐花焖饭已算是幸事了。

我的老家就在乡下，房庄基由北向南有一条小河，门前至屋后有三十多米长的河堤。20世纪50年代初，父母为了护堤，栽了许多香椿树和槐树。这两种树成活率都高，而且槐树带刺，一般人不动它。槐树一两年后就陆续开花了，年年春季摘槐花不用跑远路。我们从槐花欲开未开含苞时就开始摘槐花吃，那会儿槐花是最好的珍品。一直到槐花全开，吃不完了，母亲就会把摘下来的槐花晾干，存起来，往后慢慢吃。也会喊来邻居摘槐花吃。到80年代初我参加工作时，房前屋后的槐树有的已经粗一抱、高数丈。

父母去世后，家在乡下的大姐常托我的外甥女把做好的槐花焖饭捎到县城来给我。大姐的槐花焖饭，传承了母亲的味道。

相比之下，城里小妹做的槐花焖饭除槐花外，还多加了几样其他蔬菜。

现如今，物质条件越来越好，大多数农村人对常年能吃到的东西不怎么稀罕了。倒是城里人，每到周末，便往乡下跑，挖野菜，摘槐花。有人去乡下亲戚家，见了槐花，连枝折回来，坐在屋前消停摘着槐花，聊着见闻，就等着吃一顿美味的槐花焖饭。

至于红色的槐花，我们都称为"国槐"，出于敬畏，从未吃过。有人说，红色的槐花，是药，不能吃。我想，一定能吃，只因为它是"国槐"，人们不愿食之而已。

祖传扁担

前不久回到老家，在清理已坍塌的老房里的杂物时，发现了我家那根距今已逾百年的扁担！我双手握着扁担，睹物思情，内心五味杂陈。这根在常人看来毫不起眼的扁担，于我祖孙三代有着深深的渊源和令人心酸的陈年往事……

这根扁担是我爷爷年轻时用过的物件。上等的青冈木，结实、坚韧，不易折断。

我的爷爷出生在清朝末年（1884 年）。从小练过小洪拳，有功夫，力气大。年轻时挑盐挣脚力钱，每次都在 200 斤上下。从河南省卢氏县，经桃坪、峦庄、原岭、涌峪沟，最后到龙驹寨，一个来回三百多里地！对于现代的年轻人，空手走一遭都叫苦不迭，何况挑一二百斤的重担！

1928 年，家乡匪患严重，又遇荒灾。日子实在过不下去了，爷爷就用这根扁担，一头挑着全部家当（一只风箱，上边放些路上能用的杂物），一头挑着不到五岁的父亲，奶奶拉着大姑，一路逃荒要饭，来到渭南北塬。那年月，到处军阀混战，民不聊生。在渭南北塬上待了不到三年，将十岁的大姑卖给一户刘姓人家当了童养媳，又领着奶奶和父亲返回丹凤老家。

父亲成年时，已临近新中国成立。那时爷爷已年逾花甲，干不了重气力活，父亲接过爷爷用过的扁担，挑起了家庭的重担。但父亲青少年时书读得好，一直念到县城高小（相当现在的中学），去百里外的竹林关教过书。后来又回到家乡瓮窑沟学陶瓷手艺，成了一名远近闻名的窑匠师傅。由于爷爷用过的扁担太长、太硬，父亲就不常用了。只是在装窑货时，工人们常去我家借这根扁担。因那大瓮（大口缸，能装八斗粮食）特大，无法搬动，只能两个人抬。只有爷爷这根扁担又长又硬，负担得起。

我高中毕业后回乡劳动，有时要去很远的地方去砍柴，就拿起了这根祖传的扁担。可第一次担柴，不过百斤，那柴担子在肩，直溜溜，硬邦邦，不闪动，不起伏，觉得肩上的担子越来越沉。再看其他人，那柴担忽闪忽闪的有起有落，感觉很轻松。回到家里，我就拿起推刨使劲把扁担往薄推，拿斧子往窄砍，拿锯往短截。再后来，参加生产队劳动，修大寨田，整天要担水、担尿、担土，就又把那根扁担改成了水担……

1977 年恢复高考后，我考上了师范，毕业后参加了工作。这时农村土地承包到户了，父亲也不在外当窑匠师傅了，而是在家操持农活，这根扁担又伴随父亲二十多年。父亲去世后，这根扁担就靠在门后闲置了。

这根扁担见证了我家三代人的劳苦历练和辛酸往事。

又闻粽香

昨天晨练结束回来，路过车站门前菜市，猛然发现有几个乡下人在卖箬叶，啊，端午节就要到了！

端午节，最广为流传的说法是纪念楚国的爱国诗人屈原，后来成了中国人的传统节日。

南方沿江沿河的地方，一般包粽子用的都是芦苇叶或竹叶。家乡县城沿丹江两岸亦是如此。只有在乡下、在山里的人家，包粽子用的是山上的箬树叶子。

箬叶树是一种落叶灌木，树冠不高。树叶近乎圆形，大的有六七寸长宽，小的也有巴掌大小。叶子含有一种独特的清香味，过去，乡下人常用它作蒸馍的笼布。特别是那叶子经沸水蒸煮后，散发出一种诱人的香味，十分好闻。包粽子前，先把箬叶压进大锅里蒸煮，待香味飘出，立即捞出来拿到河边或水井旁洗净备用。

小时候在乡下，每到端午节的前一天，小孩子们都会去河边帮大人洗箬叶，就爱闻那煮过的箬叶味。下午，家家户户开始包粽子。那时乡下较穷，包粽子的原料大都以高粱、麦仁、小米为主。再就是少量的优质黄米（当地人叫"糜子"）。我们那儿少有稻地，吃白米粽子那是80年代以后了。粽子傍晚入锅，大火煮个把小时，然后，中火、小火再焖几个小时。这个时候，整个村子里，到处飘着浓浓的粽子香味。大人常常会告诉小孩子，粽子难煮，得一夜工夫才能熟，第二天早上才能吃。后来长大了才知道，那是父母善意的谎言……

在县城川道许多地方，人们包粽子用的是芦苇叶或竹叶，包出的粽子呈三角形，特点是包裹严实，米不外露，光滑好剥，不粘手。但却少了乡下人用箬叶包出的粽子那种天然的扑鼻的香味。特别是乡下人不管是包小米粽子还是后来包白米粽子，都会加入山里那种老式的大红豆。那特有的豆香与米香，和着箬叶那种扑鼻的香，直沁心脾。端午一大早，先拿一个粽子，站在自家门口，剥开，趁着热乎劲先吃！那个香啊！爽啊……

现如今，县城的人早已熟知了箬叶包粽子的好处，都不用芦苇叶了。端午节前好几天，都争先恐后地买乡下人或小贩拿来的箬叶。

不知从何时起，家乡的县城盛行端午节吃炸油糕的风俗，大概取圆满、吉祥之意，和中秋吃月饼、除夕吃饺子、正月十五吃元宵一样的道理。

我参加工作几十年，也走了一些地方，吃过不少口味的粽子，但都吃不出家乡那用箬叶包出来的小米粽子的香味。

端午节到了，我又闻到了家乡的粽子香味……

"棉窝窝"

　　记忆中，小时候的冬天，是非常非常冷的。那时候的冬天，经常下雪，乡下的农村，满山遍野，白茫茫一片；门前的小河，经常结着冰；山崖旁，屋檐下，也常常吊着长短不一的冰凌。小孩子们常在河里溜冰，在场边堆雪人、打雪仗，玩得不亦乐乎。

　　那时，我们不觉得冷。因为有娘做的"棉窝窝"鞋。

　　小时候，一到秋后农闲时，母亲便会找来绒布、棉花，剪鞋帮、纳鞋底，为我们兄弟姐妹做棉鞋，乡下人都把这鞋叫"棉窝窝"。一到冬天，稍微感觉到冷，我们便会穿上母亲做的"棉窝窝"，那种绵绵的、暖暖的感觉，让人觉得浑身都热烘烘的……

　　穿"窝窝鞋"已是儿时的记忆了。自从我1977年冬考上师范，参加了工作以后，有了皮鞋、皮棉鞋，就再没有穿过母亲做的"棉窝窝"。我与大姐及两个妹妹各自成家后，母亲年纪也大了，90年代初又患了半身不遂，行动不便，此后再也没有做过棉鞋了。

　　时间到了母亲去世一年后的2009年冬。有一天，外甥女给我打电话："我妈给你和我妗子做了'窝窝鞋'，让你来取哩。"第二天恰逢星期天，一大早我便乘坐武关公交车去了桃花铺大姐家。看到大姐拿出来那么多亲手做的"棉窝窝"，简直让人惊呆了！整整十八双！算了一下，除了我拿两双、我两个妹妹一人一双外，我的一个外甥、两个外甥女三家子，人人一双"棉窝窝"！望着这大大小小的"棉窝窝"，我沉思许久：做这么多的"棉窝窝"，不说花钱了，仅裁剪鞋帮、修边都得花费大姐多少时间和心血啊！在父母一辈过世后，大姐担当起了"护幼"的角色和义务，在操心其儿女及孙子辈的温暖时，还不忘给弟妹做"棉窝窝"……

相比之下，大姐做的"棉窝窝"在工艺上比母亲先进了许多，用时髦的话叫"与时俱进"。棉鞋的外形，大多仍是母亲做的圆口，但大姐又设计了一些独具特色的方口鞋，穿时更为方便；鞋底则是从县城买来的现成的橡胶鞋底或牛筋鞋底，与自己修剪的鞋帮纳缝好即成。

2018年元旦初那场雪下得可大了！洋洋洒洒下了好几天。当时，我被大雪困在长安区兴隆街道办的北雷村。回来时已过腊八节了。大姐来看我，又给我带来一双"棉窝窝"。我说，那双棉鞋还能穿。大姐说，棉鞋旧了就不暖和了，非要让我穿新做的棉鞋。我答应着："今晚洗个脚，换双净袜子，明天就穿新棉鞋。"大姐走后，我还是没舍得穿，而是把新棉鞋藏起来了。

大姐先前给我的棉窝窝，我整整穿了十个年头！直到今年春节，棉鞋底原先补过的地方彻底破洞不能再补了才扔掉。今年入秋以来，持续下雨降温，在房子里既无空调，又没有条件生炉火的情况下，脚腿实在冷得不行，便提前将大姐送的"棉窝窝"拿出来准备穿了。

"棉窝窝"——刻在我心里永远的温暖！

柿子红了

　　每年深秋，房前屋后柿树上的柿子红了的时候，我便想起小妹上树摘"蛋柿"……

　　那是四十六年前，秋后的一个中午。一家人正在吃午饭。只听小河对面刘叔家的二丫头淑芳，在场边的塄上喊我的小妹："玉粉！玉粉！你门口那棵柿树上有个红蛋柿！"正在吃饭的小妹一听，放下饭碗就往外跑。距我家大门口三四丈远的河边有一棵桶粗的"小帽盔"柿子树，在树高一丈处伸向河边的树枝上，有一个柿子红了，可以摘下来吃了。那时候，我们乡下十二三岁的孩子，都把爬山上树、下河溜冰当乐子。男娃女娃都不例外，小妹也是如此。眨眼间，小妹就爬上柿树，慢慢横着脚往前移动。就在小妹将要够着那红柿子时，只听"咔嚓"一声，小妹连同断树枝一起掉到河里了！那河虽然很小，水面只有一二尺宽。但河里全是碗大的石头。小妹当时就疼得哇哇大哭，我听到响动，立马奔出门，跑到河里，将小妹抱回家。父亲一看，说小妹的一条腿恐怕骨折了，让我赶紧去康家沟，请老中医张青山来给小妹接骨。

　　从我家到康家沟张老先生家，有二十里山路。从老家瓮窑沟出来，进小胡树沟，上岭，下岭，再过大胡树沟，到赵家大屋场，再进康家沟。我那时十七八岁，正值年轻力壮。我一路小跑着，一口气赶到张老先生家，只盼着早日请到老中医，不要耽误医治小妹的腿。张老先生和我的父亲是故交，一听说，马上拿出药箱，装了些必用的药品，即刻出门。我接过药箱背在身上，同张老先生一道赶回家中，前后用了不到两个时辰。

张老先生果真医术高明，搭手一摸，便知骨折部位。然后用手捏了捏，再撒些消炎粉，敷上自制草药，将小妹的腿包扎好、固定好，说没事。叮嘱父亲，隔两天换一次药，七天后就不用了，三个月内走路时慢些，注意不要用力，不要快跑。

三个月后，小妹的腿好了，没有留下任何后遗症。那天，张老先生只是在我家吃了一顿饭，收了两块多钱的西药费。因为当时张医生是公社卫生院的坐堂中医，西药费是要回医院报销的。其余出诊费、诊断费、手术费等全部免收。

事情过去快五十年了。每当柿子红了的时候，我便会想起那次小妹摔伤的情景和我翻山越岭请医生的经过，同时怀念张老先生的医德医风……

家乡有条美丽的小河

我的家乡有一条小河，河水就从我家门前流过。

家乡的小河，是一条美丽的小河。河流虽小，却也是丹江上游的一个小小支流。流经我家门前的这条小河，是从房后四五公里远的山上流下来的。上游不叫河，叫沟。在距我家不到一公里远的地方，才慢慢宽了起来，形成了河。河里的沙、石，都是历次大雨过后从山上冲下来的，雨水退去，泥被带走，留下许多五颜六色的石子铺满小河，很好看。河两边的土塄、石堤，到处是迎春花，一到春节前后，迎春花便会开放，霎时间，便让人忘了冬的寒冷。

平时小河的水不大，有一尺来宽，最宽的地方也就两尺左右，跨一个大步，就跳过去了。河水清清，河里的石子、沙子也是干净如洗。没有大雨、暴雨的季节里，河里便会有许多小鱼，我们一群小伙伴常在河里捉鱼玩。在小河旁引出一道小小的水流，用手刨挖出一个水潭来，把捉来的小鱼儿放到水潭里，看谁捉得多。玩够了，再把水潭的下方扒开，让水重流进小河，那鱼儿也欢快地游到小河里了。小时候，我们常以为山上出产小鱼，随水流下来了。后来才听大人说，山上长不出小鱼，那是鱼从丹江逆流而上，来到这里产下的鱼卵。大人还经常给我们讲鲤鱼跳龙门的故事。那以后，我便对河里的鱼儿产生了敬佩之情。

家乡的小河，有时是安详、寂静的，尤其是在秋冬季。天凉了，少有人在河里游走，只剩河水静静地流，流出家乡的沟沟岔岔，一直流向远方的丹江。

　　家乡的小河，有时又显得异常热闹，甚至有些"繁华"。一到春夏，春暖花开，小河立马充满生气。燕子归来，在小河上忽高忽低，争相戏水。蜻蜓点水，赶都赶不走。河里有大小不等的水潭，靠上游一点的潭边，是年长的女性在洗菜；靠下游一点的潭边，则是一群年轻的媳妇和姑娘在洗衣服、鞋袜之类。小河边充满了女人的欢笑声和两岸树上鸟儿"喳喳"的叫声。好一幅小河美景图！那种画面，在我的脑海里留存了许多年……

　　不知从何时起，家乡的小河变得没有水了。即便是下几天小雨，河里还是没有水。除非下一场大暴雨，河水会泛滥起来，但大雨一过，不久，河水就退去了。小时候宽宽的河道，在"学大寨"的年代里修成地，地边垒起石堤，人们在河里走；后来，人们又在地里盖了房，而且一家挨着一家，于是，在地边又修了进村的公路。行走在宽宽的路上，已经感觉不到河的存在了。

　　家乡有条美丽的小河，那是永远留在脑海中的美好……

远去的吆喝声

　　大寒头一天，去浴室洗了一次澡，不料伤风感冒，几天不想吃东西。前天傍晚，突然想去逛夜市，看有没有可口的小吃。一进夜市口，看到熙熙攘攘的人群和红红火火的小吃摊点，一下子来了食欲。心想，今晚一定能如愿吃上可口的东西。

　　转着，转着，突然眼前一亮，看见一个卖油茶的摊位。那个十分熟悉的大大的黑不溜秋的大油茶壶，一下子就吸引了我！"来一碗油茶！"我迫不及待地要了一碗油茶，一股熟悉的油茶香味扑鼻而来，一勺油茶送进嘴里，咀嚼着那细小的芝麻、杏仁、炒熟的碎花生米，那叫一个香啊……

　　品着浓香的油茶，记忆的闸门瞬间打开。我从20世纪六七十年代就曾在县城喝过那城东小街子老杨家的油茶。80年代初，我调到县广播站工作，更能经常在晚上喝到杨老汉的油茶。卖油茶属小生意，不用摆摊，一只偌大的黑色的油茶壶，几只小碗和几双筷子，用一辆小小的手推车推着，一出门，一声吆喝："油——茶！"生意就开张了。那大油茶壶很是神奇，保温性能特好。即便是到深夜十二点，那油茶依然是热乎乎的。

　　记忆中除东街杨老汉的油茶外，还有西街老李家的烧鸡。那烧鸡卤得真叫一绝！那香味，竟让人无法用文字描述出来。那年月，很少有人买整鸡。鸡头、鸡翅、鸡肋、鸡脯、鸡心、鸡腿、鸡爪子、鸡脖子等都是切开一片一片地卖。那卤出来的鸡的颜色就很诱人，吃一口，香气直入脾胃，令人回味无穷。夜深人静之时，那一声"烧——鸡——"的吆喝声，远处的古城岭都能听得到。大人若是拉着小孩子逛街，听到那声吆喝，便会驻足不前了。大人会给孩子买五分一个的鸡心，或一角钱的鸡肋，满足一下孩子的味蕾。

在那贫困年月的小县城里，特别是在冬天，那一东一西、一声声"油——茶""烧——鸡——"的吆喝声，使冬天显得温暖了许多……

现如今，满大街的烧鸡摊店、超市里的白条鸡、现卤现捞鸡多的是，人们都是整鸡购买，有的一次买好几只。只是，再也吃不出当年的那个味了，也听不见那特别诱人的吆喝声了……

老家的银杏树

前些日子，外甥王兵用微信给我发了一段话，说他头天晚上做梦，梦见在外婆家吃银杏哩！说来也怪，昨晚我也做了一梦，也是梦里上树摘银杏吃，清楚地看见银杏树叶绿油油的，树上的银杏果金灿灿的。可明明看到绿黄的银杏果结满枝头，只是手到之处不见果。连忙去抓另一根树枝，一不留神，一脚踏空，便从梦中惊醒。这一梦，竟勾起我的"思杏"情结。

老家的场塄边，有一棵大大的银杏树。树龄应该是从新中国成立前算起的，因为20世纪60年代初，在我能记事时，树干已经有老碗粗了，树冠已有两丈多高。银杏果稍大些时，枝头就会垂下来，大人不用伸手，嘴一张，就能咬到银杏果。有一枝竟向河对岸伸去，后来银杏树越长越大，在河对岸的人伸手可及，也能吃上我家的银杏。

早些年，上树摘果毫不费劲。抱着树，脚蹬手刨，几下子，就抓住了那根粗些的横枝，一用劲，就势翻将上去。想怎么摘，就怎么摘。有时候，为了逞能，一下子蹿爬到树顶，猴子似的，一任风吹树摇，荡来荡去，一点儿也不害怕。

我家的银杏树与众不同，有点特别。果大，仁大，银杏果的外形是椭圆的，扁扁的，像蚌（家乡都叫"海八儿"）。是远在南山柏树坪的表叔用从他家带来的银杏枝嫁接成活的。这样的银杏树在我们村子里没有第二棵！因为长在场边塄上，塄下便是河，向阳，土层厚，不缺水，那银杏树便一年一个样地往上蹿着长。到我上中学那阵儿，上树摘银杏，已经要搭梯子了。那银杏果，外皮还是绿色的时候，里边就已经黄了。银杏果熟了，就会裂开一个"小嘴儿"，越熟，那"小嘴儿"越大，常会引来蜜蜂采那裂口里的糖水。有时，蚂蚁也会爬上树去，从那张开的裂口钻进去吃果肉，而且熟透了的大银杏容易掉落下来。所以，当银杏果"柳黄"时就要采摘，不然便浪费了。

树枝较低的银杏是等不到成熟的。因为果仁是甜的，所以，银杏果还又青又酸的时候，就有人摘下来砸吃里边的果仁。靠河道那枝够不着，路过的孩子便会抛石块打那枝头的果。每当这时，母亲就会对那些孩子说："你们忍一忍，等银杏熟了，再来吃吧！"那些孩子便不好意思地跑了。

银杏果熟了。摘银杏果的时候，是我家场院最热闹的时候。母亲会告知邻居们，我家摘银杏呀，都来吃银杏吧！我们在树上摘，树下的场院里、河道里，好多人在拾银杏吃。银杏果熟透了，树枝一动弹，就会掉下许多。大人、小孩，吃了银杏果，再吃银杏仁，边吃边赞：这杏好吃！又甜又面！杏仁恁大！但凡有过路人，不管认识与否，父母都会喊："来，吃银杏来！"有的邻居吃毕，临走时，父母还会让他们再拿些回去给家里其他人吃。那些邻居真是"高兴而来，满载而归"啊。

20世纪90年代末，父亲把那棵大银杏树砍了，用树干做了两副案板，一副留用，另一副送给亲戚了。自那以后，我们再也吃不上那么有特色的银杏了。

春天的记忆

晨起锻炼，漫步公园。蓦然间，海棠花开了，春梅已在枝头绽放。红彤彤，一片片，鲜艳夺目，花香满园。

啊！春天来了！

城市的春天，只能看到一半，另一半则被楼房挡住了。看到的花，除了公园人工种植的，就是自家盆子里栽植的了。那些好多描写春天的美好诗句或成语，如"春意盎然"呀、"鸟语花香"呀，好像都用不上了。真正的春天，在乡间的小路上，在老家的田野里，在山林小溪……

记忆里，老家的春天，是从看到金灿灿的迎春花开始的。

乡下老家，节气仿佛来得比城里慢半拍。因此，迎春花一般都是在正月才开的。先是向阳的坡地，然后是河堤，再到阴坡地段，渐次开放。那迎春花不同于别的花：没有主干，长出来就是一簇簇、一条条。头一天，看那青青的、绿绿的枝条上，还是些星星点点的红芽，睡了一个晚上，第二天那红芽就绽开了黄色的花。金灿灿，黄艳艳，甚是养眼。那小小的黄花，不但颜色好看，而且香味扑鼻。那花朵儿细长，用手轻轻地拔出小花，根部有个小眼，用嘴一吸，就有一丝丝的甜味。小时候，我们一群男女玩伴，经常在门前的河堤边掐迎春花，吸那花心里一丝丝的甜味呢。

紧随迎春花之后，山坡上、田野里的油菜花，也迎风开放了。一样的金灿灿、黄艳艳。所不同的是，油菜花有着青菜一样的叶子。早些年，一到前春，人们不等那油菜起薹秆，就连根拔回家，摘下叶子，用开水焯一焯，再用清水泡一泡，便可食用了，味道一点不比城里的青菜差。

迎春花开过后，房前屋后，河边林间，那桃树、杏树、梨树、樱桃树、梅子树全都开花了！那真是百花齐放，争奇斗艳啊！关于对春天花的描述，莫过于大文豪朱自清了："你不让我，我不让你，都开满了花赶趟儿。红的像火，粉的像霞，白的像雪。花里带着甜味儿；闭了眼，树上仿佛已经满是桃儿、杏儿、梨儿。"

小时候，我和那些孩童不懂事，总害怕蜜蜂把花蕊吃了，果树少结果子，常拿着树条去赶那蜜蜂。后来，父亲大人告诉我，蜜蜂不光是采蜜高手，还是"护花使者"哩，只要蜜蜂在花间采蜜，那"嗡嗡"声就会吓跑一些害虫呢。

在老家乡下，田园里的春光是最美的。

绿油油的麦田里，阳光明媚，温暖，亲切；微风轻拂，凉爽，宜人。过了正月十五，就能看到，块块麦田里，年长的妇女和年轻的姑娘，拿着小锄儿，一下一下小心翼翼地锄麦草、间麦苗。锄平地时，还坐在小凳子上。一帮小孩提着小笼筐，在尚未下锄的麦地里拔野菜。春天的麦田里，野菜品种可多啦！有"麦笼""燕窝窝""蒲公英""荠荠菜""达儿花"等，锄地的大人们，有细心的，也会把拔出的野菜扔到田埂地畔，让小孩子拾。这个时候，蓝蓝的天空下，绿油油的麦田里，妇女们细心忙碌地锄着麦苗，小孩子们悠闲地拔着野菜，一会儿有蝴蝶飞来了，孩子们又扑着捉那蝴蝶，打闹嬉戏，好美的一幅春图哟！

小时候，春天来了，家乡门前的小河也会变得热闹起来。

我的家乡有条小河。每到春天，小河解冻，流水潺潺，小鱼儿、小蝌蚪游来游去。河两岸椿芽吐香，绿柳轻拂。北回的燕子在小河上空飞来飞去，有时会像飞机一样俯冲下来，与蜻蜓争相点水。河边有不少年轻媳妇和姑娘洗衣服。那时候，很少有人用肥皂和洗衣粉，用的是皂荚树上结的皂角，洗衣服时得用棒槌来捶，发出"啪啪"的响声。年轻的媳妇和姑娘们又爱说爱笑，"三个女人一台戏"嘛！小河的上空时常回荡着女人们的欢笑声，还有燕子、喜鹊、黄鹂等各种鸟儿叽叽喳喳的叫声……

"春天在哪里呀？春天在哪里？春天在那小朋友的眼睛里。"一首儿歌，从小唱到大，我终于明白了春天之所在。

其实，春天一直在人们的记忆中……

写春联，迎新年

"五豆、腊八、二十三，过年剩下七八天。"

一交上腊月，日子就在大人与小孩子的嘴里数着到了年尽头。

临近年关，乡下人除了杀猪宰羊、磨豆腐、蒸馒头外，写春联，当数最有趣的事了。

在老家，相邻的瓮窑沟、代家圪崂、路南、北沟四个生产队里，要数我父亲的毛笔字写得最好了。每到年关，父亲都会早早备好笔、墨、纸、砚。还会多买几张红纸，以备有的邻居前来讨要春联。父亲都会一一满足。

每年，从腊月二十七开始，就陆续有人腋下夹一张红纸上门让父亲给写春联。一张大方桌摆在堂屋中央，桌上放好"文房四宝"。记得有一个铜质的、像长方形镜框一样的东西，父亲说那个叫"方"，专门用来在写字时压纸边的。每年写春联时，父亲都会让我研墨。开始写时，又让我双手捏住春联的一头两角，父亲每写完一个字，我便轻轻往出拉一下。上联写好了，我便轻轻地双手捧起那上联，转身轻轻地放到堂屋地上，再去帮父亲捏下联。那时候的我，很爱干这个活，觉得很有意义。姐姐和两个妹妹是抢不到这活的。

从开始有人来写春联起，每天，母亲都会生两盆子木炭火。一盆放到方桌下边，父亲写春联时暖和；另一盆放到一进门处的堂屋，供前来求对联的人烤。父亲有时还往火盆边温一壶柿子酒，旁边放着酒盅，来人可随意饮几盅。饭熟了，就让远道而来的乡邻在家里吃饭。

写春联，在中国民间流传久远。一是为了消灾辟邪，二是庆祝一年平安、祈盼来年多福。与过年时燃爆竹、放烟火意思相同。"年"，其实是古代一种类似豺狼的动物，每到隆冬腊月，是要下山吃人的。因此，人们为了驱赶"年"，就到处燃爆竹、放烟火。据说豺狼虎豹、妖魔鬼怪都怕红色，后来人们就在家门框边贴上红纸，上面画些神符，门板上再画些神像，借以辟邪。

父亲当年曾给我讲了一个故事：早先，山村里住着一户刘姓老农，看人家过年都贴对联哩，自己一没钱买，二又不会写，但门上不能少了对联。于是，他便弄些黑木炭砸碎了，捣成黑乎乎的墨水，用手一抓，在一边门框上，用五个手指从上到下画五条曲里拐弯的黑道道；再抓一把，在另一边的门框上，用五个手指从上到下点了许多黑点点。凡到门前的乡邻，都看不懂刘老汉写的什么。刘老汉便煞有介事地指着门上自创的"对联"，给来人讲解："我这可是一副绝妙的对联！上联是：细水长流源源不断；下联是：五谷丰登粒粒归仓。"众人一听，果然是一副好对联。

可见，无论生活多么苦，美好的愿望还是要有的。尤其是过年，一年辛辛苦苦到头了，要忘记所有的不愉快，一家人团团圆圆，高高兴兴过大年，比什么都重要！

其实，我的毛笔字，还是得益于每年父亲写春联时在一旁帮忙，看父亲写毛笔字。有时我也拿起毛笔在多余的红纸上写，父亲看过后评价："还行。"父亲耐心给我纠正握笔的手势和站姿。一两回以后，每逢过年，父亲在给所有的乡邻写完春联后，就把我家的春联交由我来写。

1974年腊月，我高中毕业回乡了，父亲便将给邻居们写春联的差事交给了我。有时，人太多了，父亲看我忙不过来，便拉过吃饭的小桌子，帮着写。后来，我的儿子慢慢大了，就如同我当年一样，主动给我拈春联，我写完一两个字，他便往前拉一下，然后双手捧着写好的春联放到地上。不过，我写春联时，已不用研墨了。

有一年，我在院子里写春联，五岁的女儿很是胆大，硬要亲自拿笔写一副春联，从《春联》书中挑选了一副，上联是：山青水绿春常在；下联是：人寿年丰福无边，并别出心裁，在两头各倒写了个"福"字。还别说，那毛笔字，写得还真是有模有样的。女儿把春联贴到西厢房的门框上，还让我给拍照留念。五岁的女孩子敢写春联张贴门上，在家乡是绝无仅有的！许多邻居来后一看，听说是五岁的女娃写的，都啧啧称赞。

　　如今，乡下几乎没人写春联了，都是去县城或小镇上办年货时捎带买几副春联回去一贴就是了。一来省事，二来乡下也很少有人写毛笔字了。

　　写春联，迎新年！于我，是记忆中的一份美好……

正月正，闹花灯

"正月正，闹花灯；舞狮子，耍大龙！"

一到新年正月，这首儿时的童谣，就会回响在耳畔。

眼看元宵节快到了。正月在家宅了好多天，无非就是吃饭、睡觉、看电视。自己也觉得无聊。傍晚时分，想着去车站路转转看看，只是散心而已。

忽听到一阵喧天的锣鼓声，连忙循声望去，原来是一帮人在红枫小区门口操练秧歌。街旁支有三面大鼓，十余名男女排成三路纵队，手执带着红绸子的铜锣，在前鸣锣开道，后边跟着扭秧歌的人，场面甚是壮观。有过年的热闹劲儿。

来到县城中心广场，同样有一大群人围在那里看热闹。场中央敲锣打鼓，秧歌队正在彩排，而且不断有人加入。场中央有专人指挥和导演。场外围观的人也越来越多。

阵阵锣鼓声，将我带回记忆中儿时过年的情景。

小时候过年，那才叫一个热闹啊！

龙驹古寨，早在汉唐就有了名声。发展到明清，最为鼎盛。是西接长安、东连吴楚（今豫、鄂两省）的水旱码头。我小时候，一到正月，最爱父亲引我去城里的亲戚家玩。那时候，龙驹古寨街道，从东河至西河，连绵十里，街两边全是门面房，家家都有生意做。一到正月，沿街两旁，挂满各式各样的灯笼，都点了蜡烛，走到哪里，都是红彤彤一片。最引人注目的要数那"转灯"，搞不清那灯笼为什么能转，上面的人呀、马呀什么的不停地跑来跑去……逛街时，拉着父亲的手，从不敢松开，因为稍微打个转身，就分不清东南西北了。皆因那街面上的人家都是一模一样的。我母亲说，她有一年正月同我大表姐晚上看社火时与我父亲等人走散了，我父亲等人早回到亲戚家了，母亲与大表姐凌晨两点多才找到亲戚家。其实，中间有两次从亲戚家门前路过，硬是没认出来。

当然，小时候最留恋的是父亲带我在街道看"故事"，就是闹花灯，演社火。当年流传的是：西街的狮子东街的龙，哪个不看都不行！只要听到哪儿锣鼓响，哪儿就会围一大群人，而且人越来越多，锣鼓不停地敲着，那是在吸引观众。人群围差不多了，便有人点一长串鞭炮，在场内转圈地响，那是在"轰场子"！围着的人圈，一下子大了许多。这时候，听到锣鼓调儿一转，表演便开始了：舞狮子、耍大龙、跑旱船、"摩女子"，刀、枪、棍、棒，文戏、武戏，门类极多。不知道表演的啥，便看旁边竖着的"灯牌"，上边就写着节目内容。

那时候，小孩子要是挤不到圈子里层，在外边就只能看到许多大人的腿。父亲会把我架到脖子上，让我看得过瘾。父亲也不嫌累，还不时地给我讲解表演的内容。我看到高兴处，还会拍着小手，跟大人们一起喝彩。这一场演完了，随着带有标志性的行进锣鼓声，社火队奔赴下一个目的地，没看够的人会继续跟着队伍走，然后接着看。有的则掉头寻另一队表演的了。反正，不过半夜十二点，是没人回家睡觉的。

到了20世纪80年代，我调到县城工作。那时，仍然是年年正月耍社火、闹花灯、演"故事"，还经常举办全县社火调演，这时，商镇（区）棣花、县城龙驹的社火大亮相！舞狮、耍龙、高跷、"芯子"……各种各样的民间杂耍技艺粉墨登场，整个县城，万人空巷，热闹非凡！

那时候，儿子小，正月的夜晚去看"故事"、赏花灯，我便会把儿子扛在脖子上，就像当年父亲扛我一样。后来，儿子长大了，又有了女儿，我又扛着女儿去看……

如今，儿子有了两个女儿。前年春节去西安大唐不夜城看热闹，儿子扛着大孙女看表演，儿媳妇抱着二孙女。我在一旁看见，一下子想到了当年我扛着儿子的情景，想起了当年父亲扛着我的情景……

潘　粉

"80 后"，爱好写作，《作家摇篮》杂志签约作家。

父亲的抽屉

"我常想，读书人是幸福人……"

这是我在大学里参加普通话等级考试时抽到的朗读篇目，题目叫作《读书人是幸福人》。

之前，我一直以为，只有朗读《紫藤萝瀑布》之类的抒情性散文才需要发自内心地倾尽自己的情感。所以，那一天，我没有品出《读书人是幸福人》这篇美文字里行间饱含的深情。坐在考场里，我用了近似播报新闻的冷静、生硬的语气。

考试结束，作为考官的我们那位端庄温婉的汉语老师微笑着指出我的朗读缺失情感。

我是一个后知后觉的人。后来，我才体悟到了文章之中描写的作为一个读书人所拥有的幸福。可是，我已经很久没有真正地读书了。

近半年来，我总是忆起儿时读书时的那种痴迷。那时，我将自己融入书里的情节之中，可以忽视周围的一切。有时我想，我读书的时候，小我不到两岁的妹妹在哪里？在干什么？有没有人欺负她？……可是我能想到的却只有那一本本发黄的、破旧的、缺封面的、少了开头或结尾的书。那些书都是父亲的，装在一个抽屉里——它属于母亲的嫁妆，纯手工的一张条桌。

记忆中，父亲总是很忙，他给我讲过好几个故事。印象深刻的是那个曾经惹我笑、现在启发我思考的故事。故事中，一对老两口有两个儿子与儿媳。老父亲出车祸去世，照顾他的大儿子夫妻俩收获了一笔可观的赔偿，他们的日子奔了小康。老母亲跟着小儿子，生活没有因老伴的死而发生一丁点儿变化。在母亲的葬礼上，老大两口子哭得痛彻心扉，外人都看到了他们的"孝心"。请来的阴阳先生墨水喝得少，认字只读半边。当他念到"长子番金斗（潘金科）""长媳也氏（乜氏）"时，夫妻俩为了将自己的"孝顺"展现得淋漓尽致，在老母亲灵前翻起了筋斗。结局很诙谐，让人忍俊不禁。多年以后，我悟到了故事里的凄凉。

后来，我发现抽屉里多了一本《故事大全》。封面只剩半边，一翻就要散，很是破旧。细心的母亲找来金丝猴牌烟盒，剪成书本大小，用针线牢牢缝在书的前后两边。这本书就像是一个魔盒，它吸引着我去阅读，让我沉迷其中，各种各样的故事，形形色色的人性。而那时，我懵懂地只分得清好与坏，不懂其他。有一天，我读到了父亲讲过的那个故事，和他讲的一样！除了故事的结局，我的内心多了一份喜悦。因为我可以自己读书，即使没人讲故事，也不会没有故事。

我开始更频繁地翻那个抽屉，找有趣的书读。经过挑选，被我排除的书越来越少，我在那片泛黄的、残破却又精彩无限的书海里遨游。抽屉虽不到两尺见方，却给了我一片广阔的天地。其中，有才子佳人，也有市井无赖；有浩然正气，也有阴谋诡计；有幸福美满，也有悲伤黯淡。那些，都是我读过的故事。抽屉很小，终于，我将自己感兴趣的书读完了，它们令我心有所感。我为故事而喜、而悲、而叹，我在属于自己的读书轨道上越行越远。

应该是小学六年级时的一个夜晚，我已睡下。父亲从远方回家，他给我带回来一本崭新的作文书，那是属于我的除了课本之外的第一本新书。我匆匆瞅了几眼，就被父亲督促睡觉。那一夜，我一定做了一个美梦。那本书被我带到学校，语文老师在扉页上题了字，同学们也借着看。后来，它不知所终。孔乙己曾涨红了脸，额上的青筋条条绽出，这样争辩道："窃书不能算偷……窃书！……读书人的事，能算偷么？……"我的书不见了，不是被偷、被窃，而是被谁拿去了，他应该比我更喜欢那本书。

抽屉里无头无尾的书中有这样一本，我记得里面有好多文言文故事，有狙公养猴，朝三暮四；也有金玉其外，败絮其中；寒花垂双鬟，穿着深绿色布裙，以及她拿走盛荸荠的小瓦盆的模样深深地印在了我的记忆里……那本书，我的一位朋友拿去看了，没有还给我。

有一段时间，我很喜欢画画。虽画得拙劣，但我还是坚持在本子上涂涂画画。我认为自己画得最好的是一个凌空而飞的仙女，侧脸，青丝束成马尾低垂，长长丝带飘在臂膊上和腰间，那是《女聊斋志异》这本书的封面的六幅插图之一。书中介绍了一众女子的喜乐与辛酸。由于是文言文，我从来都没有读完过。高二那年，读了商洛作家陈敏女士的《诗祭》，被她的才情感染。我才去阅读了《女聊斋志异》中的《杨太真》篇和白居易的《长恨歌》，以一颗小女子之心拼凑了一篇习作，竟然获得了老师的赏识，这让我高兴了很长一段时间。有趣的是，大学时见到陈敏女士，她成了我的英语老师。

我读书有个毛病，就是懒。遇到不认识的字就跳过去，不查字典，导致有些故事读了几遍，还不能准确读出主人公的姓名。"佘太君""郑燮""曹文璜""严嵩"……这些人物，我不陌生，但后来在师长的督促下，我才查阅字典，知道了正确的读音。在我知道该怎么读他们的名字后，一些已经查过字典的字，我竟不敢确定了，不得已又多查了几遍字典。读书容不得半点马虎，马虎就要吃亏。

后来，我有了可供自己自由支配的零花钱，就去买书，细细地读，与书交流，让自己的思想得到一次又一次的洗礼与升华。

毕业后，我走出了学校的大门。工作了，我又走进了学校的大门。人变得浮躁了，我不怎么读书了。父亲的那个抽屉，我偶尔还会整理，但还是有点乱。母亲看不下去，把一摞书扔到了灶间，用来引火。我捡回了一本《清末四大奇案》，那本书我读了好几遍。小时候我总将"清末"看成"清末"，疑惑不解。长大后，我知道"清末"是这些故事发生的时间。《杨乃武与小白菜》的故事缺了很多页，电视剧我只看过一点片段，对结局并不那么牵肠挂肚。那些被母亲扔掉的书她没舍得烧完，大部分都装在纸盒子里，放在灶后的角落里，落了很厚一层烟尘油腻，整齐地堆在柴火秸秆下面，记载了流逝的悠悠岁月。

许久不读书，像是许久没吃过好饭，许久没穿过漂亮衣服。不敢出门，羞于开口，怕无意间会露出自己的无知与贫乏，惹人耻笑。

要做一个幸福的人啊！拾起书本，将自己置身于书山之谷，去阅读，去登攀，去汲取养分，去丰富头脑，去寻找真正的幸福。

我希望，有一天，我能带着最真挚的幸福感去朗读："我常想，读书人是幸福人……"

哀思

办公室里的小音响在热闹地唱着，声音嘈杂，歌者吐字不清地干吼，各种乐器群魔乱舞。蓦地，我听到了夹杂其中的唢呐声，一种恐惧自心底油然而生。

记忆中，村里每每"老"了人，都会请匠人到家敲打吹唱。阵阵乐声响起，即使不走近，隐隐传入耳中，也知道发生了一件怎样让人心痛的事情。许是人去之后怕寂寞，便用这样一种形式来帮他驱走初下黄泉时的惶恐不安吧！

儿时，那样的场面大人是不许我们去看的。偶尔一次，好奇去了办白事人家的门前，适逢刚请来匠人，他们捧着唢呐，坐于小桌两侧，对着几个果盘，喝上几盅苞谷烧，点一支烟，便呜里哇啦地吹奏起来。所吹的曲调有耳熟能详的，也有陌生的。孩子的目光却只盯在那几个果盘上，满满的尽是艳羡。

亡人下葬，方言称为"上坡"。那一天，帮忙的乡邻要起个大早，做早上吃席用的菜肴，准备上坡的仪仗。听说抬丧的汉子要吃大块的肉，用意却不得而知。一顿席面吃毕，在看好的时辰，一位年长的、有威望的族中老者便提了酒壶，于灵柩前说上一番，以寄悼亡之情。之后孝子摔了瓦盆，鞭炮声、锣鼓声、唢呐声齐响，汉子们一声吼，抬起亡人，迈着整齐的步伐向终点行去。一般抬丧的汉子有十六人，在路上他们迈着八字步，速度不快。懂得人事之后，我想，也许那样是为了让亡人迟些进入那阴冷黑暗的洞穴去，多享受片刻人世的光明吧！

我变得多愁善感之后，看见送葬的队伍，虑及亲友，叹人生苦短，不免一番心伤。末了，总会下定决心，今后必会百倍珍惜身边之人。

最心痛的一次，便是祖母去世。她老人家缠绵病榻一年多，最后竟致神志不清、不能自理。我知道她有一天会去，却从未想过会那么突然。一个寒冬的凌晨，我突然醒来，窗外狂风怒号，心中隐隐有不好的预感。泪落之后，又昏沉沉睡去。醒来打电话回家，父亲说，祖母去了，凌晨时。一问，果然是我醒来的时候。来不及见祖母最后一面终是遗憾，梦中心有所感，总算得了一点安慰。

我请假回去给祖母上了一炷香。那时我怀着女儿，夜里，母亲让我坐在屋里不许出门，我趁她不备，藏于人群之后，目睹了祖母的子孙们头戴重孝将她的灵位从路口一步步膝行迎回家。请来的匠人口中念念有词，唱着说着，天文地理，古今中外，听在耳里，格外悲伤。那一刻，她的子孙内心都沉痛，可不知为何，我内心的伤痛格外多，竟致盛不下，从眼里溢了出来。那一夜，锣鼓与唢呐声至破晓方歇。

祖母的葬礼上，我不能成为送葬队伍中的一员，只能远远地静默伫立，目送那支队伍朝着墓穴行去。在那里，我的祖父正候着她，黄泉之下，也算有了陪伴，不至于太过孤单。

祖母喜静，不爱卷入是非之中。可那一天，怕是祖母一生之中最热闹的一天吧？

自那时起，我的父亲便成了一个父母双亡的大孩子。在这世上，他们兄弟成了我们这一支晚辈头上最高的一重天；而他们也在渐渐老去，渐行渐远。

前几年，村里有人欲换取我们家的一片地去修墓穴，被母亲拒绝，理由是我对那片地有想法，托词而已。母亲说，要为自己留条后路。我当时觉得她想得太远了，还不到考虑那些事的时候。前些日子，又听说一亲戚有意于那片地，母亲说让他在修墓时给我们家留一处地方，要不两家一起把墓基修了也行。我听了一阵心酸，甚至起念头想在那里也留一处地方给自己，以期百年之后，永伴双亲身畔。丈夫张先生笑我想得太远，那些事还不到考虑的时候，还是过好当下。

是啊，过好当下，是对自己负责，对家人负责，也是对已逝者的尊敬。不负其所望，令他们泉下心安。

珍惜当下，力求闭上眼去那最终的归宿时，不留下太多遗憾。

扰人心绪的唢呐声不知何时已换成了某娱乐节目，我的心终于静下来。已决定——且行，且珍惜。

艾叶二三事

窗台上，摆放着一把早已晾干的艾草。叶子黄绿色，叶片边缘卷起，轻轻一捏，便会听到一声脆响，留在指间的，是艾叶碎末和淡淡清香。那还是端午节时，随张先生回老家，我只是不经意的一句询问，他那八十多岁的老爷爷就不知从哪里割回来一把艾草。拿回住所后，我学着母亲的样子，插了几枝在门上。好像只有插了艾，才有了节日的味道。

儿时的端午，依稀记得一身新衣和几束艾草。光阴荏苒，很多事和人，在记忆中渐渐模糊。

近些年，自母亲回乡不再外出后，家中久违的节日的味道又回来了。除了过年，家里节日氛围最浓厚的便是端午了。每年端午到来的前几天，母亲都会挎上竹篮，拿上镰刀，去山坡上割艾草。母亲记得山上某一处有艾草，总担心被他人捷足先登，于是总在一大清早，或是吃了早饭后动身。有时满载而归，割上满满一篮回家；有时篮子里只装着稀疏几把。那时，母亲的神色总会夹杂着一丝失望。但很快，忙碌会使她将所有的情绪都扔在脑后。操劳惯了的母亲，总是闲不下来。

割回来的艾草，除了门上插几枝，剩下的，无论多少，母亲都会将它们绑成小把，整齐地排在通风处晾干。然后用塑料袋包裹起来，放在家里。

第一次见到端午之外使用艾草，是好几年前的事了。一天傍晚，二伯母来到家里，向母亲要些艾草，说是鹏弟的车上拉过亡人，需要燃烧艾草给车里和鹏弟身上熏一熏。我想，这么做是为了什么呢？是为了辟邪吗？或者是用艾草来消毒？这个问题我当时没问。

我的女儿玥儿出生后，母亲曾用艾草烧了一大盆水，给我发汗。还让我缝了一个小布袋，将艾叶捋下来，细细揉搓，装进布袋。她叮嘱我把所有的细茎都挑拣出来，把艾叶末装进布袋里后还得搓几下，然后把那小布袋裹在玥儿的肚子上。我才知道民间传说这样既能辟邪，又能杀菌消毒，保佑新生儿健康平安。

那年冬天，大伯病故，我和张先生是在回家途中听到这个消息的，当时心中万分悲痛。大伯那么好的一个人，抛下妻子儿女，就这么去了！在我们回去之前，母亲已将还未满一岁的玥儿托付给了邻居婶婶，先过去探望了大伯。我回到家后，先接了玥儿。待到母亲回家，才去了大伯家。大伯还不到六十岁，只是病痛已将他折磨得消瘦、憔悴。最后一次见他，他卧病在床还招呼着我吃东西，一如既往的慈爱。可那一天，他紧闭双眼，一动不动。看着满屋里的人来来往往、忙忙碌碌，听着房里的悲楚哭声，我只能默默流泪。夜里回到家，母亲叮嘱我们将放在屋外砖头上的艾草把子点燃，将身上熏一熏，熏完了又放在外面，留给父亲回来后使用。

似乎艾草总是与节日或者生死联系在一起。节日的欢乐、生命降临时的愉悦固然可喜，然而生活中哪里会有那么多的遂心顺意呢？前行的道路上，谁也不知道哪里有坎坷，哪里有坑坑洼洼，在哪里又埋伏着不测。生活不易，前行不易，但如果只是一味地悲伤忧虑，则又有点杞人忧天、因噎废食式的可笑了。

倒不如珍惜每一次艾叶飘香的机会，或喜或悲，细细品味。当内心沉淀下来之后，只余"珍惜"二字。如此，便好。

外婆与花生

"麻屋子，红帐子，里面住个白胖子。"

儿时，这则谜语我听了一次又一次，笑了一遍又一遍。笑声，散落在树林间、草地上，散落在那如水般逝去的悠悠岁月里，沉淀成最美好的回忆。

我家门前是一大片地，被划分成一小块一小块，分别属于村里的住户们。一年四季，这片土地上轮番上演着播种、施肥、除草、收割的种种画面。风景，随时节而变换。

离我家最近的那块地的主人是一对中年夫妇，他们很勤快。土地被侍弄得很好，自然也不会亏待他们，总是用收获来回报他们的辛劳与汗水。

今年春天，那片地里的杂草悄悄地生长着，不多时，便长得有半人高了。我听说，那一家人都外出了，地里长草便不觉得奇怪。再后来，我发现有一半地里已经长出了花生苗，绿油油的，开了金色的小花，诉说着一个与勤劳有关的故事。

十几天前的一个早晨，我听到了锄头与土地亲密接触时奏出的"交响乐"，心下一愣——他们已回家了？去看时，夫妇二人正在挖花生：丈夫挥动锄头，将花生从土里刨出来；妻子在一旁将花生从蔓上一颗颗摘下来，投进一旁的筐子里。那画面很美。赞叹的同时，我吃了一惊——竟然到了挖花生的季节了吗？这么快！

那天午后，隔壁伯母背了背篓，拎着锄头从门前经过。母亲与她打了招呼，她笑说去地里瞧瞧花生，今年天旱，花生干坏了，后来下了几场雨，有些花生都已经出芽了，得早点挖回来。说完，她笑着离开了。

不知不觉中，挖花生的季节又来了，这是一个喜悦的季节。我喜欢吃煮熟的嫩花生。记忆中，母亲煮花生时我总是围着灶台，眼巴巴地瞅着。等到母亲宣布花生熟了，锅盖一揭开，热烘烘的蒸汽扑面而来，夹杂其中的还有花生的甜香味。我顾不上烫，伸手从锅里抓上几颗花生，放在嘴边吹着，等不及它凉下来，便迫不及待地塞进嘴里，舌头被烫不是什么稀奇的事。煮熟的嫩花生我们这些孩子都是连皮吃进嘴里的，咬上一口，甘甜的味道充满整个口腔，让人顿觉幸福无比。舌尖卷着那一点嫩嫩的果实下肚，还要意犹未尽地猛嘬上一口花生壳里的汁液，再依依不舍地将它吐出来……好像我已经很多年没有那样享用花生了，但那样的情景已深深铭刻在了我成长的轨迹之中。

少年时，求学，辗转。父母为了生计，也四处奔波。家里的地，一部分由年迈的祖母帮忙料理，一部分都荒了，听说有些草长得比人还要高。毕业后，我参加工作，父母正式返乡安居，开始着手打理那些土地。

母亲终于恢复了一个家庭主妇的身份，不再在外打拼。安定下来，念及亲恩，总想把外婆接到身边尽尽孝心。外婆渐渐老去，行动不再敏捷，步履蹒跚迟缓，她的身体越来越离不开药物的支持。她拄着拐杖，颤颤巍巍地走着，鞋底与地面摩擦时发出的"沙沙"声，那么刺耳，那么令人心痛。白天的大部分时间，外婆都坐在门口的椅子上。为了解闷，她望着外面的一草一木、飞鸟蝴蝶。时光悠然，悄悄流逝。

外婆虽行动不太方便，但每当花生成熟，勤快惯了的她都要帮忙将挖回来的还在蔓上的花生一颗颗摘下来。我们让她歇歇，她不肯，说那也是一种锻炼的方式：外婆摘花生时，经常落一身的灰尘，但她丝毫不嫌弃，没有半句怨言。只是在困倦时，才拍拍尘土，慢慢起身，拄着拐杖回屋歇息。这两年母亲忙着照看幼小的玥儿，还要做家务；父亲也有事，经常白天不在家，他只好早起或傍晚时去挖上几背篓带蔓的花生背回家，堆在树荫下。每当这时，摘花生的任务更多的是由外婆完成的。母亲多次对我说："这些花生，多亏了你外婆才摘出来。"言语之中，半是感激，半是愧疚。

母亲此生，再不会对我说那两句话了。我也不会再见到那个坐在树荫下用颤抖的双手将新挖的花生一颗颗从蔓上摘下的老人了。她，即使灰尘满身，依然面带微笑。那是这世上最美的笑容，可惜，我无缘再见。

是的，外婆去了。在历经数年病痛折磨之后，她离开了这个既让她笑又让她痛苦的人世。最后那一段日子，我见她时，从前有些臃肿的她瘦得不成样子，之前的衣服大了不止两个码，整个人的气色也更差。但有好吃的，她还是塞给我和玥儿，就像我小时候那样。

后来那一阵，我最怕母亲突然给我打电话，我怕听到那个让人悲痛的消息，我怕那个这世上最疼我的老人溘然长逝，从此无法再见。

最终，该来的还是来了。

我是在表弟的微信朋友圈看到外婆去世的噩耗的。那时，玥儿正午睡着，我一个人心如刀绞，泪流满面。祖辈们都已辞世，这世上，我的父母从此都成了孤儿。唯有一家人相互扶持，才不致孤单苦辛。

外婆去了，我们很难过。但我想，对外婆来说，死亡也许是一种解脱，病痛对她的折磨让我们这些晚辈多么不忍心啊！

母亲带了外婆的一双鞋回家，说她可以穿。玥儿看到了，说："这是我老太（方言，称呼曾祖母）的鞋，我老太来了好穿。"玥儿与外婆也是有感情的。母亲说曾有一次作势要打她，玥儿一下子扑进坐在旁边的外婆怀里，小小孩童似是知道这位老人会庇护她一般。而今后，那个玥儿可以扑进去寻求庇护的怀抱，再也没有了。玥儿问："我老太到哪去了？我也要去。"母亲总觉得这个问题无法对孩子说实话，毕竟她不懂生死。便哄她道："去西安了。"外婆已离开我们几个月了，玥儿依然记得"老太去西安了"。不得不说，一个两岁多的孩子，比大人更重感情。

外婆去了，今年的花生还没有挖回家。即便挖了，在摘花生的人当中，也没有她。

（外婆去世已九十多天了，不知她在天堂可好。在她即将百日冥祭之际，我写下这些文字来纪念她，纪念今生我们之间的祖孙缘分，并希望她在天堂安好。）

一封家信

妈妈：

此时此刻，我在写一封给您的信。我们都不是善于表达的人，很多话一直都深藏心里。我一直以为我们心意相通，我想的您必然明了，无言，胜过千言万语。后来，我渐渐明白，爱需要感动，爱应该说出来。今天，我以只言片语，来表达内心对您的深情。

记忆中，您总是那么勤劳，把家里收拾得井井有条。犹记儿时，为了生计，寒冬时节您经常替别人做衣服直到深夜，轰隆作响的缝纫机声，是我童年时最美妙的伴奏。正因如此，您的双手落下了冻疮的病根。一到冬季，您的手就肿得像紫红的大馒头，遇热就痒，痒了就挠，挠破就烂，溃烂就痛，令人心疼。可就是那样的一双手，寒冬腊月时，依然浸在刺骨的水里洗着一家人的衣服，为家人做着可口的一日三餐，还要在昏暗的灯光下，纳着一家人的鞋底。那是怎样的一双手啊！那双手，让人觉得心痛啊！如今，我们的生活条件变好了，但您年年冬天都长冻疮的、难以根治的手，成了贫穷生活的见证，成了一家人心里永远的痛。

妈妈，您整日里都在忙碌，晴天忙地里，雨天雪天忙家务，没有一刻能闲下来。在我还小的时候，您就长了白头发。老话说"拔一根，白一千"，您怕拔掉会长更多的白发，就让我用剪刀帮你剪掉。即使这样，白发的蔓延趋势我们终究无法阻挡，它们势不可当地排挤了您的一头青丝。与它们"狼狈为奸"的，还有您额头眼角的皱纹和脸颊的斑。逢年过节时，您总觉得应该去染个头发，好让自己显得不那么苍老。时光太过残酷！不，是儿女太过残酷。是因为为我们操劳，才让岁月改变了您的容貌。作为您的女儿，我内心有愧！

都说妈妈是孩子的第一任老师，我感谢您对我的教导！当我还够不到灶台时，您就让我站在板凳上学做饭。依稀记得第一次炒米饭，我什么都不懂，不停地往锅里加油，"成果"定然难以下咽。十几岁时，您教我要学会承担责任，要像一个家长一样，在父母不在家的时候看好家，学会打算。工作后，您教我要认真勤恳，要把学生教好，要给领导留下好的印象。现如今，我已是一个孩子的母亲，您依然教我为人处世之道……

我十多岁的时候，每次您炒菜时总将我叫至灶前：需要什么材料，菜该切成什么形状，油盐酱醋该用什么分量，做成一盘菜，要经哪些步骤……您一一细心对我进行指导。而我，终于不负您所托，勉强能做出几碟像样的饭菜。您教我的，岂止是如何烹制一道可口的入味菜肴，更是对于人生这份原料该如何进行搭配，以及应添加什么调料、掌握怎样的火候。

妈妈，您给我上的最精彩的一课，莫过于您对外婆的孝顺。外婆七十多岁了，身体不好，生活上总有些大大小小的琐碎事情。而你却不厌其烦，不怕脏、不嫌累地将她照顾得无微不至。你以言传身教的方式，教给了我为人儿女的本分，令人敬重！

于我，您不仅是尽了一个母亲的义务与责任，更是恩师啊，妈妈！我的成长，感谢有您的陪伴！

昨天，我突然想到工作后自己回家的频率。有多久，偌大的房子里，只有您和爸爸那有些孤单的身影？多年前，你们出门在外，总带上我和妹妹的照片，那是对孩子的思念。而现在，因为家里有了玥儿，我逢假必归，久不见她，就觉得浑身不自在。我想，这感触，您必定经受过。做了母亲之后，我更懂您了。懂您的殷切希望，懂您的良苦用心，懂您的恨铁不成钢。为了您，为了自己，为了孩子，我会更加努力。

妈妈，您有时过于计较，导致自己生气，这样对身体不好。我希望您能对万事宽容，包容一切的不如意，以乐观的心态对待每件事，健康每一天、每一年。

妈妈，我不给您任何承诺。我只会尽己所能，来维护、爱护我们的家。

小时候，您教我唱一首歌："世上只有妈妈好，有妈的孩子像块宝。投进妈妈的怀抱，幸福享不了……"妈妈，祝您健康喜乐！而我能一直做个有妈的孩子，永远是您手心里的宝。

妈妈，我敬您！爱您！

此致

敬礼！

您的女儿：潘粉

2016 年 5 月 16 日

至少你还有一双翅膀

　　我家房前屋后都有树，一年四季，这些树发芽、生长、繁盛，再叶落。到了来年，又是如此，演绎着一个个生命轮回的故事。树多，鸟儿们便有了地方搭窝。东边曾有几棵高大的泡桐树，十多年前被父亲伐倒做成了家具。后来树桩旁发的新芽如今也长成了一人合抱不下的大树。到了枝繁叶茂的时候，这里就是鸟儿们的天堂。在家的日子，早上还没起来，鸟儿们便已经叽叽喳喳地唱起了歌谣。偶尔闲来无事，或看其盘旋于树梢，或看其在院子里踱步，待我稍稍走近，便受惊似的突然飞起，扑棱着翅膀或飞到树上，或飞到旁的地方。

　　母亲问我是否看到一只仅有一只脚的鸟。我摇摇头，说没看见。母亲或是知晓我好奇，便将这趣闻说与我听。母亲说那只鸟的脚上曾缠着一根绳子，估计是缠得久了，竟将一只脚缠断了。它经常来我家门前，我定会看到的。此后，我出门看到小鸟，都会瞅一下它的脚。没几天，还真的见到了母亲口中的那一只。

　　那天，屋檐下晾了喂猪的玉米面。小时候，大人就教过，晒粮食时若有鸟来吃，要张开双手跑过去轰走。而那天，我没有挪步，我就静静地盯着它——那是一只漂亮的紫灰色鸽子，正优雅地伸着脖子啄食玉米面，它像其他觅食的小鸟一样，一小口一小口地啄着。可惜的是，它只有一只脚！顿时，我的同情心泛滥了——它要怎么生活呢？遇到野猫逃不脱怎么办？……我的脑海里甚至出现了一幅凄惨的鲜血淋漓的画面。看着它那啄食的身影和那断掉的脚，我的心紧紧地揪着，视线久久都无法移开。哎！可怜的鸟儿啊！

突然，我又笑了，笑自己的关心则乱。它是一只鸟啊，难道它赖以生存的是它的脚吗？虽然少了一只脚，但它的翅膀还在呀！只要翅膀还能奋力展开，又何惧风险？有了翅膀，野猫又能奈它何呢？

很多时候，我们不正像是初见独脚小鸟时的我吗？一些无关紧要的事情被无限地放大，它们令我们烦恼，令我们抓狂，甚至觉得世界末日即将来临，再也难以在这世间生存了。焦虑、痛苦，深陷其中难以自拔，甚至走向极端。

这个时候，为什么不换一种眼光来看待问题呢？鸟儿飞翔靠的是它那轻捷的翅膀，而决定我们生死的，真的是那些看似异常重要，实则无关痛痒的事情吗？

把自己看作一只鸟吧！哪怕失去一只脚，甚至没有脚，但你要记住，至少你还有一双翅膀。

假如你考场失利，职场失意，不要过于悲伤，至少你能从中总结经验教训；假如你遭遇欺骗，不要过于难过，至少你积累了识人、防骗的技巧；假如你失去了太多，也不要怨天尤人，你要知道，剩下的你要分外珍惜，如果你努力，有一些事物必能失而复得。

太阳每一天都会照常升起。你的城市阴天下雨，也许别的地方风和日丽。阳光，不仅在天上，也要在你心里。不要悲观，不要消极，你要记得，只要你还有一双翅膀，你就能去搏击风雨，去追求幸福。

丁 雪

原名胡兴菊，教育工作者，四川省广元市散文协会会员，旺苍县女子作家协会副主席。平时喜欢用文字记录生活、感悟生活、表达情感，多篇散文和诗歌发表于各级刊物和网络平台。近三年在各级报刊和网络媒体发表教育新闻稿件300余篇。

温暖与感动

——记旺苍县感动教育十大杰出人物康永喜

"福庆小学的孩子们有校服吗？他们平时在学校的生活怎么样？家长对他们的学习关心吗？……"康永喜在电话中传来一句句关切的问候，就像一股股清泉涌进我的心田，触动着内心的柔软。

他，定居他乡多年还时时挂念着家乡的孩子。

我第一次见康永喜先生是 2019 年秋在国华中学的奖教奖学捐赠仪式上，他身材瘦高，皮肤黝黑，一双炯炯有神的眼睛闪着智慧的光芒。他面带微笑，对人十分谦和，举手投足间透露着温文儒雅知识分子的风范。后来在谈话中才知道，他是陕西康旺建筑劳务有限公司董事长，回乡开展捐资助学活动，助力家乡教育事业的发展。

长风破浪会有时，直挂云帆济沧海。我从简介中了解到，康永喜，一个质朴的大山汉子，怀揣着梦想走出深山，一路披荆斩棘，勤勉苦干，历经十多年的努力奋斗，创业成功，他带领着上百名老乡干事创业，帮助 100 多个家庭摆脱了贫困。当他知道家乡还有很多经济困难家庭为孩子读书发愁时，毅然决定开展反哺家乡、回报社会的公益活动。

康永喜连续三年为国华中学捐资捐物，定期到学校与家境困难的学生面对面交流，了解家乡孩子们学习生活的情况。新冠疫情防控初期，他为国华中学捐赠口罩等多种急缺防疫物资，有效缓解了学校开学复课疫情防控压力。2020 年 11 月，他再次回到国华中学向学校师生捐赠 7 万元，亲自把奖金发到师生手中，感谢老师们的辛勤劳动，为国华的教育奉献智慧和青春，为山里孩子点燃希望的光芒、插上理想的翅膀，为他们今后飞出大山到更广阔的天地里翱翔打下坚实基础；希望受助受表彰的孩子要心中有梦想，在老师的指引下不畏困难、发愤图强，用优异的成绩回报父母、回报恩师。

2020 年年底，他被评为旺苍县感动教育十大杰出人物。"当我拿着这个奖杯和荣誉证书时，心里非常高兴，不是因为我获得了这个荣誉，而是感受到旺苍县委县政府高度重视教育，营造了全社会关心教育、支持教育的浓厚氛围。近几年，旺苍教育发生了质的飞跃。"康永喜激动地说道，"我作为一个旺苍人，感到很自豪。今后，我要力所能及地为家乡教育出一份力。"他是这么说的，也是这么做的。

初心如磐，奋楫笃行。康永喜在创业的同时，没有忘记自己离开家乡时的心愿，要用自己的勤奋和坚持来改变生活，让家人衣食无忧、幸福生活；改变心态，引领同事踏实干事、诚实做人；改变家乡，帮助孩子顺利上学、健康成长。今年开春，他打电话询问福庆小学孩子们的情况，表示将为福庆小学的孩子们做校服，为学校捐一笔奖教奖学基金，并长期为福庆小学的孩子们做一些有意义的事情，用一份家乡情怀和社会责任心来陪伴孩子们健康成长。

康永喜没有豪言壮语，但他的言行总是带给人温暖和感动，温暖着山区孩子，感动着旺苍教育！

爱与坚持

一把勤劳的扫帚，一把充满爱的轮椅，一根善良的拐棍，一张张灿烂的笑脸，让一个命运多舛的家庭在飘雪的冬天仍感觉温暖如春。

——题记

杨明才，今年62岁，身材瘦小，肢体四级残疾，他却用爱和坚持兢兢业业地做好本职工作，勇敢担起家庭生活的重担。

1998年，杨明才和田石贵喜结连理，不久得了可爱的女儿杨凡，一家人过得幸福美满。可天有不测风云，妻子田石贵因脊椎旋转性弯曲导致行走不便，随着年龄的增长越来越严重，最终坐上了轮椅。为了减少两地奔波，更好地照顾妻儿，杨明才2006年从蓬安县辞职来到旺苍，在四川大冶集团当起了临时工，后因集团搬迁，又转到陈家岭煤矿找了一份临时工做清洁工作，虽然工资低，但一家人在一起，也其乐融融，携手同心渡过了一个又一个难关。

扫帚里的家风

杨明才和田石贵夫妻二人自从有了女儿后，更加恩爱，相互鼓励，同心教育女儿、孝顺老人，给女儿营造了一个和睦温馨的家，让女儿心态阳光、积极向上。

杨明才自 2006 年在煤矿当临时工以来，特别珍惜这份工作，每天早上天不亮就起床，挥动手中的扫帚，一下又一下，把矿区的环境打扫得干干净净，让矿工们起床就能看到一个干净舒适的环境，怀着愉快的心情投入到一天的工作中。每天早晨、傍晚两次打扫，一次不落，十几年如一日，看到人们在干净的矿区里开心地活动，这是杨明才最满足的事。

女儿杨凡看在眼里，父亲对工作那一丝不苟的作风深深印在她幼小的心里，悄无声息地影响着她、鞭策着她。杨凡从小就特别懂事，她努力学习，从不向家里提出过分要求，自己的事情自己做，小小的心灵埋下了一颗颗爱的种子，长大后她要帮父亲撑起这个家！

功夫不负有心人，在 2017 年夏天，杨凡如愿以偿以优异的成绩考上了西华师范大学工程管理系。拿到录取通知书的那天，是杨明才一家人最值得纪念的日子，他们想出各种花样为宝贝女儿祝贺。那天，吃着自己的母亲为女儿做的丰盛菜肴，杨明才望着可爱的女儿，心里既高兴又有些担忧，复杂的心情让他无法安静地坐在那里，他放下酒杯，默默拿起扫帚走向矿区开始工作。看着父亲瘦弱的身躯，女儿眼睛湿润了，她在那个假期，帮父亲打扫矿区卫生，为了减轻父亲的压力，常常讲笑话把父亲逗得乐呵呵的，父女俩在矿区成了一道亮丽的风景线。

女儿上大学后，利用课余时间和寒暑假做兼职，解决自己的生活费问题，为家庭减轻负担。女儿常常打电话回家，了解爷爷、母亲的身体状况，还用自己节省下来的零花钱为爷爷买药，她在学校不敢松懈，她知道唯有努力学习，将来才有生活的能力，知道自己的责任是什么。

轮椅上的爱

杨明才面对在轮椅上坐了近 10 年的妻子，不但没有半点嫌弃，反而是呵护有加。一年 365 天他都守护在妻子身边，相濡以沫，不离不弃。他们住在安置房里，离父母的公租房有一段距离，早上，他为妻子做饭，饭后背着妻子出门，坐上轮椅，推到父母租住的地方后，再去工作。"打扫整个矿区要几个小时，她没有人陪着我不放心！""这些年，我哪儿也不去，因为我走了，她就没有人背得动。"杨明才话语不多，但他每说一句话都要看着轮椅上的妻子。晚上，他又推着妻子回家，到门前又背着进屋。就这样，他一边用一把扫帚扫出矿区的干净卫生，一边用一把轮椅推出家庭美德，社区居民和邻里乡亲都为杨明才竖起了大拇指。

"这把电动轮椅是残联赠送给我的，还好，我可以自己开到外面晒晒太阳，和邻居聊聊天。"田石贵虽然身患疾病，但她被家人和社会的爱紧紧包围，有勇气面对疾病。"有这么多人关心照顾我，虽然我不能为家人做什么，但我尽量不给家人增加负担，尤其是为了我的女儿，我要开心地过好每一天。"田石贵对自己的生活很满足，脸上总是带着微笑。"我以前还能做一些事情，刺绣啊，扎鞋垫啊，为家里换一些零花钱，现在颈椎不好，视力也不太好，就没有做了。"为了分担丈夫的压力，她了解到刺绣容易学，作品还可以卖，于是潜心学习刺绣，不久就能绣出一幅幅精美的图案，让人赞叹不已。有一段时间，她的刺绣和鞋垫可以为家里换一些零花钱，陈家岭社区工会还将她的刺绣作品展出，得到众人好评。

杨明才夫妇每月仅靠国家的低保和杨明才在社区从事环卫工作的500多元工资生活，还要抚养就读于西华师范大学大三的女儿。他们表示，自己再苦再累都没有关系，唯一的愿望就是支持女儿读完大学，让女儿有个好工作。

他们觉得生活很辛苦，但他们对生活有一种坚持与向往，明白彼此那份关切和牵挂。他们心灵相通，心怀阳光，携手为未来的美好生活坚定信心，默默地用爱相互温暖着、相互鼓励着。

火炉旁的温馨

自从女儿上了大学后，一家人的生活过得格外艰苦。田石贵年老的父亲不忍心女儿受苦，就和老伴儿商量，用自己的退休金接济他们。"我是陈家岭煤矿退休工人，患有严重矽肺病，心跳很快，呼吸急促，现在走路靠拐棍。"今年78岁高龄的父亲看着轮椅上的女儿，脸上露出慈祥的微笑。父亲坐在火炉旁，一根拐棍放在旁边，那是陪伴了他近10年的"伙伴"，没有它父亲走路就非常艰难。父亲每月有4000多元退休金，老伴儿有1000多元的养老金，他们除了每月的生活费和药费，剩余的就用来帮助女儿一家，支持外孙女上大学。

田石贵的哥哥在广元上班，周末都要回到父母身边，为父母改善生活，为了照顾到妹妹，嫂子主动提出，让妹夫每天把妹妹送到父母简陋的住处，一日三餐同吃，周末回来也不用两处跑。嫂子在厨房里忙前忙后，变着花样为他们煮上香喷喷的饭菜。一大家子围坐在小小火炉周围，炉面上摆着热气腾腾香气扑鼻的饭菜，边吃边摆龙门阵，想想那画面都觉得心中暖暖的，全然忘记冬天的寒意。

"哥哥，我们是哪一年搬迁到旺苍的？""2006年呢。"哥哥从外面走进来，站在妹妹轮椅前，俯身对妹妹说。他用手挠挠妹妹额前的短发，妹妹笑着望向哥哥，笑容是那般甜美。

"父母年老了，妹妹夫妻二人都是残疾，我要感谢妻子，她主动提出让妹妹和父母住在一起，这样我们周末把他们都照顾到了。"哥哥牵挂这个家，用自己肩膀扛起儿子应有的责任，孝敬父母，爱护弟妹。

老父亲爱护子女，哥嫂尊老爱幼，残疾夫妻携手风雨兼程，小女儿自强自立，一家人在点点滴滴的小事中诠释着亲情，一切都是那么自然温馨！这让我不禁想起了那首《家庭美德歌》：爱意浓浓孝心绵绵，同心共尝苦辣酸甜，尊老爱幼邻里团结，勤俭持家乐团圆……

追秋

　　去年晚秋的一个周末，我来了一场说走就走的追秋之旅。

　　久违的阳光暖暖地照耀着大地，使秋更加温柔、更加妩媚。

　　去欣赏米仓红叶，追寻大自然绚丽的色彩和秋天匆忙的脚步！

　　我们到达光雾山已是中午，匆匆吃了午饭，一行几人徒步穿行在如诗如画的秋色里。曾听很多人赞美光雾山的风景美，身临其境，确感名不虚传。

　　光雾山位于川陕交界的米仓山南麓万顷秀丽林海中，景区有"山奇、峰险、石怪、谷幽、水秀"五绝。40多万亩原始森林，森林覆盖率98%以上，有红豆杉、银杏、崖柏等珍稀植物46种，3万亩植物"活化石"——巴山水青冈，是中国乃至世界面积最大、分布最集中的水青冈原生地，秋季红叶景观有"亚洲最长天然红地毯"的美誉。一眼望去，满眼都是惊艳，"红叶染千岭"一点都不夸张。尽管有人晕车，有人肚子疼，但没有影响那颗拥抱自然、追求美景的心，我们迫不及待地想往林海深处赶去！

　　遗憾的是时间太匆忙，从山上下来的游人告诉我们，景区最深处的红叶已经飘落，色彩已没有山下的好看，我们就没有再前往。在山脚下，我们毫无顾忌地在林中穿梭，对面的山，犹如画家用颜料精心调制而画出来的一般，各种树木枝叶繁茂，覆盖着整个山脉，一大片黄色，或浓或淡，黄色中点缀着绿色，或深或浅，一阵风吹来，那彩色的波浪翻涌起来，一曲天籁从遥远的天边传来，让人涤尽凡尘，心灵空远。每一片叶上都有一个彩色的梦躺着、跳着、飞着，它们带着丰富的情愫，相互诉说。

我们沿着小溪有说有笑，边走边拍照，做着各种表情，摆出各种姿势，把生命的美好和大自然的美景定格在记忆深处。一片片五彩的叶子或挂在枝头或随风飞在空中轻轻地舞动，如风铃般悠扬，看着它是那般飘逸、那么有灵性，不禁让人想自由自在地飞翔，想放声歌唱。我们张开双臂，仰头高呼："哎——喔——"回音在山谷里久久回荡，看着清澈见底的秋水，在一种淡淡的离别的情绪里，不禁想起一桩桩令人怀念的过往。

怀着几分眷念，与时间握手前行，踩着一路秋叶，发出沙沙的声响。来来往往的人们踩在落叶上，脚下传出有节奏的声音，似绝唱似呻吟，又似倾诉似演说。"你会难过吗？"我高高举起一片枫叶轻声问道，它沉默无语，就那样在我眼前呈现一抹红黄。在宝石般的天空下，在阳光的映照下，它依然是那般美丽，那种无声的力量，让人觉得伤感而温暖。

你匆匆地从春天走来又匆匆地从秋天离开，生命何其短暂！我忍不住抱着一棵大树摇了起来，"簌簌——簌簌——"，看着树叶飞快地飘落下来，在空中打着旋飞过我的头顶，调皮地向我挥挥手，安然落下，静静地睡在树下、躺在路边、漂在小河里，不论在哪里，它们都是那般洒脱。我背靠着大树，用心问它："生命轮回，你在大山深处会寂寞吗？"我闭上双眼，感知它还在微微抖动的身体，像是在拥抱我、安慰我，让我心里注入一种坚实的力量，那是面对生活的勇敢和坚强。

我的心被震撼了！

我开始在记忆的来路里、在熙熙攘攘的人群中、在渐凉的秋风中、在有声与无声的世界里找寻生命的色彩……

家的力量

家和万事兴，一句普普通通的话语道出了"何为家"的恒久密码，而我，则对此有着更深的体悟，每当工作疲惫之际，眼前总是浮现出父亲、母亲、兄弟姐妹那一张张属于家的固有的脸庞。

那时，父母终日劳作，排行最小的我，自然得到了许多照顾，有来自哥哥的关心，也有来自姐姐的温暖。偏远的乡村中，大山一样的父母，朴实得有些笨重，这基因融入了我的血液里，至今依旧在身体中流淌。在参加工作的前些年，我虽然离开了父母、离开了家乡，但我不会忘记，那里是我的根，是我永远也无法离开的根，那里有我的家人！

记得二十年前的一天，电话那头的哥哥慌乱地说："父亲摔倒了……"我急忙请假沿着蜿蜒的山路赶回家，看见了摔伤的父亲。他似乎不觉得问题严重，淡淡地说："可能没有大问题，你回来了，工作咋安排的？"父亲心里装着所有与他有关的人，唯独没有自己！为了五个儿女，默默地劳作，不觉间高大的身躯便变成了一把犁。但他山一样的性格，过去是，现在亦是。

哥哥嫂嫂束手无策，我毅然决定让父亲去县城做检查。几次辗转，到了熙熙攘攘的县中医院，不出我所料，在父亲看来的小问题，却实实在在是个大问题，大腿股骨骨折是医学上的鉴定结果。那段时间，是一段忙碌的日子，也是一段美好的日子，让我在成年以后有了一段不短的时间照顾父亲的生活。一边在学校匆匆忙忙地备课、批改作业，一边在医院奔波于父亲的饮食起居、牵引治疗。虽然累，但看到父亲一天天好

213

转，心里或多或少涌起一些安慰。一个多月后，父亲出院了。

父亲与哥哥嫂嫂一起居住，他的饮食起居由哥嫂照顾。我利用假日回去尽力为父母洗洗衣服、做做饭，给他们讲一些开心的事儿，在他们眼里我是"吃皇粮"的人，有一点文化，他们也习惯于听我讲故事和道理。每次回去全家人都客气地把我当成"贵客"，哥嫂看到我做这做那，觉得有些过意不去："妹妹，这些事儿该我来做，你好不容易回来一趟，就好好休息吧。"我们一家人，都这样本着山一样的实诚、山一样的本色，和睦相处，以诚相待。和谐的家才是温暖的家，才是真正的家。

2021年，哥哥在外务工莫名失踪，家人多方寻找无果，嫂子还有一个十岁的儿子要抚养，没有了经济来源，自然就照顾不了父母，我便决定把父母接到城里。他们不愿意和我们一起住，我就给他们租了一套房，一切安排妥当，让他们慢慢适应城里生活。父母的适应能力还不错，很快就适应了，日子过得还比较开心。逢年过节，几姊妹带着家人团聚在父母身边，一大家人依然其乐融融。只是，母亲时时一个人望着门外发呆，那一定是在想念她的儿子。遗憾的是，哥哥至今杳无音信。

我们姊妹团结一心，互帮互助，孝敬父母，就像习近平主席所说，"不论生活格局发生多大变化……我们都要发扬光大中华民族传统家庭美德，促进家庭和睦，促进亲人相亲相爱，促进下一代健康成长，促进老年人老有所养"。和睦的家庭与和谐的家风，不仅是对家庭的贡献，也是对社会的贡献。

家，是一首歌谣，时光和爱的音符深深烙在心中；家，无论富贵贫穷，都是让你觉得最安全，疲惫后能安心停靠的温馨港湾。每周星期五当我下班回到家，丈夫已做好了热气腾腾的饭菜；每一个重要节日和生日，女儿会如期送来鲜花和祝福；每一次受挫或不开心，他们都会在"一家亲"微信群里给我安慰和鼓励。

当夜深人静时，我的心沉睡于和谐而温暖的家；当工作忙碌之时，来自家人哪怕一句"辛苦了"的关心，都会在我心上注入强大的能量，助我走得更远、更好。

红薯情

每当转新华街路过幸福巷时，我都会情不自禁地朝卖煮苞谷、烤红薯的大娘那儿多看几眼，咽几口唾液，回味她卖的烤红薯那香香甜甜的味道。

前些年，我上下班都会经过幸福巷口，隔三岔五地在大娘那儿买上几个烤红薯。外皮灰暗焦黑毫不起眼的烤红薯，只要剥开那层皮，一阵香气便扑鼻而来，露出金灿灿的黄，不禁让人垂涎欲滴。我和朋友逛街时也忍不住去买上几斤，拿在手里边吃边走，完全不顾及个人的形象，不管吸引了多少路人的目光，不管吃花了的脸，只顾尽情地咀嚼，忘情地在香甜的味道里重温那段难忘的童年趣事。

记得小时候，我和二姐经常在大坡上放牛，把牛赶到草地就到奶奶家玩，跟在奶奶身后进进出出；如果奶奶在地里干活，我们就到地里去玩儿，或蹲在地头抓石子儿或帮奶奶跑跑腿，饿了，奶奶就叫我们回去烧红薯吃。

奶奶家挖了一个很大的地窖，每年冬天都会藏很多红薯在里面，除了春天育苗用的种子外还剩很多。我们每次去奶奶家，她都会去地窖口，慢慢跪在地上，揭开木板，用火钳把红薯一个一个从地窖里夹出来，放在地上，然后慢慢盖上木板，把地上的红薯一个个捡起包在围裙里，走到火塘边，在火塘里掏个坑，把红薯放进去，盖上一层灰，再把燃得旺旺的柴火放在上面，不一会儿，红薯就烤熟了。我和二姐就坐在地上，吃着香香的烤红薯，听着奶奶讲她过去逃荒落难的故事。心地善良、可敬可亲的奶奶居然有那么一段辛酸的过往，我小小的心里，对她多了几分同情和敬重。

有一天，我和二姐看到奶奶在屋后挖地，挖得很吃力。我和二姐商量去帮她挖。奶奶说："你们玩吧，我要在下午把这块地挖完，明天好种红薯。"我们信心满满地说："没问题，我们保证给你挖完，你回去休息吧。"奶奶非常高兴地回去了，我和二姐在地里挖呀挖，过了很久，发现还剩了很大一块，又坚持了一会儿，手被磨起泡了，又不好意思说不想挖，怎么办呢？二姐灵机一动，想出了一个点子，她小声地对我说："妹妹，我有个好办法，既可以快速地把地挖完，又可以让奶奶奖励我们红薯哦。""真的呀？那你快说说看！"我迫不及待地看着二姐。她神秘地凑近我的耳朵说："挖'猫盖屎'。"

于是，两个小不点在夕阳的抚摸下，挖一块，用土盖一块，很快就"完成"了任务，扛上锄头奔向奶奶家里。奶奶笑呵呵地抚摸着我们的头说："你们真能干，来！我奖励你们！"转身从屋里提出了一个袋子，满满的一袋红薯，我和二姐相视而笑。二姐接过袋子，我们一溜烟跑回了家，接着就蹲在火塘边慢慢地享受"劳动"果实。我和二姐边吃边笑，父母问为何事，我们笑而不敢答。

第二天，我和二姐又去放牛，看见奶奶又弓着背在我们挖过的地里一锄一锄认真地挖着，我们知道露馅儿了，想绕道而行，可奶奶偏偏看到了我们，叫我们上去，我们只好硬着头皮走到地头，小声说："奶奶，你知道啦？对不起哦。"奶奶脸色有些不好，但并没有发火，良久，才开口说："你们怎么这么不老实，还骗我来了？挖这'猫盖屎'我能育红薯秧吗？你们那么爱吃红薯，奶奶不多栽几个，你们冬天再想吃，哪里有？"看着奶奶脸上那一道道深深的皱纹，忧伤中带着慈爱的眼睛，我惭愧极了。其实奶奶和父母一样疼爱我们，特别是我这个老幺，从小什么事儿都依着我，哪怕有时蛮不讲理，母亲打了我，出面保护我的也是奶奶呢。我的心里像打倒了五味瓶，说不出是什么滋味。

后来上学了，每周回家都可以吃到奶奶留给我的香甜的红薯或者红薯干，渐渐地我明白了，这不仅是可以充饥解馋的食物，更是一份浓浓的亲情、一份沉甸甸的爱。我时常为自己之前的幼稚无知感到羞愧。于是，我就尽可能地陪陪奶奶，帮她做做家务，给她讲学校里发生的故事……

奶奶去世的那天，我在学校读书。得知这个消息，我怀着悲痛的心情奔跑回家，跪在奶奶的灵前，一幕幕往事随着泪水涌出。我再也见不到奶奶，再也听不到她的声音了，可与奶奶相处的日子，发生的所有故事却铭刻在心灵的深处。

一晃三十多年过去了，我依然对红薯情有独钟，因为它能让我回味童年，感受亲人浓浓的爱，体悟一个平凡人不平凡的情操……

香甜的烤红薯啊！清明假期中，我又去买了几个烤红薯，在慢慢的咀嚼中，想到了很多，明白了很多……

牵手

三月，成都的天气还有点冷飕飕的。

我早早地从宾馆出发赶往温江。

上班的人们都匆匆挤上地铁，有的背着背包站着，有的手中拿着早餐，有的埋头看手机，有的小声谈笑，有的在闭目养神……过了好几站终于有了一个空位，我放好行李坐下，整理一下散乱的头发，长舒一口气。对面座椅上一位白发苍苍、慈眉善目的老大爷，一直看着对面的老奶奶，眼里满是关切。身旁的老奶奶身穿灰色大衣，戴着黑色帽子，白皮肤，大眼睛，双眼安静地看着前方。

"草堂北路到了，下车的旅客请从左侧下车。"地铁到站的提示音刚落，老爷爷将手慢慢伸向我旁边的老奶奶，老奶奶伸出右手，将手轻轻放在老爷爷的手心，老爷爷握住老奶奶的手，将她拉起来，老奶奶颤颤巍巍地挪步到老爷爷身边，老爷爷站起来挡在老奶奶身边，生怕有人撞着老奶奶。

车门开了，老爷爷拉着老奶奶的手依然没有松开，两人并肩慢慢走出车门，不慌不忙地前行，车门虽然很快关上了，但是他俩的背影却留在我的脑海里，此时此刻，在人流中那对背影一定是一道独特的风景！

相濡以沫、终生相守、相携一生……很多词语和画面涌现在我的脑海。

他们的牵手，在别人看来可能只是一串简单的动作，但它却深深地触动了我。那一连串动作，没有任何语言，却完成得那么自然！配合得那么默契！那应该是从他们的相爱开始，就做了无数次的练习吧。老奶奶虽然背已驼、发已白、步履蹒跚，但她目光温柔、面带微笑。我的思维开始穿越时光的隧道，想象着老奶奶的年轻时代，她一定是小鸟依人般，度过了一段美好时光，拥有着最浪漫、最真挚的爱情，几十年如一日地享受着最幸福的生活。即使老了，老爷爷也不离不弃，依然把她当成手心里的宝贝。我默默祝福这位幸运的老奶奶，祝福这对幸福的老夫妻，携手相依，共享幸福晚年，爱情永远年轻！

岁月匆匆，人海茫茫。易求无价宝，难得有情人。但总有那么一些人，没能体会到相遇不易，只顾随性前行，而忘却了爱不只是一个字，它是一辈子的承诺；是远在千里、心在咫尺的切切牵挂；是你需要他时，他就在你身边的陪伴……

"我能想到最浪漫的事，就是和你一起慢慢变老，直到我们老得哪儿也去不了，你还依然，把我当成手心里的宝……"这首歌我唱过无数次，今天，我终于深深地体悟到了作词者表达的那种温暖、细腻、唯美的爱情故事。

闪亮的"黑子"

旺苍煤炭行业近半个世纪的变迁，我从未深入了解过。三个月前，我终于有机会参观采访了石洞沟煤业公司。

我们一行参观了煤矿办公环境和采煤的设施设备，听取了关于采煤的介绍，在视频中看到了工人们在井下采煤的情景，第一次近距离地感受煤矿工人的生活，他们纯朴、豪放和热情的品质以及为梦想执着追求的闪光精神，让人心潮澎湃。

回单位后，公事私事千枝万叶，让人百爪挠心，我渐渐就淡忘了这种情愫。可那些自称为"黑子"的影子却时时浮现在眼前。

一个是接待我们的老王，他虽个子不高，但神采奕奕，思维敏锐，口齿伶俐，风趣幽默，热情好客。他在石洞沟煤矿管理中澄思寂虑，敬业乐群，带领员工们在逆境中求生存，在改革中求发展。他一边躬耕力行，安全高效生产，一边打造适应新时代的企业文化，尊重人才，培养人才，充分发挥员工的潜能，为员工们搭建成长平台，成立石煤追梦文学社，让爱好文学的员工在那片肥沃的田园里施展才华、抒发情感、追逐梦想，用多种形式丰富员工们的精神世界。老王心中有创造先进企业的梦想，有热爱矿山事业的情怀，有重视员工、尊重人才的态度，为他点赞！

另一个是老何，一位小有名气的矿工作家，很早就拜读过他的文学作品，但素未谋面。那天是第一次见面，朋友介绍时，我特意多看了他几眼，他有一米八的个子，皮肤黝黑，一双炯炯有神的眼睛传递着和善，和几个女同胞聊天时，看似有些腼腆却不失幽默。他的言语总是那么含义深刻，那么精妙，引人深思。他砥志研思，笃学不倦。他不仅当好一个爱岗敬业的煤矿工人，为同事们树立榜样，还怀着一颗感恩的心，在矿长搭建的文学社平台上，用心用情笔耕不辍，传递企业员工心声，描写煤矿工人生活，讴歌石洞沟煤业风采，用洋洋洒洒的文字抒发内心情怀，书写矿山情韵，那一本厚厚的《野樱花》就是最好的见证。矿山的"黑子"，文学的骄子，为他点赞！

在井下，还有一群"黑子"，头戴安全帽和矿灯，在视频中看不清他们的脸，但能感觉到他们坚毅的目光。他们在漆黑的巷道里没有丝毫畏惧，用双手忙碌地劳作，忘记了白天黑夜，专注地把自己和周围黑黑的煤炭与机器融为一体。滚动的煤块，运转的机器，闪烁的矿灯，忙碌的身影，在井巷里构成了一幅生动的画面，谱写一曲动人的乐曲，让人情不自禁心生敬佩。

那些甘于寂寞的"黑子"，用胆识和智慧唤醒井下沉睡的精灵，带给人们光明和温暖；用勤劳和坚持展现一种生活热情、社会责任和家国情怀，让每一个人内心滚烫、双眼潮湿。太阳般的"黑子"，我为你们点赞！

美丽的女孩

中午的太阳火辣辣地烤着大地，而我的心却像一片潮湿的森林。

在座谈会上，李校长介绍的那个女孩一直在我的脑海里浮现，无数次想象着她与病魔作斗争的艰辛历程，以及她回校后努力的样子！

原本一家五口人生活得很幸福，父亲和大哥在外打工，确保女孩和二哥在学校安心读书，母亲有时也外出去挣一些钱补贴家用。

一家人，都在努力地奋斗着，相互鼓励着，都在家的温暖港湾里憧憬着美好的未来。

可是，2021 年 6 月 8 日，对这家人来说是一个黑色的日子，从此他们家的生活变成了另外一幅景象。我听到这个消息，心里涌动的是同情，是难过，是敬佩，是欣慰，还是……

多么不幸的女孩！那一年，正在读高一的女孩在体检时查出患有骨肉瘤。

确诊后，她没有哭。而是听从医生的建议，马上休学积极配合住院治疗，在医院手术、化疗……经过一年时间结束了整个治疗过程。

多么可爱的女孩！在医院里，她没有沮丧，而是以乐观的心态面对，精神好转时就看书学习，2022 年 7 月出院，8 月不顾家人的劝阻毅然返校学习。

因化疗掉了头发，她戴上假发回校投入到学习中，脸上依然洋溢着灿烂的微笑，在书海里尽情徜徉，和同学们一起挑灯夜读，她对未来充满了渴望。

多么坚强的女孩！她按照医生要求按时复查。右腿术后情况良好，但肺部在治疗初期就存在部分结节，一直依靠吃靶向药来控制病情。在后续的复查中，肺部情况出现恶化，于是又增加了中药调理，至今未间断。

但她在学习上从未松懈，为了实现理想，她付出了常人无法想象的努力，在最擅长的数学学科里，书写着自己的梦想。

面对高考，她坚定而自信，沉着而冷静，所有的努力没有白费，她以 621 分的成绩被中国农业大学录取。

"抗争病魔身不屈，戴发返校考名校。"用这句话来概括这个女孩再合适不过。该校也表示愿意为坚强的女孩敞开大门，欢迎她成为学校的一分子，并帮助她实现理想。

我真想知道，她在拿到录取通知书的那一刻，是怎么想的，又想说些什么？我愿女孩在今后的人生道路上一定会聆听到健康的天籁，在新的舞台上尽情展示青春的风采！

人生易尽朝露晞，世事无常不陂复。这个女孩，用她的实际行动，给身边的人上了生动的一课。一个学生能做到如此，我们又有什么理由不去珍惜生活！

我们面对着瞬息万变的社会，无法也不能做到完美无缺，但是，我们可以用一颗坚韧的、赤诚的心尽力生活。

看到这篇语无伦次的短文后，如果这个坚强的女孩美丽的样子走进了你的心里，你也愿意伸出援手帮助她，请与我联系。我们汇聚善良和爱来助力她今后的人生路，希望她在温暖的社会继续她的梦想！给更多的人传递一份前进的力量。

以上文字是我 8 月 2 日发的朋友圈，有很多网友参与了评论：
"这个姑娘太优秀了！"

"好棒的女孩！"

"励志故事！"

……

"胡老师，这是我的一点心意，请代我转交给那位坚强的女孩！"一个网友转来了 2000 元红包。

那天，我被温暖和感动包裹着。

其实，我们身边处处都有真善美。

陈 丽

笔名城南飞雁，陕西蓝田人，现居西安雁塔区。蓝田县作协会员，《作家摇篮》杂志签约作家，作品发表在《蓝田文学》《作家摇篮》《现代诗美学》《长江诗歌报》《西安晚报》《陕西农村报》《南北作家》等报刊以及网络平台。

稠酒飘香的年味

　　记忆里的年味，总是丰富多彩，尤其是家乡那稠酒的香味，弥漫在喜迎新年的气氛里，让人有几分醉意，也许是从小就习惯喝稠酒的原因，每逢年节不喝几碗稠酒，我总感觉有些许遗憾。

　　我的家乡在蓝田南川，无论是逢年过节，还是谁家有红白喜事，都少不了要喝稠酒。无稠酒不成宴席，好像是约定俗成的习惯。稠酒要用大碗喝，一碗不够可接二连三，脸庞涨红，醉意朦胧，吼几声秦腔，唱几声心曲，把灞河岸边人的豪爽痛快表现得淋漓尽致。家乡的人宁肯穷一年，也不愿穷一节，尤其是一年一度的春节，都是隆重而非常讲究的，该有的一样也不能少，家家户户都酿造稠酒，家庭主妇可以说都是酿制稠酒的行家里手，她们在炎热的暑天就已做好了稠酒曲，然后用线穿起挂在屋檐高处，方便酿酒时取用。

　　记得从前，刚一交上腊月，母亲就开始着手酿制稠酒，那时大麦、苞谷，还有困难年月的红薯，都可以成为酿制稠酒的材料。当然，大米才是制作稠酒的上好材料，可一想到白米细面都是精细食物，十分珍贵稀缺，谁又舍得用大米和小麦做酒？母亲总是本着节俭的生活态度，通常用粗粮即大麦或苞谷做酒，首先要将几十斤粮食运到磨坊，经过机器加工去皮，然后淘洗浸泡，再放进大铁锅大小火熬煮一小时，熟后刮出锅，放在大瓷盆凉到不烫手即可，然后按比例放酒曲，尽量用手搅拌均匀，再倒进半人高的瓷坛，而这瓷坛一定会放在热炕上，用几层纱布封好坛口，盖好瓷坛盖子，还要用棉被捂个严严实实。过上七八天，我们将耳朵贴在瓷坛上平心静气细听，那稠酒发酵的声音，虽不是美妙的音乐，却深深触动着我们的心弦。小心翼翼掀开坛盖子时，淡淡的酒香霎时扑鼻而来，我们便心花怒放了。这时母亲又会烧两大瓷盆稀米汤，凉至温度合适，再倒进酒坛，母亲说这是"涂酒"，然后照旧捂个严严实实，再过一周左右，酒坛里就会有稠酒发酵的"扑通、扑通"声不断传出，很有节奏感，这时掀开盖子，一股浓烈的稠酒味道扑面而来，满屋都散发着酒香，我们深深陶醉其中，掰着指头掐算，祈盼时间能过快点，因为腊月二十三过小年，我们就可以喝到稠酒了。

终于盼到祭灶过小年，傍晚时分母亲便忙着烙饦饦馍祭灶，希望灶爷灶婆"上天言好事，下界保平安"，保佑来年风调雨顺，家业兴旺。父亲则忙着炒几个菜，一般都是一盘白菜豆腐、一盘大豆芽粉条、一盘土豆丝。母亲还要"过"一壶稠酒烧开，放上少许糖精。在动筷子之前，大哥要在庭院放一串鞭炮，我和妹妹捂着耳朵，远远地看着，小弟则摔几个摔炮。过小年就拉开了过年的序幕，有酒、有肉、有菜、有白馍吃，过年的美好生活开始了，我们兄弟姐妹都喜笑颜开。酒不醉人人自醉，景不迷人人自迷，我们沉醉在稠酒飘香的年味里，醉在过年忙碌的欢声笑语里，醉在挂灯笼、贴对联的喜庆气氛里。

那时过年待客都要炒四个菜喝稠酒，亲友们酒过三巡，兴高采烈，对酒当歌，把酒言欢。稠酒飘香的年味别有韵味，因为当时没有五花八门的饮料，稠酒成了春节招待亲友的必备饮品。如今在我们村里，已很少有人亲自酿制稠酒了，原因是老一辈的年事已高力不从心，青壮年又都忙着打工挣钱，有的又嫌自己酿酒麻烦，逢年过节就干脆到县城买上一两桶黄桂稠酒，既省时又省力，还经济实惠，有谁还愿意耗时费力去酿制稠酒呢？就连过红白喜事也都是开车去买黄桂稠酒。传统的纯手工酿制酒技术，随着时间的推移不知会不会失传。现在过年回家，我再也喝不到手工酿制的稠酒了，有时直接用雪碧、可乐等饮料替代了稠酒，心里总有一种莫名其妙的失落感。

村旁一条灞水河

"一条大河波浪宽，风吹稻花香两岸，我家就在岸上住……"每当听到电影《上甘岭》插曲《我的祖国》这首悠扬动听的歌曲时，我就不由得想起故乡村旁的灞水河来，一条滔滔奔流的灞河，昼夜不息绕村流过，我们的村庄就在灞河南岸边，每当夜深人静，躺在自家的土炕上，就能听到河水奔流的声音，连梦境都是清爽欢快的诗情画意。满河的石头满河的沙，满河的清流有鱼也有蟹，令全村人引以为豪。

我们村旁的灞河，发源于蓝田的灞源镇，也曾是我们大寨乡和李后乡的分界河，也许是隔河不算近的缘故，从前两岸的往来并不多，如今我们乡划归到了蓝关街道办，而河对岸的李后乡则划归了三里镇。十年前村西北修建了一座横跨南北的新灞河大桥，极大地方便了两岸村民往来，每当夕阳西下时，我们村就有不少人去村西沿着大马路散步，一直走过灞河桥去，甚或还要到对岸村的超市和商店转转，采买一些日常用品，这才满意而回。我们村的老祖宗也不知是从哪朝哪代开始居住在灞河岸边，开垦了岸边的土地，修筑了灞河堤坝，挖掘了条条水渠，引来河水浇灌农田，使得五谷丰登瓜果飘香。村里一代又一代人在灞河岸边的土地上辛勤劳动，不断耕耘，使村庄成为名副其实的鱼米之乡。

灞河是我儿时的乐园，从春到秋，每当母亲和婶娘们到河里洗衣服，我们一群孩童就像小尾巴一样，跟在她们身后向河边跑去。快到河塄时，只见河堤上的一排排杨柳随风飘舞，鸟儿在树上婉转歌唱，好像在唱着欢迎乐曲，我和小伙伴们不由得异常兴奋，连蹦带跳跑到大人前面去，甩掉鞋子，挽起裤脚，一个个欢天喜地下到水里，掬一捧清清的河水，洗一把脸上的泥巴和灰尘，可真是舒服惬意，随着大人一声叮咛"就在浅水滩耍噢！"，我们一群小伙伴就在河边浅水滩奔来跑去，一会儿抓小鱼，一会儿捉螃蟹，或是在沙滩拣拾五彩小石头。河滩湿地水草茂盛花儿朵朵，几只白鹭在散步觅食，时而快乐歌唱，时而翩翩起舞。野鸭、鸳鸯在深水处游泳嬉戏，河风徐来清凉爽快，令人心旷神怡。大妈婶娘则在河里不慌不忙地洗着衣服，闲话家长里短及村里村外的逸闻趣事，不时还会传来阵阵欢快的笑声，灞河水哗哗奔流，欢歌笑语飘荡满河。

记得在沙河中学上初中时，一旦有外村的男孩想和我们村的男孩打架，我们村的男孩就会底气十足地说："少骚情，夏天就甭到灞河来打江水。"外村的男孩就不由得乱了阵脚，因为附近的小沙河、小清河都是灞河支流，五六岁的娃娃在这两条河里戏水还差不多，只有灞河才是蓝田最大的河流，十多岁的半大小子谁不想去灞河游泳，而去灞河最近的路非我村莫属。炎夏酷暑闷热难耐，灞河的清流凉风诱惑无穷，谁不想去灞河消暑？尤其是男孩在灞河打江水，一个个仅穿小裤头，站在有铁网的大石头堆上，双手高高举过头顶，双脚起跳一个猛子扎进深水潭，看看谁入水憋气的时间长，那才是扮酷耍帅展示实力的时刻，谁也不愿错过机会留下遗憾。

记得2006年夏天的一个下午，我和侄女到灞河洗衣服，无意间发现河滩有两堆生活垃圾，也不知是本村还是外村的农用车或拖拉机所倾倒，实在让人气愤不已，怎么能把生活垃圾倒在河里，这不是污染水源吗？在河道挖沙刨石已让河流伤痕累累，如果任意在河道乱倒垃圾污染河水，这将给我们村以后的生活用水埋下多少安全隐患？我们村几乎家家都有水井，看似"井水不犯河水"，其实河水与井水是息息相通的，每遇降雨河水暴涨，我家的井水水位就会迅速上升；每当久旱不雨，河水变小，村里的井水水位也会下降。一旦河水直接受到污染，那么井水也会间接受到污染，直接威胁到饮用水安全，我们地处灞河中上游，这真不是一件小事，难道我就视而不见不管不顾吗？灞河是蓝田的母亲河，灞河水用慈母般的情怀滋养着蓝川大地，一方水土养一方人，关爱灞河、保护水源是蓝田儿女义不容辞的责任和义务。于是我洗完衣服就把此事向村组长报告了。他答应尽快清除垃圾，并将通知村民严禁在河道乱倒垃圾。后来一日，我又去河里洗衣服，发现那两堆垃圾不见了，悬在我心上的一块石头落了地。从此以后，我再也没见过谁在河里乱倒垃圾。看着清清的灞河水滔滔奔流，好像在唱着一曲欢快的歌谣，我的心里也溢满了欣慰的浪花。

这些年，我每次回乡，经过村西北边灞河大桥时，总不由自主地要向河里环顾一番，那映入眼帘的河水还是清澈透亮的，我就感到无比欢欣鼓舞。我又听大嫂说，现在各河段都有河长负责巡查，人们的环保意识日益增强，从根本上杜绝了河水污染。我又问大嫂，那现在大家都去哪里洗衣服呀？大嫂告诉我，现在家家都有自来水管，用洗衣机在家洗，谁还跑到河边去洗？这真是日新月异的发展变化呀！我听说以后还要沿灞河修建公园，让人们在辛苦工作之余，到沿河公园旅游观光休闲散步，我真期待那一天早日到来。

挖荠菜

春回大地，万物复苏。

农历二月二前后，气温回升，春耕开始，原野上麦苗返青，放眼望去无边绿波荡漾，植物争相生长，相互竞翠，这正是挖野菜的大好时节。

唐宋时二月二还被称为"挖菜节"，于是我便有了去挖菜的冲动。

说来也巧，与我住同院的如梦妹妹邀我同去挖荠菜，我们住在西安城南的电视塔下，二十年前周边到处都是菜地和庄稼地，那时只要想挖野菜随时就能去，而现在方圆二十里几乎难以看到土地，想挖野菜又谈何容易。这天中午，驱车半个小时左右，我们来到了长安区黄良镇石佛寺村西，看到了一片开阔的田野，心中不禁有几分激动。找僻静之处停好车，我们连忙走下车来，由于是周末，两家的大人和小孩子都来了，孩子们在农田路上高兴地又蹦又跳，成天生活在钢筋水泥的城堡里，林立的高楼，拥挤的街巷，来往的车辆行人，孩子们想跑不敢跑，想玩不敢玩，被大人从幼儿园接回，就只能待在家里，天天如此，大人都感到压抑和憋闷，更何况小孩子呢？说是来挖野菜，不如说是来散心和减压，城市快节奏的生活，每日忙得没有喘息之机，真是好累呀！好不容易来到一片开阔地带，沐浴在明媚的阳光下，暖暖的春风带着泥土和青草的气息扑面而来，真让人感到心旷神怡、神清气爽。

这儿的田地有一片种着麦子，有一片栽着果树，麦子返青长得绿油油的，果树刚刚萌发一点新芽，似乎还处在半梦半醒之间，我们在田间道上慢慢走着，也不知道今天能否挖到野菜。此时有两位当地农家妹子拿着农具，迎面走来，说这一片麦田昨天刚打过农药，还说另一片果园也打过农药……与此同时，一位正在自家果园除草的中年男子却热情招呼道："你们是从西安城里来的吧？到我家果园来挖菜吧，我没打过药。"真是"山重水复疑无路，柳暗花明又一村"。我们连声说："谢谢，谢谢。"这片果园四周都有铁网围着，只在一旁很隐蔽之处留有一小门半开着，在园主人的引导下，我们才走进了果园。由于数日前下过一场春雨，园内杂草不少，荠菜长得又大又水灵，这下我才是"手提着竹篮篮，又拿着铁铲铲，把那荠菜挖呀"。挖着挖着，我忽然就想到了童年挖野菜时的情景……

我的故乡在"厨师之乡"——蓝田南川，那是平展展的川道平原，河渠纵横，稻田遍地，麦田遍野，水草丰盛，一年三季都有野菜，春有荠荠菜、尖刀菜，夏有灰灰菜、马齿菜，秋有水芹菜、野芥菜，似乎挖也挖不完，吃也吃不烦。大约是在 20 世纪 70 年代，我们村里大多数人家都缺吃少穿，尤其是二三月时长天大日头青黄不接的，成天只能吃清汤寡水的饭菜，几乎每顿饭都少不了野菜，我常常提着竹篮，拿着铁铲，带着小妹小弟，跟着左邻右舍的堂姐堂哥堂弟堂妹，到村西那一眼望不到边的麦田地挖荠菜。一群小孩子一边挖野菜，一边有说有笑，谁挖到的菜多，谁挖到的菜大，谁挖到的菜干净，都会成为小伙伴羡慕的对象，自己也会开心和自豪，甚或还要传授挖菜经验，再自我炫耀一番陶醉一阵，若是堂哥就会得意忘形吹几声口哨，若是堂姐就会说唱一段歌谣："春风吹来，麦苗绿呀。手提竹篮，去挖菜呀。走出村庄，穿过树林。一路欢唱，一路花香……"欢歌笑语飘荡在麦田上空，那时虽然日子清苦，我们却浑然不觉。

太阳偏西了，我们的荠菜也挖得差不多了，可以说今天还是幸运满满，收获多多，心情不错，特别感谢果园的主人。快到下午四点钟了，我们也该踏上归途了。

过年的窗花

　　一年一度的新春佳节总是隆重而来，不管是在城市还是在乡村，人们总是喜欢给自家的玻璃窗贴上又红又漂亮的窗花。象征吉祥如意的窗花，不仅给年节增添了喜庆色彩，而且能给人们的视觉带来美的享受。

　　记得儿时，20世纪70年代，在冬日农闲时，我们村的大姐姐小妹妹就会三五成群地坐在我家深深庭院的暖阳下，手握小巧锋利的剪刀，一剪一剪地精雕细刻起窗花来。有经验的大姐姐相互切磋技艺，又会耐心教导小妹妹，不一会儿就剪出了花鸟虫鱼，活灵活现，呼之欲出，真是妙趣横生。剪好几幅窗花，感到小有成就，心中便会荡漾起无限的喜悦之情。那时剪窗花一般都有花样。首先要在村里游东家转西家，搜寻好看流行的花样，待数量达到二三十幅，便会在一个暖阳高照的中午，先找一方窗扇大小的木板，收拾干净，铺上一大张白纸，摆放好花样，再端来一碗凉水，用手小心翼翼地洒在上面，直到纸张和花样完全被凉水浸透，这时由两位小姐妹抬起木板，另一人端上煤油灯开始"熏"窗花。"熏"窗花可是技术活，要胆大心细，会看成色，因为熏过了会把花样烧焦，熏淡了图案又会模糊不清，这些必须经过多次实践，才能得心应手。"熏"完窗花，人也累得腰酸背疼，把"熏"好的窗花放在太阳下晾晒，我们也坐下来歇息一会儿，约半小时，那花样自动脱离，白纸上窗花图案清晰可见，剪刻窗花的图样算是大功告成。接下来就是钉窗花，取来买好的纯白色仿纸，折叠数层，要和花样图案大小相同，用自制的小纸钉固定好，接下来才能剪刻窗花。那年月我们读小学、初中，几乎没有什么家庭作业，早在学校课堂自习时写完了，回到家不是帮大人干家务，就是和小伙伴在街巷场畔疯玩。遇到下雪天还会和邻家小姐妹坐在热炕上，一边剪窗花，一边谈笑风生，那时天真烂漫，不懂什么生活压力，只知每天岁月静好。

交上腊月天，村街就有挑担货郎前来，手摇铃铛招揽生意，货担上是镶着玻璃的木匣，里面放着针头线脑、头饰发卡、水果糖之类，还有窗花染料，主妇和娃娃不由得围拢过来，各买所需物品，我和母亲急需购买窗花染料，那时物品很便宜，没钱还可用鸡蛋来换。腊月二十前后一日天气晴好，染窗花的大好时机不容错过。这天吃罢早饭，我们就着手准备，母亲负责找寻小碗小碟调拌染料，我和小妹则做棉签、搬小凳、支架木板、铺纸张、摆放窗花，母亲是主力，我和小妹只是帮手。在母亲的细心点染下，形态各异的花鸟虫鱼，都变得色彩斑斓多姿多彩，成为腊月一道亮丽的风景线，也让年味情趣无限。一般腊月二十八九糊新窗纸，再贴上五颜六色的窗花，年年有鱼、喜鹊登枝、花好月圆、四季平安、喜庆丰收、胖娃送福……一幅幅窗花把满屋窗户装扮得花枝招展、喜庆美妙。这时南渠沿的三妈来串门了，看到我家贴了这么多好看的窗花，一般会这样说："家有女儿就好，能替大人干家务，会剪窗花做针线，可怜我家三个'光葫芦'，整天就会出蛮力，过年想贴个窗花都没有，还要舍脸来讨要。"我的母亲便会说："她三妈甭说见外话，自家窗花剪得多，顺便给你拿一些。"不一会儿本家大妈也过来了，窗花自然也要送一些，因为大妈的女儿远嫁渭北，远水不解近渴。大妈和三妈为人随和，平常都很关爱我们，拿到了窗花喜眉笑眼，回家就贴到窗上去了。那时过年全村家家户户都贴窗花，拜年的三姑六姨表姐妹来了，便坐在炕头把窗花仔细欣赏，再品头论足一番，不仅谈论有关窗花的话题，也交流剪纸技巧。

现在过年已很少有人剪窗花了，都是赶集或逛年货会顺便买些印在塑料纸上的窗花，既不易破损又方便粘贴，也不算太贵，谁还再愿苦心费力去剪窗花呢？曾经广泛流传的民间剪纸艺术，也渐渐淡出了人们的视线，故乡村庄的寒冬腊月，再也看不到小姐妹们剪窗花的身影了。一种深深的惋惜之情在我心中蔓延，我多想再捡拾青葱岁月的记忆，再次拿起小小剪刀数剪成花，染浓年味。

过年的粽香

　　岁末年尾，只要过了腊八节，年味儿就日益浓起来，人们开始忙碌，赶集的、逛会的络绎不绝，争先恐后地选购年货。我自然也要到年货会上逛逛，看到那红红的陕北大枣，便不由得想起了家乡过年的粽子，儿时有关过年的记忆，一家人忙碌包粽子的情景便萦绕脑际，温馨满满。

　　在蓝田南川一带，流传着过年包粽子的习俗，也不知是从哪朝哪代开始的，反正自我幼时记事以来，每逢过年不仅我家要包粽子，村里家家户户都要包粽子。甜甜的粽香弥漫在村落的家家户户，醉了大人小娃。也许因为我的家乡南川有灞河、清河、西河、小沙河，加上水渠纵横交错，拥有得天独厚的水资源优势，稻田遍野，出产粳米、糯米，人们为了让年味更合乎自己的口味、更有地域特色，因此代代传承年年都包粽子，一直延续至今。记得儿时，腊月二十九这天，我家就要包粽子。当日天还没亮母亲便早早起床，淘米、泡红豆、洗大枣，然后把一捆捆粽叶放进大铁锅里，添好水压上荆箅青石，接着点火开始煮粽叶，随着灶膛里柴火不断燃烧，锅上也开始飘出丝丝蒸气，堂屋庭院都弥漫着粽叶的清香，随着几声鞭炮炸响，年味也更加浓郁。匆匆吃罢午饭，我的母亲和长兄端上一大盆糯米、红豆、大枣，坐在大火炕上一边包粽子，一边唠叨着过年待客走亲戚的事，或是说说在城里工作的姑姑呀舅舅呀，过年回来要给他们带多少粽子，还会说说村上谁包粽子手艺最好。捞粽叶的活一般由父亲包揽，大铁锅里冒着热气，煮粽叶的水滚烫，一般人见了这活就望而却步，而父亲干得得心应手，从没见他喊过手被烫伤。他把一片片粽叶清洗得干干净净，整理得平平展展，再放到圆竹算上。母亲和哥哥都是包粽子的行家里手，因为年年都要包，包粽子的技术自然越来越好，所包粽子有棱有角，既饱满又美观。有时我看得心痒痒，也想学包几个练练手艺，可往往包得没法让人满意，母亲总是让我收手。而哥哥一般给我家包完，还要去帮邻家叔父包粽子。待我们吃完晚饭，父亲就将包好的粽子放进大铁锅，再压上两块荆算青石，添上水，然后开始大火猛煮，一般用的都是平时舍不得的大硬柴，大约烧一个小时，锅盖上开始冒蒸气，粽香的味道就源源不断飘出，一家人陶醉在甜甜的粽香里，忘记了劳累和烦恼，心里也甜甜蜜蜜的。粽子一般要煮两个小时，临睡觉前还要给灶膛填一块大树根硬柴，第二天大年三十清早，就可以捞粽子了，那热气腾腾的甜粽子真让人馋涎欲滴，粽香味弥漫满屋，我和弟弟、妹妹多么希望能尽快吃几个，可母亲总是说最早捞出的要敬献祖先，然后还要捞一些送给左邻右舍品尝，接下来才让我们吃。

那时正月走亲戚拜年，一般都是四样礼：十个粽子，十个包子，一瓶罐头，一包水晶饼。

浓 雪

现居西安，喜欢文学，随性而读，随心而写，用书香墨香给生活以愉悦、精神以丰盈。作品发表于报纸杂志，代表作《爱情遗产》《时光里的生命歌唱》《春如期而来》。

初识秦岭

秦岭，中国地理的自然标识，被尊为中华文明的龙脉，自古被文人墨客挥笔抒写，充满着令人向往的神秘色彩。在中华上下五千年长河中，它以独特的自然风貌和奇特的山水成就了秦川大地上十三朝古都的不世繁华，见证了历代杀伐往复和宏基伟业，更养育了西周名臣姜子牙、万古药王孙思邈等历史名人。今日的秦岭，以其雄浑而奔放的风姿吸引着国内外的游客纷至沓来。

一个夏日，我突然想去秦岭看看，便约上好友从钟楼出发一路向南，目标是秦岭分水岭的最高点。到了进入秦岭的交通要道郭杜镇后，巍峨绵延的秦岭雄伟、秀丽、险峻的轮廓映入了眼帘，我迫不及待渴望走进它的怀抱。

顺着一条宽阔的柏油路来到山口的停车处，车刚停稳，友人一行三人急切地推开了车门，扑向秦岭山清水秀的怀抱里，一眨眼就不见了身影。我循着挟裹着欢笑声的水声紧步走了过去，一股清新的凉气扑面而来，顿感神清气爽。陡坡下面是一条宽阔的河道，曲折迂回，清洌洌的河水看不到头，也看不到尾。河道两边是茂密的树木，河床上铺满了形态各异的石头，松林之下，河水绕过大石头、淌过小石头，欢快地一路奔流、一路歌唱。行走在河道边，仿佛走进了"明月松间照，清泉石上流"的美妙意境中。

短暂停留之后，我们开车上山。环视四周，重峦叠翠，奇峰怪石，峡谷壁立，不由得心生胆怯。早就听说，走过一次秦岭山路的人在城市里开车就像玩玩具。这话虽然有些夸张，但秦岭山路的难走可想而知了。

　　一路上，友人不时惊呼着，兴奋地用手机隔窗拍着。我无暇欣赏千崖竞秀的风光，全神贯注地盯着前方，眼睛都不敢眨一下，生怕车子偏离了半寸。山路蜿蜒崎岖，或峭壁沟壑夹道，或悬崖河流夹道，或村庄密林夹道，弯弯曲曲，曲曲折折，起起伏伏，几乎全是弯路和急转弯路，稍不留意就会出危险。慢慢地，我紧张的神经稍微放松了些，因为路边有一个接一个的交通标志图标和安全警示路牌。前方是急转弯路还是连续转弯路，是村庄还是桥梁，都会有提醒标志，可以准确地提前判断、提前预防。每过一个村庄，除了有标志提示之外，地面还有醒目的红色减速带。

　　距离山顶还有一半路程时，友人提议下车拍几张照，我也有机会欣赏一下山中的壮美旖旎风光。看不到一只飞鸟，却能听到不绝于耳的鸟鸣。"啾啾、唧唧、喳喳、咕咕、吱吱"，或长或短，或高或低，组成了一曲嘹亮和谐的交响乐，被山风由近到远、由远及近送入耳中，仿佛聆听一场绝妙的音乐会，身心感到无比愉悦。再看身边树木茂密，满山松柏，青翠欲滴，山花争艳，怪石嶙峋，千姿百态，如塑如画，让人惊叹大自然的鬼斧神工。放眼看去，各种绿深浅交错着，川道里错落有致的几户人家，白墙红瓦，屋顶上炊烟袅袅，房前菜地绿油油，屋后麦田青青，伸出院墙的石榴花羞羞答答地望着进山的人。一对老人坐在门前的石墩上摘着洋槐花，如雪的洋槐花映着他们的笑容，或许他们不能说出爱情的含义，却能执子之手白头偕老，令人羡慕。溪边有一位洗衣的少妇，起身拧衣时回眸一望，让人不禁惊叹秦岭的水滋养出这么水灵的人儿；几个童子手拿一枝柳条戏着水，脆亮的笑声飘落在溪水上，回荡在山谷里。远远望去，一景一画，水光山色，诗意田园，令人神往。我信步走到河道边，双手捧起一掬清水，真真地读出了"八水绕长安，水皆出秦岭"的韵味来。这秦岭的水滋养了八百里秦川周秦唐汉的绝代风华，这秦岭的水让关中成为自古以来人口密集的富庶之地，这秦岭的水承载着南水北调的使命，牵系着北京人的生活。

带着满心的清新和芬芳向山顶继续行进，路上可见身着橘黄色制服的环卫工人在清扫，一路上有村庄就有停车场，有停车场就有农家乐。进入山深处后就没有了村庄，也没有了农家乐，宽阔的地方有停放两三辆车的空地，上几个台阶便是公厕，友人脱口而出"厕所小窗口，文明大秦岭"。

经过两个小时的车程，终于站在了秦岭山顶，一种"重峦俯渭水，碧嶂插遥天"的豪迈，让我热泪盈眶。极目四望，层峦叠嶂，山走龙蛇，云横秦岭，奇峰云海绵延千里。低头，悬崖峭壁林立，飞瀑吐珠溅玉，沟壑纵横幽深；抬头，云雾浩渺，虽无李太白"举手可近月"的豪情与浪漫，却有"举手可摘云"的美妙。满天的云和满山的雾连在一起，烟波缥缈，云雾缭绕，让人有种腾云驾雾的感觉，飘飘欲仙，恍若入仙境。

山顶上有一座黄色琉璃瓦的四角亭子，这里是 210 国道秦岭分水岭，也是这条路的最高点，分水岭以南为长江水域，以北为黄河水域。亭子中间立有一块西万公路水毁抢险修复纪念碑，记载着 2002 年发大水冲毁公路，三千游客被困山中，政府和当地军民奋战三昼夜恢复交通，救出游客的事迹。站在亭子里有种登高望远的自豪，目光从西到北、从东到南，游历在连绵千里的崇山峻岭之间，思绪穿越时空，飞腾于茫茫秦岭山脉之中，聆听着诸葛亮北伐的呕心沥血，欣赏着"明修栈道、暗度陈仓"的出奇制胜，触摸着红四方面军游击战的艰辛足印……巍巍秦岭，无论是栈道还是关隘，一草一木，一石一泉，背后都蕴藏着一个个荡人心魄的故事。

一声清脆的鸟鸣声，把我的思绪从历史深处拉回到了现在，目光从远处回到了脚下，一条平坦的迂回曲折的公路，又把目光一步步地拉长。那绵延山岭中的公路、铁路，让我惊叹，让我震撼。一条公路如一条蜿蜒的银丝带，在沟壑中、河道边上上下下穿行着。如果说大自然创造了秦岭的雄伟壮美，历史赋予了秦岭雄浑厚重，那么今人让秦岭长出了飞翔的翅膀，用一个接一个的惊喜让国人震惊、让世界瞩目。那蜿蜒盘旋于秦岭山脉的盘山公路，以巨龙腾飞的姿势，连通了关中平原与陕南地区；那穿越秦岭山体的铁路，以雄鹰展翅的姿势，将大山与外界连接了起来，祖祖辈辈深居大山的人走出了大山，把土特产推销了出去，腰包鼓了起来，大山人从此不再成为"贫穷"的代名词。今日秦岭的山水，不只是奇特的自然风光，它更滋润着大山人的幸福生活，承载着造福于民、服务于社会的责任。

巍巍大秦岭，中国的脊梁。自然、文化、思想交融互渗于秦岭的山水之中，使秦岭成了一部摊开的书，每一个走进秦岭的人都可以从中读出它的风韵，读出它许多远去的故事，读出它今日的雄姿以及未来的辉煌。

春天里

一 春寒料峭

推开窗户，才知晓昨夜一场雪把春天刚抬起的脚步挡在了门外，温度突然从 12 摄氏度骤降到 0 摄氏度以下。三月落雪了，盼了一冬的雪，悄然落在了初春。近看，院子里树木萌动的枝条上挂了点点的白，倒真是"忽如一夜春风来，千树万树梨花开"了；远望，一片肃杀之景象，冷气森森。

这场雪，可谓喜忧参半，打落了冒尖的芽儿，封冻了松软的泥土，但也滋润了土地、浇灌了田野，我依稀看见，长满皱纹的农民伯伯叼着旱烟袋，手捋着白胡子，绽开了笑脸，自言自语道："这雪来得好啊，今秋必定粮囤满仓，会有个好收成！"于我而言，也是喜忧参半，连续几日的暖阳把春衣从衣橱里拉了出来，而洗后的棉衣、棉鞋早就收藏在一个温馨的地方，连同盼雪的心情，等待下一个冬日。

我有一个习惯，每天晚上临睡前整理好第二天要穿的衣服和鞋袜，为了第二天早上能多睡一会儿懒觉。今天有点紧张了，急急忙忙地打开柜子，找着该穿哪件棉衣，薄的、厚的，红的、白的，还要想着配什么裤子，竟有些手忙脚乱。

偏偏晨又逗我，说："春天下雪，是教育那些不知道'春捂秋冻'的孩子。"我嗔怒地瞪了晨一眼，晨又补充了一句："春天会下雪，就像冬天会有暖流和花开一样。"我反复自语着："这个时候怎么会下雪？这个时候怎么会下雪？"

行走在路上，看着许许多多穿着春装瑟瑟发抖的人，好在我及时换上了棉衣，一路上想着晨说的那句话"春天会下雪，就像冬天会有暖流和花开一样"，我明白了一年四季中会有很多意外，春天会下雪，夏天会有冻雨，秋天会有酷热，冬天会有花开。其实，天地之间有很多规律性的东西，所谓"天不言而四时行，地不语而百物生"，但规律之中又有很多意外或特例。

其实，人生又何尝不是如此，总想有规律地生活，但是，生活中又怎么没有意外呢，何必执着于那些意想不到的事，又何必为他人善意的嘲弄而感到尴尬呢？没有人的生活是按照设定的方式进行的，用智慧去处理突发事件，也就淡然了。不管如何变幻，美丽依然存在着，绿叶里有了鲜花，是一种美丽，绿叶里没了鲜花，怎么就不是一种美丽呢？

二　春暖花开

我不大喜欢春天，因着春天太拥挤了。我一直认为春天是一个过分张扬的花花世界，百花争艳，百鸟争鸣，万物争宠，让恬静的世界突然变得拥挤而喧嚣。

邻居是一位小有名气的画家，她的画笔让春天的花朵有了声音，春天的花朵让她的名字有了分量。一次在院子里闲聊，听到我说春天不好秋天好，她竟非要和我理论一番。我说春天里各种花儿伸长脖子争着向世界表白春天是它自己带来的，希望包揽所有的赞美和掌声，而秋天不同，以低首的默言带给人们的是沉甸甸的收获。理论的结果当然是各坚持各的，她依旧用画笔涂抹着她喜欢的春天的花儿，我依旧在心里憧憬着默默奉献的秋天。

对春天看法的改变，来自春节假期的一天闲游，我牵着孩子的小手漫步在斗折蛇行的卵石小径上，看着身着棉衣的游人，身边的草儿，远处的丛树，和人一样有意无意地还在冬天的寒冷意识下停留着。长期藏身于钢筋水泥丛林里，我来这里的目的，其实只想找一种户外行走的轻松感觉，这里的风景无处不在，不需要刻意去寻找，路过的行人回头张望着，那笑容里清楚地写着，我和孩子已是她们眼里的风景。

"妈妈，快看！"孩子惊喜地喊着，小手从我的手里挣脱掉，欢快地向墙角跑去。

顺着孩子跑去的方向，只见一株迎春花寂静地开放在墙角，一朵朵鹅黄色的花朵挺立着，花朵不大，也不艳丽，它是那么的不起眼，行走在公园里的人几乎无人在意它，孩子是第一个驻足在它跟前的。我疾步走了过去，俯身用手小心翼翼地托起一朵披着黄衣裳的小花儿，能真真切切地感受到它的温度，心中对它充满了怜惜和敬意。此刻，我仿佛看到春姑娘正迈着莲步从寒意料峭中徐徐走来。

原来春天里也有不张扬的花儿，这一株不起眼的迎春花，让我对春天多了一份敬意。"俏也不争春，只把春来报，待到山花烂漫时，她在丛中笑。"我蓦然想起了这首咏梅词，这迎春花又何尝不是这样？我感受到了一种执着的美、奉献的美！

我和孩子依依不舍离开了这株迎春花，继续向前走着，一阵风儿从身边飘过，孩子仰着头对我说："风好香啊！"我笑了笑，俯下身子摸着孩子可爱的小脸说："那不是风香，是刚才那株迎春花的香味。"

细想想，娇艳的花朵让我们闻到了香味，但是殊不知在其光鲜的背后，有多少不为人知的艰苦的付出，有多少为其添彩而陨落的枝叶。其实，我们每个人的光艳和荣誉背后都有一个或多个默默付出的人。

我赞美迎春花，敬佩迎春花；我热爱生活，感恩生活，感恩生命中遇到的每一个人！

三 一屋春色

又一个周末，难得的蓝天白云，阳光用明丽挑逗着人们出行的欲望。从春节奔走的劳累中走进繁忙的日子，我已近一个月没有好好地享受外面的阳光了。原计划今天去汉中寻春，却因昨夜受凉感冒而泡汤，天亮时本打算小睡一会儿，刚入梦就被院子里的阵阵犬叫吵醒，又到了主人遛狗的时候了。索性起来，把家里十几盆花齐齐浇了一遍，大概一个月没有修剪，有一两片黄叶低垂着，拿起剪刀又放下，头昏脑涨不想动，倒了一杯白开水，懒散地仰在客厅正对着阳光的沙发上。

窗外是料峭的初春，而屋子里暖气依然温热，刚吸足水分的花儿竞相摇曳着，让屋子里有了一片大好春光。本来要去春来早的汉中"小江南"看看"天街小雨润如酥，草色遥看近却无"的早春风光，却因身体不适困在家中，而室内的春意盎然，正契合我的心意。拿一本《美文》杂志就读于其前那是再好不过的，揽着室内的一片绿意，在书中寻春、踏春、赏春、品春，岂不妙哉？

我偶尔抬起头，看看眼前的一盆富贵竹，叶子是翠绿的，润泽了我的眼睛。喜欢这盆竹，不是因为花开富贵，唯求竹报平安。我向来不喜欢大红大紫的色调，却对冷色格外偏爱，对绿叶情有独钟，这或许与我的性格有关，我认为世上最美丽最长久的颜色应是绿色，绿色代表着生命的勃发、旺盛、重生，蕴含着无限生机和希望，生命如此，爱情如此，四季常绿比一时的大红大紫要难得多，也珍贵得多。

从《浮萍之恋》流动着的散漫情调，走到《女人心情》现代感的时新语质中，文字是美丽的，文字是轻柔的，如和煦的春风抚慰着我的灵魂，如温煦的春阳暖融着我的心扉。我喜欢读一些具有诗情画意的美文，倒不是想让文字来装饰自己，而是希望心灵变得更丰盈、更浪漫，在心灵与文字的同频中，在心灵与文字的共振中，细细体味享受那种奇妙的意境之美。清澈见底的潺潺山泉，从《美文》杂志的字里行间汩汩溢出，泉水流经的地方，绿草如茵，花团锦簇，彩蝶飞舞，鸟儿欢唱，一派生机盎然的春景，令我沉浸其中、陶醉不已。

塞翁失马，焉知非福。我虽没有去野外寻春，却在家里的盆景中触摸到了春天的美丽，在一本杂志的字里行间感受到了春天的美丽。

登山

　　我从小跟着父亲生活在八百里秦川，对山是陌生而又熟悉的。陌生在于没有走近过山，熟悉是南望有山、北眺有山。

　　第一次对山的渴望，是想站在山顶等母亲。我两岁时跟着父亲生活在大院里，母亲在另一个城市带着妹妹，还要上班，很少来看我。我常常想念母亲，常常哭着不吃饭，非要去看母亲。父亲指着北边远处的山说，站在山顶就会看到母亲了，好好吃饭就能长大，长大了就能走到山顶。

　　第二次对山的渴望，是想站在山顶上摘星星。六岁那年夏夜，我在二妗家门前的小河边玩耍，有好多小星星落在镜子似的河面上，像珍珠玛瑙闪闪发光。表哥说，下到河里就可以捞到星星。我下到河里不但没捞到星星，反而差点被河水给淹没。二妗指着南山顶上密密麻麻的星星告诉我，站在山顶就可以摘到星星。

　　慢慢长大的我对山的渴望，不再是等母亲，不再是摘星星，而是"一览众山小"的登高望远，然而因从小体弱，我一直没有登上过一座高山，曾有好几次亲近于山，最多也是走到半山腰。去年初秋被几个朋友叫去登山，这是长安境内地势比较高的一处景点，登山之前约好了一定要上到山顶。为了守约，也为了真正体验一下登高望远的感觉，便硬着头皮一门心思地往山顶登去。一路上被走在前面的人拉着，被走在后面的人推着，低着头咬着牙艰难地攀登着。

　　经过三个多小时的攀登，终于登上了山顶。山顶是宽阔的平台，人很多，或拍照，或欢呼，或静静地远眺。站在山顶的我尽管气喘吁吁，但特别的兴奋，终于第一次靠自己的脚力登上了一座山的顶峰。极目远眺，心潮澎湃，热泪涟涟，心中油然升腾出"山高人为峰"的自豪感！山顶还算宽阔，中间有一座亭子，里面坐着几个人。我在山顶走了一圈，有登高望远的骄傲，也有面对四面万仞绝壁的恐慌。"你看，山底的人就像蚂蚁啊！哈哈哈，被我踩在脚下了！"有几个人站在崖壁前俯视山下，得意地欢叫着。有胆小的人大声喊道："别站在边上，危险！"那几个人全然不理，有一个还抬起一条腿做出凌空欲飞的姿势。看着那得意忘形的神态，我想，登顶难道只是为了俯视吗？站在山底的人看他们，又何尝不像蚂蚁一样渺小？

这次登山，我体会最深的就是"上山容易下山难"。以前常听母亲说这句话，我一直不以为意，只有登过一次顶，才会真正体会到这句话蕴含的深刻的人生道理。从山顶往山下小心翼翼地走着，我的目光不敢斜视，只盯着脚下，每一步都比上山走得更加艰难。如果说上山体味的是艰辛，那么下山考验的就是心力。走到半山腰，我感觉到体力不支，便坐在一座古色古香的红色八角亭子里休息。星星点点的阳光落在飞檐立柱上，红色的圆柱泛着红光，是那么的明媚与艳丽。

一个背着背篓的中年人走进亭子里，他皮肤黝黑，粗糙的手拿着一把铁夹，弯着腰捡拾着亭子里面的垃圾。他右臂戴着一个袖章，"清道工"三个字赫然入目，我这才注意到亭子里有易拉罐、零食袋子、果核。

我立马站了起来，帮着他把亭子里的垃圾袋捡拾起来，放进他的背篓里。他黝黑满是汗水的脸上带着微笑，连连向我说着"谢谢"。我很好奇地问道："师傅，你一天能捡多少垃圾？"他说："每天要跑两次，捡两背篓，遇到节假日，跑的次数就多了，脚都磨出了血泡。"这句话让我的心莫名酸了起来，对他不禁肃然起敬。他望着远处，深叹了一口气说："我们还算好些，那些在悬崖峭壁上捡垃圾的清洁工都是拿生命在清道，一个游人'手下留情'，就是给清道工留一条命。"他的话让我想起了新闻曾经播出的华山清道工的画面，他们身系绳索头戴安全帽，在悬崖上忽上忽下，在峭壁上捡拾那些游客随手扔掉的垃圾，画面让人胆战心惊，新闻称他们是用生命清理垃圾的"蜘蛛侠"。望着这个清道工走走停停、腰身一抬一弯的背影，眼前不禁跳出了刚在山顶上看到随意扔瓶子的画面，你一时"潇洒"，留给清道工的是什么？如果说扔在路边和亭子里的垃圾带给清洁工的只是辛苦劳累，那么扔在悬崖峭壁的垃圾带给清道工的就是生命危险。登山，文明也应跟着脚步一起前行！

一位友人说："我们顺手捡拾着路边垃圾下山吧。"他的提议得到了所有人的赞同，我脚跟不稳，负责提袋子。下山途中有了目标，心用在了一件有益的事上，脚步似乎没有那么沉重艰难了。

越往下走人越多，路就显得拥挤了。一拨拨人下山，一拨拨人上山，有的人是一步步爬上去的，有的人是坐着缆车凌空而上，有的人是靠人力抬上去的。我一直在想，人为什么都喜欢登顶？攀上顶峰固然令人兴奋，但攀登过程又何尝不是一种收获？好多人都想爬得高，登上心目中的山顶，获得"一览众山小"的成就感。不禁想到曾在一篇美文中看到的一句话："寸光的鼠目，不论站于何处，所能看见的都仅限于自己的鞋尖。"我蓦然明白，望远不一定要登高，登高不一定能望远。有的人就是登上最高山峰，眼里也只有巴掌大的天地，而有的人即使脚下只有方寸之地，胸中也有千山万水。

红色小镇

三秦大地，不仅是远古文化的发源地之一，也是全国红色文化资源最丰富的地区之一，历史一次又一次在这里见证了革命年代风云激荡的岁月，也在这里播下了红色的种子。

五月初，绿色以奔放的青春姿态开遍山川原野，我们一行人向着红色小镇——葛牌镇出发。上高速穿隧道，走国道过山路，向秦岭深处行进。一路满眼的绿，层峦叠嶂，各种绿深深浅浅，重叠交错，到处生机勃勃，欣欣向荣，我的心情喜悦得像林间的鸟儿。一个多小时后走进了群山松林之中，顺着山路两边崭新的仿古房屋院落来到镇口，路边一块黑色石碑上赫然写着：陕西省第五批文物保护单位，葛牌镇区苏维埃政府旧址，红二十五军军部旧址，鄂豫陕省委扩大会议旧址。

镇路两边的柳树下，村民们提篮、担筐、推车，卖着各种山货。穿过这道独特的风景，从秀丽的飞檐木牌门楼走进葛牌街，这是一条不太长的老街，两旁民居鳞次栉比，有年代的老房屋与新建的房屋交错比邻。街中间有一座砖木结构的仿古建筑四合院，是这条街上聚集来来往往人最多的地方，这也是我们此行的目的地——葛牌镇区苏维埃政府纪念馆。纪念馆于2000年落成，由军委原副主席刘华清题写馆名，2000年6月被共青团陕西省委确定为陕西省青少年教育基地，2004年12月被中共西安市委党史研究室确定为党史教育基地，2005年10月被市纪委确定为廉政教育基地。

随着如织的人流移步进入大门，正对面的褐色房檐口赫然写着八个金色大字："重温历史，展望未来。"两边的房檐口是一行红底白字，左边写着："不畏艰险勇往直前，不忘初心继续前进。"右边写着："继承红军长征精神，打造过硬组工队伍。"走进纪念馆大院，一尊威武的当年留下的大炮首先映入眼帘，斑驳的炮身上依然闪耀着"一不怕苦，二不怕死"的革命英雄主义精神，那昂起的炮口仿佛正对着敌人的阵地在发射，一颗颗炮弹落地开花，向世界宣告推翻旧专制建立新社会。

拿着话筒的女讲解员说，馆内共设有四个展厅，第一展厅是鄂豫陕革命根据地区域图和模型图，第二展厅是红二十五军领导人以及党和国家领导人的题词，第三、第四展厅陈列着珍贵的照片和文物。

走进第一展厅，那高高低低的峰峦记录着先辈们钻山林、跨河沟、攀峭壁的足迹，生存的艰难、条件的艰苦、环境的恶劣，带给我的是惊叹，很难想象在如此艰苦的条件下，红军凭着什么突破了一次次围剿；走进第二展厅，四周墙上挂满了一幅幅红底金字的题词，仿佛一团团正在燃烧的火焰；走进第三展厅，每一个角落里都仿佛听到那金戈铁马的铿锵强音。在这里，我看到了风雪交加的夜晚在重兵堵围中红军战士拉不开枪栓的冻僵的双手，看到了寒风刺骨的黑夜中红军战士从敌人空隙间绕道急行突出重围，看到了在一次次冲锋的炮火中红军战士前仆后继倒下的身躯……

1934年12月10日，红二十五军在庾家河血战中殊死奋战顽强反击，经过二十多次反复冲杀，挫败了敌人的嚣张气焰，迫使敌军狼狈撤出了战斗，结束了历时二十多天长驱1800余里挺进陕南的战斗历程。战斗中红军伤亡干部战士100余人，山山峁峁的鲜血映红了半边天。人民英雄啊，共和国史册上永远记载着你们前仆后继的英雄事迹！

走进第四展厅，仿佛走进了一段血与火的岁月，既看到了革命斗争的腥风血雨，又看到了根据地建立后的军民情深。西征陕甘迎接红军主力北上抗日、红七十四师深入敌后坚持游击战争、沣峪口会议、隆德镇战斗、南渡泾川河、秦岭北麓西征、歼灭许庙民团、永坪会师……红七十四师及陕南各游击师充分依靠群众，与敌人进行了艰苦卓绝的斗争，用信仰和鲜血谱写了一曲可歌可泣的英雄壮歌！

1935 年 7 月红军西征北上，8 月 21 日南渡泾川河时遭到国民党军队 1000 余人突然袭击，经过激战，将敌全歼，战斗中二十五军政委吴焕先壮烈牺牲。狂风哀啸，大河悲壮，苍天无言，大地有情，倒下的年轻身躯，在中华儿女心中树起了一座坚实高大的丰碑！

听着讲解员的讲解，驻足在每一张照片前，凝视着每一件文物，苏维埃政府用过的手摇电话、铜脸盆、桐油灯，红军作战用的马鞍、军刺，还有战斗中缴获的敌人步枪，红二十五军战士用过的大刀、手雷、手榴弹……看着这些真实的物件，我仿佛穿越时空回到了那个腥风血雨、壮怀激烈的战争年代，仿佛嗅到了战场的硝烟，听到了冲锋的呐喊声。

怀着对革命先烈的无比缅怀之情，脚步沉重而缓慢地走出纪念馆，沿着古街往前行，正前方的群山曾是红军抗敌的战场。走出古街，以瞻仰的心情踏上了山路，用目光触摸着山路两边的一草一木，用心灵观察着前方一个个山头。此刻，枪声、脚步声、厮杀声、呐喊声，还有高高飘扬的军旗，由远及近，吟唱着民族在危难中的抗争。此时，站在这块浸透红军鲜血的红色土地上，山风似号角在耳旁经久不息，山花似战旗在眼前猎猎飞扬。

"一杆杆红旗空中飘，红二十五军上来了，来到陕甘洛川泾，劳动百姓好喜欢……"一阵激情淳厚的歌声回荡在山谷中。战争恍如隔世，而老百姓对红军的深情已深深地融入这里的苍山秀水、峻石松柏。

山路崎岖陡峭，我们停止了前行，只好原路下山，来到了古街一个农家乐吃午饭，门道里坐着一位白发苍苍的老人，见人进来就笑呵呵地说："红军来了。"

"那么多人，死得就剩几个了……"我正在低头吃当地的小吃荞面饸饹，冷不防被一个声音吓了一跳！扭过头看到刚在门道见的那位老人站在我的身边，那双沧桑的眼睛里泛着泪。这时，从屋子里走出一个中年人告诉我们，老人是他的母亲，生病后好多事都不记得了，只会说"红军来了""那么多人，死得就剩几个了"这两句话。此刻，我的心灵受到了强烈的震撼，一个历经世事的老人，什么都不记得了，却记得这两句话。老人见证了那段岁月，用她仅存的一点记忆告诉来这里的人们：记住红军，记住那段历史，记住今天的和平是先烈们用鲜血和生命换来的！

……

站在葛牌街口，极目远眺，头脑里的一幅幅历史画面与眼前安静祥和、山清水秀、民风淳朴的画面重叠在一起，我真切地感受到了红军精神的伟大力量！

秦岭不言，不掩它的巍峨；小镇不言，不失它的厚重。巍巍大秦岭，孕育了深厚的红色文化。葛牌镇，就这样在秦岭深处默默守着，守着一个个弥足珍贵的革命遗址、遗迹，典藏着往昔的峥嵘岁月！

葛牌镇，一个曾经演绎过一段红色历史的小镇，这里处处闪耀着革命的光芒，印记着红色的史迹。沧桑的老街房子见证了当年的峥嵘岁月，让人仿佛置身在那段红色的历史里。作为红军长征进程中一段珍贵而厚重的历史，葛牌镇用曾经贫瘠的山头滋养了红军战士，红军战士以不屈不挠的奋争赋予了这块土地不朽的精神！

丰功伟绩永垂不朽，红军精神万古长存。此时此刻，红军前仆后继的铿锵脚步声穿过漫漫时空，如擂擂战鼓催人奋进！那盏桐油灯的灯光透过浩瀚的历史长河，在我心中燃起了熊熊信念之火！让我们继承和发扬"不怕牺牲、百折不挠、勇往直前、敢于胜利"的红军精神，让红色革命精神世世代代传扬下去！让红军长征精神在实现中国梦的新长征路上永放光芒！

奶奶的希望在秋天

秋野辽阔，秋色热烈。车子行驶在故乡的山塬，我心灵的原野与大自然的原野一同铺展开来。放眼望去，各种颜色的山花开得清艳而明丽，一嘟噜一嘟噜成熟的酸枣如红霞飘舞着，弥漫了山塬，盈满了沟壑。偶见有乡人在山坡上忙碌着，他们在长天白云下或举手摘果，或挥动锄头，或肩扛竹筐，身子与庄稼一起晃动着，我从这晃动中听到了艰辛，也看到了希望。

听从奶奶的嘱咐，我带着全家人回老家来参加堂妹秋天的送别宴席。

堂妹秋天是婶子第二个女儿，也是家族里最小的孩子。奶奶从婶子怀上秋天有了反应的第一天起，就天天睁大眼睛盯着婶子的肚子看，还时不时地让婶子猛然走几步，婶子抬脚走路，或让奶奶眉飞色舞，或让奶奶满面愁容，听说脚抬高了意味着怀的是男孩，脚抬低了准是女孩。到了九月份，婶子在乡医院生下了秋天，听说是女孩，奶奶一下子就像霜打一样，跌坐在地上，笑容凝结成枯萎的憔悴。

婶子生了秋天后就一直再没有动静。一直没有盼到孙子，这让奶奶越发地不喜欢秋天了，她叫孙女是"赔钱货"，觉得自己在村上低人一等，很少串门子，说话的声音也没有以前大了。奶奶家住在村东头，不论是去村西头的地里干活，还是去乡上赶集，都要从村子中央经过，奶奶每次从村子里过时，头低着也走得很快，碰上村上有人打招呼，一边走着一边回应一声，从不停下来和人搭话，她希望从村东头到村西头的路短点再短点，她特别害怕有人问"你媳妇啥时给你生一个带把的？"。

秋天和堂姐的性格一点都不像，她的性格用"慢、静"两个字形容最恰当，走路慢腾腾，干活慢腾腾，说话慢腾腾，堂姐和村上其他孩子一起丢沙包、玩毽子时，她坐在一边安静地看书，偶尔在堂姐的叫喊下帮忙捡捡丢到远处的沙包。她也有喜欢的东西，她在美术课本上看到了火车，就特别想坐火车，想象着坐在火车上翻过一座山翻过一条沟，火车一直向天边开去，她感觉到蓝天离她越来越近，似乎触手可及。而那个时候的她只坐过架子车，她想，火车不就是长车嘛，她便把两个架子车的车辕用绳子绑在一起，坐在上面安静地做着驶向天边的梦。有一次，她和村里的几个孩子推着架子车往村东边的一个下坡处跑，架子车翻扣到坡边的一米深的塄坎上，一个车辕压坏了，奶奶提着一把笤帚在秋天的头上一阵敲打，秋天倔强地挺着头躲都不躲，头上起了一个红枣样的包，她硬是一声没哭。在当时的农村，每年夏收可谓龙口夺食、争分夺秒，秋天做事慢腾腾的习惯，常常招来全家人的指责，最后索性不让她到地里帮忙，只让她留在家打扫卫生、烧开水，给地里劳作的人送送饭。早上太阳露出笑脸没多大工夫，天边出现一朵朵灰色的云从四周往一起积聚，奶奶就下令："上午不许回家吃饭，北梁上那片麦子熟得快要落了，今天一定要收完，啥时收完啥时回家！"奶奶带着全家人出门，叮嘱秋天正午时烧些稀饭和馍送到地里。太阳开始西斜了，地里的人没有等到秋天送吃的，便让堂姐回家来取，堂姐进门时，秋天趴在炕边一手拿着笤帚一手翻着书，灶口还没有生火，当然免不了被奶奶一顿笤帚敲打。奶奶常常骂她："就你这慢性子，接乌鸦拉的屎都接不上，长大还不饿死？"那时她心里就悄悄地说，我长大了一定是挣工资吃饭的，才不会接乌鸦的屎呢。

　　转眼间，秋天小学毕业，堂姐也上了初三。奶奶的身体一年不如一年了，地里的活主要靠婶子，十亩田地耕作收种、间苗除草，都需要一个帮手。堂姐马上要中考了，奶奶就提出让秋天辍学回家，秋天当然不愿意，奶奶就承诺她回家后每年都有新衣服穿。秋天在奶奶连哄带劝中辍了学，穿着一身新衣服，当起了放羊娃。每天早上，她和村里其他放羊娃一起牵着家里的两只小山羊去村东头的沟坡上放牧。一群扎着小辫子的放羊娃，坐在杂草丛生的沟坡上，沟坡上的草丛中开着一种白色的小花，像一片散开的星星闪亮闪亮，怒放了一片属于她们放羊娃的天空。羊群吃草会吃饱，放羊娃的灵魂却永远是饥饿的。秋天坐在沟坡上，心念却挂在手中的书上，她手里拿着堂姐的初一课本，思绪被书拽得长长的，飞着、飘着。

一只羊丢了，秋天坐在沟坡上不敢回家。回家的放羊娃喊来了奶奶，奶奶带着秋天满沟满坡地找，没有找到。当看到很晚才回家的秋天时，奶奶拿起那把笤帚，在她的头上又是一阵敲打，骂着："咋就生了你这个赔钱货？"

草绿了，草黄了。堂姐没有考上中师，想上高中，奶奶不同意，家里又多了一个劳力。堂姐辍学回家后，秋天就开始闹着要去上学。"丫头片子上什么学？"秋天不服气，背起堂姐的课本偷偷跑到学校去了。无奈之下，奶奶只好满足了秋天的要求。重返校园以后，秋天比以往更加刻苦读书。她初中毕业那年，堂姐嫁给了邻村一个比她大六岁的男人，这个男人长得很结实，不但是干农活的一把好手，而且还是当地的烤烟能手，他烤出来的烟叶黄亮黄亮的，每年都能卖个好价钱，他对堂姐也疼爱有加，堂姐三天两头带着男人回家帮奶奶干活，还时不时给奶奶一些零用钱。家里的活有人帮忙了，秋天也就有了继续上高中的机会。三年后，她以全县第二名的优异成绩考上大学，大学毕业后留校；后来，她又在北京读了几年博士，每年只回家一次，都是急匆匆回、急匆匆走；今年，她又要到美国做博士后了。

……

我到家时，奶奶正在大门外拿着扫帚一边扫着一边四处张望着。看见我，奶奶急忙把扫帚撂在地上，叫着我的乳名快步迎了上来。"七姨，你收拾这么干净干啥呀？呀，你大孙女回来了？"隔壁张生媳妇出门看见我和奶奶便问。"我家秋天要去美国做博士后啦，今天给她摆欢送宴。"此时，奶奶那稀疏的眉毛扬得高高的，自豪的光芒从双眼满溢出来，在纵横交错的皱纹中闪烁着。

晌午，全村人都知道了秋天要出国留学的消息，前来向奶奶道喜的村民络绎不绝，奶奶被村人的夸奖声捧得老高，说话爽朗，笑声清脆。她在大门口招呼着一拨人，又送走着一拨人。

"秋天回来了……"不知谁喊了一声，奶奶赶忙向村西头跑去，双肩被喜悦荡得一颤一颤的。奶奶一边跑着一边向两边张望着，此刻，她希望从村东头到村西头的路，再长点，再长点。

堂妹秋天终于离开了羊群，走出了那开满白色野花的沟坡，她像一只展翅飞翔的燕子，拥有了自己更广阔的天地，她以自己的行动向奶奶证明了孙女并不比孙子差，当年奶奶没有想到会有今天。

王关顺

陕西省洋县人。世界汉语文学作家协会陕西省汉中市分会副主席、签约作家，中华风采人物全媒体（杂志社）汉中栏目主任，《记者报》陕西省编辑部主编，《作家摇篮》杂志签约作家，中国乡村作家人才库作家、会员，陕西省青年文学协会会员，陕西省编剧协会会员，汉中市作家协会会员。

村里的守望者

空荡荡的村子看不见几个身影，只有一把把门锁是那么显眼。

随着时间推移，时代进步，城市工业发展，越来越多的人进城务工，村里寥寥无几的老人守望着村庄，看着每家上锁的门庭，只能露出无奈落寞的眼神，每天在村里转着，想把这里的所有都记在心里，生活了几十年的地方不是谁一下子就能忘记的。看着谁家门前长草了，随手拔掉，谁家屋顶下大雨漏了，用手中的拐杖拨一下瓦片，在这个屋子主人没有回来的时候，他们就是屋子的主人，为他们守住最后的阵地，是同村人的责任，也是一种同宗同族的情怀。

王胡，今年65岁了，有三个儿子，妻子已经去世十多年了。大儿子在外县工作，不用他操什么心，每月回来看他一次，给点零花钱；二儿子在别的乡镇做了上门女婿，也不用他操心；只有小儿子今年也快40岁了，还没有结婚，去南方打工好多年了，也没挣到钱，几年不回来一次。现在户口本上就他和小儿子两个人，老人只能在村里看着、走着，把心中的牵挂、无奈和忧愁消磨下去。

一辆小车驶进村里，车上下来一对年长夫妇和自己的子女，走进自家的院子，望着久不开的门锁，东瞅瞅西转转，长叹一声："这么长时间没回来了，看着门上都不是人住的了。"看见有人回村了，老人赶紧走过去瞧瞧，是谁家回来了，年轻人还是老人。

"他叔，在屋好着哩吧，身体咋样，没种地了吧？娃们在外好吧？"看见老人来了，回来的老年夫妇赶忙问道，把烟一块儿递了过去。

"好着哩，好着哩，你们还好，进城享福了嘛，还回来看看，娃们还好？"王胡吸了一口烟问道。

"都好都好，小的今天一路回来的，回来看看，城里再好，咱们的先人还在这里嘛，不回来能行吗？"

就这样一句一句地聊着，这也是老人难得的一次笑声和舒坦。中午在这家吃了一顿他们从城里带回来的饭。看着离去的车，他又一次变得沉默，不知道下一次谁家回来，也不知道小儿子在外什么时候回来。

"老王，走，赶场去。"

"好，来了，甭急，我把烟拿上。"

这是每逢三、六、九，邻镇逢集，同村的几个老人相约到集上转转，不为买东西，就是去人多的地方散散心，碰上几个熟人聊聊天。

"老王坐车，捎上一路热闹，快嘛。"一过河，面包车司机就招呼他们坐车。

"我们不坐，又没啥事，早去赶黑回来就好了。"几个老人摆摆手说道。

"坐那车做啥，我们走了一辈子这条路，咱们又没事，赶个场，过河来回两块钱，街上吃个饭五块钱，再坐个车来回四块钱，都十来块钱了，就不划算，咱就是散个心嘛，花那钱干啥？"老王说。

"就是的，咱们受苦一辈子了，现在没用了，就是给娃们省点是点。"几个老人一路上你一句我一句地聊着。

到了集市，他们东转西瞅，这看那看，王胡买了几斤挂面，上次大儿子给他拿的已经快吃完了。另外几个都没有买什么。在街中间的一个小食堂一人吃了一碗炝锅面，比他们自己在家做的好吃多了。吃完稍坐了一会儿，王胡提着那几斤挂面与几个老人慢慢悠悠地往回走着，其中一个还哼起了秦腔，心情像小孩子一样的几个老人此刻忘记了一切，凉风、鸟叫陪伴着他们无忧无虑地向前走着。

"老王，村里大部分人都搬走了，你一个住这里心慌吧，住外面交通、买东西、出门都方便，不比住这里好？"驻村第一书记在门头的大路上问着正在晒太阳的王胡。

"咱住这里几十年来，娃们都不叫我操心了，就这小娃还没结婚，我要没能力管了，住到娃们屋里，哪有我这一大自在？吃饭由自己，睡觉由自己。住人家家里跟着他们吃，得随他们的口味，咱们不习惯。"

每天不一样的天气，几个人和那几扇开着的门，王胡的生活还是一如既往，自由自在地过着自己随心的生活，看着空荡的村子，有沉思也有失落，晚上躺在床上，也在问自己"守在这里是不是自己想要的，外面的生活是不是比这里好，自己要不要也走出去"。他自己没有答案，只能随着时间慢慢地淡忘，继续着自己留守的生活。

老邓

老邓，大名郑西才，大家为什么叫他老邓，我不知道。在外人眼里他一直忙碌着，一晃也 70 岁了。他是村里仅有的几个外姓人，但是在村里从来没有和别人发生过矛盾，是很和善的一个人。

1986 年他从镇巴县来到村里，因为妹妹嫁到这里，家中生活负担重，没有劳力，在那个年代生活非常艰难。所以妹妹叫他来，一方面在镇巴老家只有他一个人，另一方面请他来帮衬自己的家庭。他来之后一直也没组建自己的家庭。

现在回头来看，他的一生有太多的无奈，生活中的不幸、家庭的变故，让他在很多时候选择了放弃。1966 年，年仅十二岁的他失去了父亲，母亲长年患病无法从事体力劳动，下面还有两个妹妹。父亲去世后半年，母亲也去世了。剩下他们三兄妹，他挑起了家庭的担子。1975 年，他开始担任生产队副队长再到队长，1976 年，一个妹妹经人介绍到洋县黄家营镇蔡坝村成家，1977 年，初因为各种原因，他不再担任生产队干部。1986 年，应妹妹的请求来到洋县。那个时候妹妹家加上他七个人，妹妹的公公眼睛看不见，且无法行走，丈夫还有一个妹妹没有成家，丈夫又是一个老好人，行走还不太利索，家庭非常困难。看着卧床的老人，妹妹不太好意思上前为老人换衣服，老邓拿出自己的衣服给老人换上，把脏衣服拿去洗，并耐心指导妹妹妹夫照顾老人。

老邓一生未婚，照顾着妹妹一家人，前几年妹妹妹夫相继去世，外甥女也已成家，他一个人在村里居住，不大的房子，他每天收拾得很整齐。他的眼睛一直不好，一直也查不出原因，好在基本生活还是不受影响。

我问他："怎么不去和外甥女们一起住城里？享几天福嘛。"

他说："我去住了半个月，不习惯，住农村习惯了，城里吐口痰都不方便，哪有我住村里自在？只要身体好，比什么都好。"

在那个年代，生活所迫，很多人为了家庭放弃了很多，用自己的肩膀扛起了所有。老邓放弃了自己的幸福，去帮助妹妹一家，无私地付出自己的一生，无怨无悔。正是老邓这样的人的付出才让更多的家庭没有后顾之忧。像老邓这样的人值得我们尊重，他们的行为和精神是我们这代人应该去继承和学习的，我在心中祝福老邓和像老邓这样的人身体健康，晚年过得舒心。

关帝庙的传说

很久很久以前，关武大帝厌倦了整日待在府邸的清闲日子。他决定再次回到凡间，游览风光，体验人间疾苦，满足凡间民众的愿望。

他带着随身童子，沿着关中大道翻越秦岭山脉，准备进入蜀地，一览风光。翻过秦岭，不日，他们踏入洋州地界（今陕西洋县），只见这里到处鲜花盛开，鸟叫蝉鸣，牛羊成群，农人悠闲。人们或三五成群闲聊，或背手散步，或歌舞嬉戏。这是他下凡间以来第一次看到凡人有如此悠闲的生活。他们从大道上的一条小路一直向北进入山中，沿途人家越来越少，数十里不见一户，但是沿途风景秀丽，时有动物路过，对他们视而不见。

沿小道上行五十余里，只见一户人家，他们下马观望，但见三间茅屋，四周用树枝扎成篱笆，屋门紧闭。

童子上前敲门数下，不见回应，童子返身走时，只听屋内传来虚弱的声音："谁呀？"

听声音像是上年纪的人，还生了重病。

童子转身回道："老人家，我们是路过之人，想进屋讨碗水喝，不知是否方便。"

半天只听得："进来吧，门没锁。"

推门进去，只见老人一人卧床，再无别人，大帝问道："老人家，怎么屋内就你一人，不见儿孙？看你样子，像是病得不轻，也不见你有服药的迹象。"

"唉，家中只有我和儿子两人，老伴已经去世，我前些日子染上风寒，一直不见好，儿子上山砍柴还没回来。家中穷，没有多余的钱看病，年龄大了，累赘了。"老人说道，"你们坐，桌上有水，你们自己倒，家中也没什么吃的东西，一会儿我给你们做点干粮。不知两位是哪里人氏，怎么到我们这个地方了。"

　　"老人家，我们是山西人，要去四川，见你们这边风景秀美，沿路上来，这里怎么就你一家人？周边还有多少户人家？"

　　"沿着小路上去二十余里还有两三户人家，都是穷苦人家，住在这里，避免战乱和土匪祸害，勉强度日罢了。"

　　看着眼前老人的无奈，关武大帝转身对童子说："我开张方子，你去街上药铺抓上几副药回来，我四处转转。"

　　开完药方，童子离去，大帝和老人聊了几句，又沿着小道向前走去，只见山上各种树木丛生，山下溪水流过，鸟儿四处飞翔，偶尔还能看到野兔等生物在溪边饮水。景色如此优美，让人舍不得回去。不远处只见一人挑着一担柴向下走来。大帝想应该是老人的儿子砍柴回来了，连忙上前打了招呼，并帮着他挑柴回家。不一会儿童子也抓药回来，他们做饭的做饭，煎药的煎药。吃完饭，看着老人服完药，大帝说："老人家，我看你这里环境优美，很适合人居住，我俩想在这里住上几天，不知道是否方便？你放心，我打猎在行，不会白吃白住的。"

　　"只要你不嫌弃，你就住吧，老伴走了，就剩下我们父子俩，你们来了刚好有个伴。"

　　就这样，大帝和童子一住就是小半年，童子在家照顾老人，大帝和老人的儿子上山砍柴打猎，闲时再教老人的儿子一些拳脚功夫和骑马射箭。老人的身体越来越好，儿子在大帝的教导下本领也日渐增长，每天上山打猎都有大收获。除去家中留下食用的，剩下的猎物全部拿到街上变卖。日子也渐渐富裕起来。

　　时间又过了几个月，大帝算算在这里住下快一年了，这天，他和童子说："我们该走了。"

第二天他们起得很早，没有打招呼，只留下一些银两及一封书信。老人和儿子起床后，看到书信和银两，才知道他们已经离开了。

老人想到这近一年时间的接触，只知道他们是山西人，却不知道他们的真名是什么。拆开书信，上面写道："关前斩将英雄志，云中四海万里路。长空一啸五谷丰，呈起富贵民永乐。"

他们识字不多，就把书信放在一边，虽然心有不舍，但是日子还是和往常一样，老人的儿子每天上山打猎都有收获，日子越来越富裕，翻建了房子，娶了妻子，过了几年孩子出生，家中人口多了起来。周围的土地不管旱涝种什么都丰收，慢慢地陆续又有几家人迁了过来，他们热情地接纳，不到几年，这个地方就住了十几户人家。一位年轻后生想一探究竟，便来到老人家中，此时的老人已经八十多岁了，却精神饱满，无任何疾病。后生向老人说明来意。老人笑着说："说来也怪，我们这个地方以前也是靠天吃饭，只住了我们一家人，自从有一天来了一位红脸大汉和一位随从在我家住了近一年，从他走后，我们这里就是种什么收什么，不管什么天气好像对我们这里都没有影响。只是这位大汉走时没有留下姓名，只留下书信一封和些许银两。"

"老人家，能不能把书信让我看一下？"后生问道。

"我们也不识什么字，看不懂什么意思，给你看看也好，我给你拿去。"

后生接过书信，看到上面的字，不由大惊："老人家呀，你可是碰到贵人了，你说那个人是红脸大汉，你看他和我身上这幅画上的人像不像？"

老人仔细端详，连说："像，像！就是他，简直一模一样嘛，你怎么有他的画像？"

"老人家呀，你知道他是谁嘛？他是关武大帝，武财神！你碰到神仙了！"

就这样，口口相传，不久后人人都知道这里有关武大帝下凡。老人回想近年来的种种迹象，也深信是关武大帝下凡相助，心存感激，便叫儿子带人选址建了关帝庙，以供后人供奉，并教导后人要心存善良，勤奋努力。从此，各方来此朝拜的人越来越多，举家迁移的人也越来越多，逐渐有了百十户人家，形成一个自然小镇。一直到今天，居住在这里的人还延续着这种勤劳致富、善良质朴的传统，为明天的幸福日子而奋斗着，关帝也成了这个地方无法抹去的记忆。

我在汉江边等你

　　作为一名文学爱好者，我很珍惜每一次接触文字的机会。2019年我在省作协组织的报告文学培训会上，向同住的老师借阅了《作家摇篮》杂志。看到顾问孙兴盛的名字，我对这本杂志的兴趣就更浓了，在陕西文学界，孙老师的名字文学爱好者都有耳闻。我希望能有机会见到他，向他请教学习。

　　2019年年底我看到《作家摇篮》杂志招收签约作家，抱着试试看的心态加上孙老师的微信，并发去自己的简历。几天后孙老师回复我说已经通过我的申请，并给我很多鼓励，让我今后多写作品，多在群里同更多的签约作家交流。之后我们在微信上聊天，我的好几篇文章在《作家摇篮》上发表，每次发表前他都对文章进行指导。我有困惑向他请教，他都在微信上耐心为我解释和提出建议。

　　我住在汉中洋县，位于汉江边上，洋县梨花、油菜花开时，我几次邀请孙老师来洋县转转，希望能与他见上一面，总是因为各种原因错过。他说："有机会的，洋县朱鹮很有名，景色很美，等我闲了，天气好了，我就过来。"2021年很长时间没看到孙老师的动态，我总以为他忙着，就没有问候和打扰他。在我的印象中他很和蔼、精神状态很好，我总想着有一天我一定邀请他来洋县，请他喝茶，带他游览汉江，观赏汉江黄金峡的美景。

　　突然有一天，我在微信群内看到孙老师离世的消息，除了突然就是震惊，更多的是不舍，那么和蔼慈祥，我心中如此敬重的人怎么会突然离开？我还想着与他游汉江观美景呢。那一天，我站在汉江边上，仿佛看到那个慈祥的老人正在汉江的船上畅游，对两岸的绿树青苔、水中奇石等美景赞赏有加。闭上眼睛，我仿佛与他站在船头迎风行驶在汉江上，感受着汉江水的味道，听着鸟叫，看着水中鱼儿与石头上的水鸟，心中多么舒畅。

追悼会那天我因为路远未能赶到，看到微信群内发布的现场照片，看到每个人用自己的方式悼念着孙老师，我的心里充满了说不出的滋味。虽然我们没有相见，但是通过微信上的交流，我早已把他当成一位敬重的师长、一个能与之谈心抒情的人。他已经离开几个月了，但是他的微信我还保留着，他那张和蔼脸庞的照片还在我的相册里。在我心中他还是我素未谋面的老师，我还在等着他来洋县喝茶游江，现在每次翻开《作家摇篮》，还是会想到孙老师，想到他的教导、鼓励，心里默默说道：孙老师，我在汉江边等你！

黄金峡之代阳滩事故

　　知道黄金峡的人很多，但是真正了解黄金峡、沿河道走过黄金峡的人很少。太多的人和事让黄金峡更让人向往。20世纪之前交通不发达的时候，汉江作为水路运输的主要交通道路，每一洼水、岸上的每一块石头都有说不完的故事。

　　20世纪70年代，安康市紫阳县发生洪涝灾害，在那个物资匮乏的年代，人们生活极其困难，各地居民省下口粮向灾区伸出援手，与灾区人民共渡难关。居住在汉江南岸的蔡坝村也捐赠了15吨干红苕片运往灾区。当时生产队里还有船只，但是能驾船的"太公"（船夫）很少，几个年轻"太公"都在忙着。以前驾船的老"太公"都已经十来年没有在汉江上跑船了，但是筹集的物资又要及时运送灾区，经过各方面的讨论，最终让已经十几年没有驾船的老"太公"中岐二爷跑一趟。虽然十几年没有跑船了，但是中岐二爷年轻时在汉江航道上是数一数二的"太公"。经过一番准备，所有货物装船，船上所需物品全部准备妥当，二爷和村里的后生重新坐在船头，装载着全村爱心的船只缓缓地驶出蔡坝码头。一路上走真佛过金河口，船只顺水而下，二爷再一次看着当年自己上汉中、下石泉走过的黄金峡二十四滩，心里美滋滋的。

　　"怎么样，找到您当年驾船的感觉了吧？您今天没有把墨镜戴上，听说您当年戴着墨镜，站在船头，领着十几艘船，上汉中、下石泉，威风得很！沿河两岸都得尊称您一声'王师'或'中岐爷'。"一位后生在闲时和二爷聊起天来。

"娃，不提当年，吃河道这碗饭，看似平静的水面才要更加小心。前面过了史家村，才是真正的顺风顺水，现在一点都不敢大意，这么多年没走了，水底有多少变化我也不知道。给这些娃们说，不敢大意。"二爷说道。

顺水而下就是快，前面转个弯就到史家村，按正常路程，船只晚上在史家村过夜，所有人休息，第二天再走。可能一路上太顺，黄金峡二十四滩就剩一个代阳滩。代阳滩位于史家村边上，走左走右都有伤船的可能，走到这里的"太公"都会捏上一把汗。已经过了十几年的代阳滩，二爷心里还是没有底。看着一船十几吨东西，这里也不是停船的地方，只能碰运气一狠心走左。只听砰的一声，二爷说："不好，狗娃，赶紧把船头稳住，留几个人在船上，剩下的人下水，船底一股水已经渗进来了。"看着渗进来的水，二爷也不知道怎么办，停留片刻，只好硬着头皮叫人回村里报信，让村里派人来帮忙减少损失，再叫修船匠来维修船只。

第二天，村里大部分人都赶到了，全村人一起动手，把泡水的苫片捞起在旁边的沙滩上晾晒。几个船匠不分昼夜地修补船，就这样，经过半个月的晒晾，大部分苫片还是捡回来了，又重新装回修好的船上，让另一个年轻"太公"带人将物资安全送往灾区。

虽然此次事情，经过全村人的努力，没有多少损失，但是二爷还是对自己的这次失误感到懊悔，驾了一辈子的船，却没有一个完美的收官，这也是二爷晚年时经常说的事情。也许他也是想告诉我们，任何事、任何地方都不要大意，每走一步都要踏实，才能走得稳当。

我和爷爷的那些日子

时间过得很快，一晃眼爷爷已经去世十几年了。在我的印象里，爷爷还坐在那间老屋里，看书打盹。每当我走过那间老房子时，瞬间又让我回到了那个年代。

在我读小学二年级的时候，爷爷奶奶在地里干活时，奶奶因为突发疾病倒在了地里，在那个年代交通医疗都不方便的情况下，奶奶去世了，那一次我看到爷爷哭了，这也是我第一次看见大人哭。从那以后爷爷很少再下地里去干活，父亲兄弟四个，每年每家给些粮食等物品，够爷爷生活了。

我读三年级时就经常去爷爷那里，因为他那里有很多书，都是历史传记类的书。那时候我有很多字还不认识，就听爷爷读，慢慢地认识的字越来越多。我最喜欢看的还是关于隋唐时期的书，从《隋唐演义》《薛仁贵征东》《薛丁山征西》一直到《薛刚反唐》。还有很多人物传记在那时候我都听爷爷读过，给我讲过，再到我自己看。

我是一个比较内向的人，这也是爷爷经常批评我的地方。他经常告诉我："胆子要大一点，该说的时候就要说话，不要怕，但不可蛮干。"但是，到现在我也没能做到大声说话，改变内向的性格。

二叔家的堂哥去西安上学，爷爷经常告诉我，要多看书，将来上个好学校，才能出人头地。每当堂哥来信，他都自己看一遍，再让我给他读一遍，然后告诉我："我让你读一遍，不是我要听，而是让你从他的信里了解更多的知识，知道外面的事情，现在你军军哥去外面上学了，我不操心了，你在其他孩子里年龄最大，加上你不爱说话，不好好上学，留在村里能有什么出息？"那时候我喜欢去他那里，除了看书，也喜欢听他讲很多他以前的事。

他告诉我："我和你大爷、二爷弟兄三个，当年我们父亲去世时才三十多岁，那时我十二岁，正在洋县读高小，你大爷已经成家和我们分开过了，你二爷十五岁。为了生活，你二爷上船从抱纤担开始，到最后当太公。我读完高小，当时还是民国时期，我就去了部队，在部队年龄小，当了文书，几年后回来，在公社当保长。后来拉兵，我不忍心把自己家门的很多兄弟拉走，就在拉兵前故意提醒他们。拉不到兵，最后我又顶兵再次去了部队。临近解放，那时在重庆部队，已经不打仗了，说是让我们全部去台湾，害怕我们逃跑，天天叫人看着我们。我这个人平时不得罪人，有时还帮几个人，一个司机和我关系很好，有一天他要运送一批东西出重庆，过来悄悄问我，想去台湾还是回家，如果想回家，他有办法把我送出重庆。我一听，当然说想回家，所以他就把我藏在他运送的货物中间拉出重庆，放在了当时一个叫熊寨的地方，又给我一点干粮。后来我边走边搭方便车，走了多半年才回来，以后就没怎么去过外面，后来你大他们弟兄们多了，我又开始带着他们修了你们现在住的那六间房，我这一生说胆大的时候胆大，胆小的时候也胆小，所以你要改改你这不爱说话的毛病，怕个啥？说错了就说错了，谁能把你揍啥？"

"爷，我不想念书了，我想去当兵，念书成绩不太好。"

他听了我的话，没有责怪，只是说："当兵太累，经常出操训练，你吃得了这个苦？我说你学个技术，不管什么时候都饿不了，一步路走错就不好回头了。"

几年后的一天我回去，他在前面大场晒太阳，二大告诉他："顺顺回来了。"

看到他蹒跚的身影，我赶紧跑过去拉着他的手："爷，我回来了，你这几年过得好吧？"

"好、好、好着哩，你咋这几年也不回来，你军军哥他去德国了，上半年来信了，你给念念。"我看到他脸上除了自豪更多的是挂念。

"爷，我要出去一段时间，你注意身体，到时回来我再来看你。"

"好，好。"

这是我和爷爷说的最后几句话。我走后的一周，父亲来电话说："你爷走了，在屋里停不了几天，太远了，回不来就算了。"

那时我在浙江去天津的路上，当时没有快车，算算时间，回去也赶不上爷爷出殡。最后就没有赶回去，当时军军哥在德国，也许在冥冥之中爷爷在最后时刻看到了我，却没有看到他最为自豪的另一个孙子。

我回家后的第一件事就是来到爷爷坟头，告诉他："爷，我回来了，我喜欢坐在你身边，听你读书，听你讲故事，以后我再也听不到了，以后我常来看你，还听你说话。"

结婚时，我坐在他坟头旁边告诉他："爷，我也结婚了，我会好好的，虽然我没有大出息，但是我知道什么事该做、什么事不该做，我会努力做好每件事，过好自己的生活，走好自己的路。"

一晃十三年过去了，我一直认为爷爷还坐在那间老屋里，看书读书，在大场上晒太阳，看到我回来，拄着拐棍向我走来，笑眯眯地说："顺顺，回来了，走，屋里坐，还有些米酒你冲点喝。"

一间老房子，一本书，一张圈椅，一个老人，旁边一个小孩仰着头聆听着他读书。

一间老房子，一箱书，两个身影，一个老人，一个小孩，那种景象不会再现。

结婚是为了什么

结婚到底是为什么呢，是为了传宗接代还是为了自己的生活过得有滋有味？现在我们到底有多少事可以随心所欲地去做，有多少人可以坐在一起畅所欲言，又有多少话可以无保留地说出来，想哭就哭，想笑就笑呢？朋友结婚时，我都会对他们说："人生很短，成家立业，今天你做到了，生活很简单也很复杂，婚前的甜蜜、恩爱等在婚后都会被家庭琐事和生活中的小事取代和围绕。你们结婚我很高兴，婚前你们是恋人、是情人，婚后你们是夫妻。我希望你们在婚后多些理解和包容，多些和谐。做做主人再做做客人，做一辈子的夫妻、一辈子的情人，生活有彼此就是最幸福的。"

我认为结婚就是让自己的生活不孤单，有个家。因为一个人是一个个人，两个人才是一个家，夫妻不是谁依赖谁，也不是为了男女之欢，而是互帮互助，共同走完人生的这几十年。所以既然决定和一个人结婚，就要对自己做的决定负责，这也是对自己负责。相识是缘，相知是分，相守才是缘分。每个人都有自己对婚姻的理解，只要两个人共同用心去对待，婚姻才是最好的，那个时候你就会知道为什么要结婚。

张少锋

　　1984年生，陕西凤翔人。中国散文学会会员，陕西省青年文学学会会员，西安市作家协会会员，《西北作家》《作家摇篮》签约作家。作品散见于《文学陕军》《当代作家》等。

阳台那一抹绿

我不谙莳花弄草，也就从未买过盆景，别人赠送也是挑省事好养活的。即便如此，植物在我的照料下还是容易香消玉殒，但我还是极其喜爱看到满目葱茏的景致。

搁置在阳台许久的瓦盆，早已没有往日的蓬勃生机，连杂草也没有生出，只是形成了几块土疙瘩。记得小时候，乡下田间的土路，人踩，车碾，牲口踏，瓷实得一镢头下去都崩不出个地缝，轱辘碾过的车前草能越长越壮，一场烈日中的白雨过后，就发疯似的蹿长，是野性还是吸收了大地的能量？乡野田里有遗撒的粪土，夜雨瓢泼晨露的湿润，旷原夜风的轻漫，候鸟跳虫的啼鸣，朗空星辰的出没，看来这瓜果飘香是要按季候的。是我疏于照管，使得几个花盆许久地抛荒在阳台。

晨起，往几个瓦盆里注水，到了午后时分，把润湿了的土块倒在斗大的泡沫盒里，一撮一撮地捏碎，像和好了的面，是松软的。从厨房捏几粒豆子埋在土里，期待着发芽。母亲说，居民都养花呢，农民才种五谷，现在也不是点瓜种豆的时节。我说没事，土地里长大的人，在水泥楼里也要找地气呢。我心想，只要种下去，这方土和种子是不会骗人的，等扯蔓之后，顺着栏网往上爬，咱就图个抬眼看景儿。没几日，几根绿秆破土而出，展开一对叶瓣，绿蓁蓁的，全盘出苗十来棵，却也给阳台带来一份生气。而后，便习惯性地晨起洒水，夜晚照看。强烈的阳光与充沛的水分，使得豆苗儿长得过快，像药水泡过的黄豆芽，把儿太长，不几日多半就栽倒在泥土里，母亲的话应验了。我的心情顿时像霜打的茄子。令人慰藉的是，有四五棵长势缓慢的豆苗侥幸地存活下来，开始抽蔓爬秆扩叶子。这方泡沫盒里还留有些许空地，夏秋是瓜果丰盛的季节，收获了这几条绿蔓后，我就有意地把菠萝头、西瓜子、南瓜子、桂圆核、荔枝核填进泥土，任其自生。种子出土冒尖了，秧苗枯萎趴窝了，渐次丛生得不亦乐乎，引得壁虎从这里溜过，这是生命的呼吸。毒辣的光线透过斑驳的树影让人觉得刺眼，豆蔓爬得一人高，嫩芽幼苗被晒得耷拉着脑袋。在一簇深绿的茎叶下，但见一棵苗儿，从土里抽出的细长红褐的秆儿顶着四片狭长弯曲的叶子，寻不到第五片叶子的出处。直觉告诉我，这不是北方的物种，从网上查到这是荔枝的幼苗儿。我专门从网上购得一包黑土肥料施到这方地里，将长寿花、肉肉花移栽进去，成了一块种类繁杂的小沃野。

夏雨过后，我抱着学语的儿子，教他说着菠萝、豆角、荔枝。在绿色下的土壤间，有细小的蚯蚓在蠕动。

树的记忆

　　人非草木，孰能无情，是说人有情有义，而草木无知觉亦无情感。

　　去年秋播之后，我骑车带父亲去东边邻村姨家送节礼。到了村口，顺着父亲的指向，从村子西边的水泥路朝南驶去。小时候非常熟悉的路，在脚下却变得陌生而遥远，曾经的学生、小路、土厦房都换了风貌；眼前的物是人非，诉说着时间的飞逝，这或许就是家乡和故乡的转变吧！秋阳很好，远远近近的村庄散落在旷野里，成熟的草木气味夹杂着泥土的清新，充满了整个原野，一切都显得舒适而自然。印象中，在村子不远处，有一棵老皂角树，虽没有见过它结皂荚，它却长年累月地扎立在那个位置，也根植在我记忆深处。远走他乡的那些年，多次在梦中走近它，聆听过田野中鸟叫和风吹的声音，看到它长满刺的树冠葱茏墨绿。终于从梦中回到了现实，可以再次仰望那棵皂角树了。车子南行，我不时向那个方位望去，却不见老皂角树的身影，取而代之的只有一簇灌木。父亲说，那就是老皂角树，不知道啥时候倒了。我心里一悸，树怎么就倒了？因要赶路走几家亲戚，我未停下脚步去看望它，在随后的数月里时常想起，那次就像错过了陈年旧友。

　　那棵皂角树，乡人们叫它"圆蛋树"，也叫"罐罐树"。因长在平整的田地里，远远望去躯干短小，枝繁叶茂，树冠庞大，像坠落于田间的绿色球体。走近它，枝叶密密匝匝，遮天蔽日，树干需四五人合抱；更为奇特的是，在它主干的地面处，有一个半圆空洞，从树内一直通到顶部，仅靠坚硬的躯壳支撑着整个盖伞，俨然一个空罐罐。谁也说不上来，它城堡似的躯干是怎么造成的，只是流传下来一种猜测，是雷电烧灼而成。至于它有多老，当初是人为栽种还是野生的，更成为一个永远的谜了。它是一位历经沧桑的老人，往事早已随着野风消散了，只留给后来人无尽的遐想。它罐罐式的躯干，就成了我们小时候的一处游乐场。约几个伙伴，你跑我撵、嘻嘻哈哈地奔向皂角树。开春返青的麦田像松软的地毯，我们挖荠菜、放风筝、驴打滚，尽情地玩耍。快到皂角树的时候，一个个像赛场上最后的冲刺者，看谁先钻进树洞，骑到树干上，那种欣喜胜过成年人的满载而归。此时的皂角树会张开臂膀，将顽皮的孩童们一一接纳。我们骑在分蘖四散的树枝上，望向不同的方位，用喊叫抒发着登高之后的快乐，麻雀似的在树上叽叽喳喳。由于树干不高，我们可以从树枝跳到地面，再从洞子里钻上来，真正体验了几年的"上蹿下跳"。有人骑自行车经过，不时抬头看看，被我们的欢天喜地感染得开心一笑，仿佛找回了小时候的时光。家里大人听说娃娃们要去皂角树玩，会说那树上有长虫、毒刺，甚至吊死过人来吓唬，而这些往往被娃娃们当成耳旁风，因为在树上，耳旁呼呼而过的风吹得开心，吹进了心里。

大路与树之间，斜着一条羊肠土路，从皂角树下分岔成两条小路，被称为"叉叉路"。我初中在镇上读的，骑自行车走石头石子铺的大路，直直往东而去，不再走那条疙里疙瘩的土路了。高中在西边九里开外，离家较远，我属于住校生，到了周末回家背一次锅盔。我觉得上学的方位由东边转到西边，无非就围着村子打转转，一心往前看，并没有意识到那声嘶力竭的欢呼，那仰天大笑的纯粹，那清纯彻底的童年，其实都随着时光悄悄远去了。而后，我像逃离似的去了异地求学就业，很少再有时间走亲访友了，南下江南水乡北上首都一带平原，兜兜转转了国土的一半面积之后，在省城安定下来，成家生子，一颗浮躁的心算是尘埃落定了。算来，近三十年的光阴就这样过去了，曾经的小学生有了自己的孩子，孩子也要成为小学生了。时光匆匆，别了，那个梦一样的童年！

秋去春来，年复一年。又一次春节，我回到了老家，带着儿子走在田间的小路上，他指向不远处问火车啥时候开过来，问地里的麦苗为啥是黄绿色，大公鸡为啥还不打鸣，要我带他去追西下的夕阳，每个人的童年都是天真而可爱的。翌日，我与家人到镇上的大棚里采摘草莓，路过邻村时我提议回程看看那皂角树。十来分钟后，车子停在离草莓棚不远的停车场，路边的牌子上写着采摘、售卖奶油草莓。我前去搭话，操着江浙一带口音的生意人说，售柜里的草莓二十元一斤，若进棚现摘要四十元一斤；儿子喊着要摘草莓，提着小塑料篮子高兴地喊着："哇，摘大草莓喽。"一家人按一百元计算，占地二分的大棚每天接待十来拨人，一天收入就是一两千元。如果在丰年里种十亩小麦，经过一季的施肥犁地、播种除草、收割晾晒，也达不到一亩草莓的收入。近年来，乡村的年轻人到沿海城市打工挣钱，而江浙一带的人，深入到内地，在渭北原上廉价租赁成片土地，栽种各种经济作物，再向附近市场出售，投资小而见效快。不变的是土地，带来的效益却有着巨大的差距。

回程时，车子驶在乡间的水泥路上，走走停停，寻访着通往老皂角树的小路。早春的天空高远而深邃，阳光温暖地照着大地，村庄沉浸在节日的氛围里，一位老人拉着架子车在土场边捡拾废品，偶尔有几声不知名的鸟叫声。终于，车子在靠近皂角树的地头停了下来。我们信步走向那棵皂角树，个把月没下雨雪了，麦地土壤松软，走过时能带起尘土，好在即将会有一场及时雨，麦苗等待着雨水返青，春雨贵如油啊！此时我的心情五味杂陈，我是去看一位连它自己都记不得年轮的老者，曾经带给我儿时快乐，而后又轰然倒下的老者。走到跟前，原来的"叉叉路"复为了耕地，找不到远去的足迹。皂角树粗壮的躯干不知去向，我曾经骑过的椽一样的枝干也没了踪迹，只有一簇簇枝条高耸在半空。历经沧桑的你，是怎样轰然倒塌的？是在一个暴雨如注、狂风雷电的夜晚，还是现代化大型机械将你推倒？一连串的问题又成了未解之谜。我绕着这棵皂角树转了一圈，耕种者为它留下一个椭圆的区域，是因为它的根系太过庞大了，也是因为它曾经将耕种者揽入怀抱，像孩子一样抚摸过他，给他提供了欢乐的童年。走近那棵皂角树，惊喜的是还能看到几块古老的躯干的残片，躯干上长满了新生的枝条，新生的树枝布满了皂角刺。

哦！它该是倒下了，躯干已化入脚下的土地中，倒下是为了新的开始。

与它一起化作泥土的，还有消失了的厦房、牛马人群和那个过去的时代。皂角树走过了多少个春秋，迎接了多少个生命？一个人的生命短短数十年，在这天地间如寄似尘，付出与收获都会消失在短暂的时光里。走回路边，我发现背包上挂着几枝成熟了的草刺，这当是皂角树以别样的方式赐予我的念想，它记着每个陪它走过春秋的生命，就像它的子子孙孙。夕阳西下，不变的天地，一群家鸽绕着皂角林上空飞翔。

新的一年已经到来，那簇皂角林直指苍穹，在北边长成了一个半圆，东南角的一簇成了个点，竟组成了一个巨大的问号。这是天问！

农事儿

　　夏收前的两场大风雨，让老家成片成片的小麦伏地出芽，这对庄稼人来说已是歉收了。我是在雨过天晴开镰收麦时，才匆匆赶回去的。大学毕业后，虽已常年在西安过活，但每当看到户口簿上"职业"一栏标注着"农民"，心底都生出一种安然的归属感，这是曾长期生长在农村，终生割舍不掉的乡里情结。其实，无论你身在何处，干多大的事业，容貌、口音、习性、眼界以至胸怀如何变化，也不管你是否承认，那生养过你的水土气息，都一直微妙地伴随着你，且日子越久，与你的灵魂相融得越发真切。

　　以传统劳作方式参加收小麦，已是二十多年前的事了。那时，从人们用镰刀割麦、碌碡碾场、木锨扬场、晒场晒麦、装袋到入仓的整个过程，没有十天半个月是完不了工的。在"龙口夺食"的紧迫期间，时常能看到外乡人，那是赶场的麦客，一顶草帽，一把镰刀，三人一伙五人成群，黑红是阳光为他们生计而涂抹的生活色调，邻县外省烈日下的金黄麦田，便是他们镰刀挥动的方向。学校会给学生放十天忙假，大一点的孩子们，帮大人干些拉麦捆、拾麦穗、送午饭、推麦秸、撑口袋等力所能及的零碎活，为家里大人们打下手。其间，也少不了逮蚂蚱、打黄杏、夹蜜蜂、摘甜桃、捉蝴蝶、在麦草堆里打洞的乐趣。那时的夏收是漫长的，太阳是毒辣的，农事儿是庄重的。夏收结束后，村委会的大喇叭会经常催着缴公粮，学生也要带几斤麦子去学校交作业。学校对学生实行德智体美劳全面培养，要为国家的四个现代化做贡献。后来，联合收割机开进田间地头，与镰刀一起收割小麦，不仅提高了收割速度，也省去了摊场、脱粒的工序，可极大缩短夏收周期。往往是缺乏田里劳动锻炼、观念超前的青壮年让轰鸣的收割机开进地里，半晌就割完麦子；也有老年人挥汗如雨挥着镰刀割小麦，望着机器开过的空地骂骂咧咧。言外之意，作为农民不下一番苦力，就是对庄稼的不重视、对脚下这片土地的不诚敬。

但凡一家老少有一个城市户口或吃公家粮的人，全家在街道、村里似乎高人一等，是令人刮目相看的。邻家的伯母曾说，展开自己的手掌，五个指头长短都不齐整，家家户户的贫富情况咋能完全相同呢？不过是这家的前两代人发了家、底子厚，那家后辈人多吃苦再赶上，世事就是你追我撵着往前过日子罢了。虽然田地早已划分到户，农村劳力得到解放，但大多数人依然是闲不下来的，青壮年在附近城里打工搞副业，或在乡村卖苦力做基建；身体硬朗的老人则拉土翻粪、割草养牛、点瓜收菜；农田里一年到头也是忙忙碌碌，除了小麦、玉米主产粮外，油菜、谷子、苜蓿、果木、各种豆类作物次第花开，香飘原野。放眼望去，旷远的田里很少能见到裸露着的黄地块，房前屋后也栽种着花椒、菜蔬，以供日常生活需要。农村政策宽松了，温饱不再是困扰农民的问题，常能在门楣上看到"耕读传家""勤俭持家""和气生财""祥和人家"的字样，以教化后人乡邻。随着海风漫上黄土台原，东南沿海时尚的衣服、发饰、流行歌曲及电子产品等生活用品逐渐传来，传统的婚丧嫁娶、赶集看戏的生活方式被潜移默化地改变了。深处内陆的农民，仍然少有人下海淘金，故土难离的观念依旧牵绊着致富的生活步伐，一切看似没有变化，又似乎时时刻刻在发生着变化。热闹又嘈杂的村庄，只不过在一个个日头中微妙地发生着改变，就像那一棵棵树、一头头家畜、一张张脸庞、一条条街道。其实，时间要带走的东西，是如何也挽留不住的。士农工商，是延续了千年的社会秩序，"学而优则仕"的人，要以天下为己任。范仲淹就说，读书人要先天下之忧而忧，后天下之乐而乐。而农业始终在土地里产生，赋税从初税亩、租调、租庸、两税、方田到地丁银一直演变着，参与并见证着春秋更替和时代变迁。直到 21 世纪，在我读大学时，国家取消了上千年的农业税，引起了亿万人的声声赞誉；国家连年下发的一号文件，也往往以"三农"为主题。且不说消逝在历史烟尘中的士大夫，融入泥土的躬耕布衣，恐怕连那个二十年前一镰一镰割麦子并骂骂咧咧的老汉也不会想到，农民可以种不纳税的土地，种地还有农业补贴，作物受灾享受国家保险。用孟浩然的话说，就是"人事有代谢，往来成古今"。

当下的农田耕作几乎已全部机械化、科技化了。从农林院的优种培育，机械犁、耙、播种、收割，到科技化的复合肥、除草、杀虫；农村告别了"面朝黄土背朝天"式的劳作，务农人再也不用出太大力气了。随着乡村厂房、公路、住宅、电力、水气、网络、文化等基础设施的完善，农居环境和人的思想观念，在几十年间发生了改天换地的变化。靠近城区、景点、公路的土地集体对外承包，用作苗木、菜蔬经济作物规模化种植基地。随着中青年迁往城市，仅剩一两亩田地没有劳力的人家干脆将土地进行租转，帮有能力者做到"耕者有其田"；毕竟平整的土地常年荒废长草，于情于理是说不过去的。随着市场经济及机械化进入农业、家庭经济收入占比的变化，小农作业已成为名副其实的副业，再也没有多少人愿意常年守着几亩土地倒腾粪土，只在地里打盘算；大多数地里一年只种一料小麦，其他农作物由于费时费力，不再成片种植了；人在省力的同时，土地也得到歇息以增厚肥力。往年，十亩八亩小麦，亩产千余斤，售价一块二三角钱，除了留足口粮外，剩余全部卖出，可换得万把块钱，还不及在城里送外卖、跑销售的月工资，与做生意赚得盆满钵满更是有着天壤之别。当然，也并不是大城市里所有生计都比农村好，街道一位叔叔的两个儿子，念书不多学历不高，但有做生意的头脑，承包基建工程，倒腾菜蔬，一年收入几十万元，盖房买车开商店；兄弟俩做大生意，父母经营商店做小生意，各有各的职事。用那位叔叔的话说："在农村挣的钱不是钱吗？"简短而真实，有一语惊醒梦中人的意味。是的，多少迁入城市的青年携老带小，挣几千元的月工资，房贷、车贷、养老、育小，看似脱离故土成为城里人，在共享着都市资源的同时，也为生计终日忙碌着，实为挤着脑袋生存，哪里能谈得上生活？

今年，小麦受雨水影响，父亲说出芽程度及产量比预期的要好；如果不是两场风雨，又将会是一个丰年。出了芽的小麦称为芽麦，在当下食粮丰足的年代，农民是不储藏芽麦的。麦田在两个日头过后，便开始用收割机收割，割一亩麦子七十元，再叫农用车拉回来。品种不好发了黑的麦子，直接在地头让收购者九毛八分钱拉走了。原野里望不到头的麦田，似乎一夜间成了麦茬地。大多数人家将麦子拉回等待卖个好价，晒一两场或者不晒出售后，一年的夏收就在三五天里全部结束了。短暂的夏收几天，早晚逢人聊的还是收麦、晒麦，收购小麦的喊叫声时常从街道、巷子传来。中午，刚每斤一块零二分钱卖了不到三千斤麦子；后脚就有一块零五分钱的收购车进村了，每斤价格高三分钱，说是卖给养猪场作饲料用。农民虽不管小麦是送到粮站、面粉厂还是饲料厂，只算计着多三分钱自己手里能拿多少钱，眼看着粮食涨价，也就不再卖麦了，却也说着在不景气的年代，芽麦是人果腹的主要口粮，喂养家畜有些可惜了。都说生意人精打细算，农民对庄稼也是一样的，用父亲的话说，过日子就是细水长流。也能看到，有轰隆的收割机开过之后，将麦遗撒在了地里，年老者顾不得烈日，在地里拾麦穗、扫麦粒；种地者通过劳作，亲身体验"粒粒皆辛苦"。即使颗粒归仓不能真正实现，作为劳作者也要尽力而为，仰不愧于天，俯不怍于地，对得起自己的良知。

晚饭后，在客厅与父亲抽烟漫谈，聊着我们这几辈人生在了一个好时代。晨起后，在鸡鸣狗吠声中，能看见街道耄耋、鲐背之年的老者，弄花侍草或悠然地散步；夕阳下，爷爷奶奶去接散学的孙儿，一种其乐融融的场景。农民参加医疗、养老保险，还有高龄补贴，实现了老有所依、老有所养。小车、自来水、空调电器、天然气进家入户；别墅、暖气已出现在农村中。短短几十年的时间，能发展成这样确实不容易。蓝天下燕子款款而飞，茂林修竹里鸟儿清唱，果木菜地间蜂忙蝶舞，还有那宠物狗闭眼养神，羊娃在黄的、蓝的野花地里啃着青草，一切都显得舒适而恬淡。人人往来寒暄有礼，各自过着怡然自得的日子，还有什么不满足的呢？与父亲说话，家里的话题是少不了的。我说，传统儒家讲修齐治平，作为普通人，没有远人的志向和能力，却可以做到修身、齐家。一家大小，我们每个人做好自己的事情，小家才能好，小家好了，我们这个大家庭也会好！作为父辈总是为儿孙有操不完的心，他说，现在的年轻人压力大。我说，作为中青年，既得顾老也得管小，一个也不能少；对于我们来说，有老有小何尝不是幸福的！

农田改革，分田到户的小农经济，解决了亿万人的温饱问题，创造了世界奇迹；市场经济使人们脱贫致富，走进了小康社会；发展中的"三农"该何去何从，将成为新一代农民回答的时代课题。其实，当社会发展到一定阶段，工业、机械、科技化必定要与农业共同持续发展，必然会改变农业化的生产结构。

千年的农事，就是在一个个春去秋来中，孕育收获着天地间的精灵和多彩的画卷。在告别老家时，我给儿子带了一把金黄的麦穗儿，这是来自田园的礼物。

马 浚

男，生于1968年，陕西西安人，文学爱好者。现为西安市未央区作家协会会员，陕西《作家摇篮》杂志签约作家，《丝路都市文化汇》签约作家。

农庄冬晨

昨夜，寒风裹挟着尖锐的哨音，一直刮着，像刀子一样，割人的脸。行人瑟缩着脖子，忍着寒风刺骨的疼，匆匆而行。看来，真的是秋尽冬至了。

果不其然，今日一大早，我就觉着特别的冷，走近窗前，忽然，就看到了久违的早到的雪。虽说只是那么薄薄的一层，却也能让人惊喜上一阵子。要说这场雪，这多少年来，算是下得较早的了。

看那屋面上湿漉漉的，黝黑发亮的瓦，定是雪落不久又立时消融了。因为在拐角，还有少许未来得及消融的白色的雪的痕迹，绿化带的草坪里，也有星星点点的雪，而在那些简易铁棚子的顶上，却覆着一层薄薄的雪。

我知道，过不了多久，当太阳升起，那雪就会消融得无影无踪了。此时，看着窗外的景色，我却想起小时候农庄的那场大雪了，那是一个美丽的雪的冬晨。

早起，拉开房门，眼前一片白茫茫的光，刺得我赶忙闭上眼。一股寒气迎面袭来，我不由得打了好几个冷战。雪！昨夜果然下了场大雪。看着脚下，雪已拥上了二层的磕台沿，拥到了房门口。我不住地揉搓脸颊、耳朵和双手，双脚不住地跺着地面。

抬眼望去，屋檐下挂满了二三十厘米长的冰凌子，上粗下细，像瘦了身、细长的胡萝卜，一个个透着刺眼的亮光；院墙和街门楼上，也是厚厚的一层雪，好像它们一夜之间都长高、长胖了似的。

雪的厚度已然没过膝盖。我亦步亦趋，沿着父亲和哥哥走过的脚印，踩着脚下"吱吱"作响的雪，艰难地走到院中。回过身来，仰头一看，哎呀！屋顶上那黝黑黝黑的小瓦已然不见了，眼前只是白茫茫的一片；平日里在寒风中摇曳的酸棱子，此时也不再摇晃，被雪裹着，像个冰雕似的；而房顶两头的屋脊，也是白白的，依然翘立着，如往常一样，望向天际；房前一左一右的那两棵椿树，粗壮的树干，一边依然是黑魆魆的，露着它丑陋粗糙的树皮，另一边却挂了白白的雪，它上半身斜刺里长出的枝干和枝条，树叶早在秋尽冬至时落光，此时也都变胖了，裹着雪。

整个院子，都笼罩在一片白光和寒气中，只有厨房顶上的烟囱，此时正冒着一缕缕蓝烟，时而直直地冲向天际，时而又被风一吹，散乱地飘向四方。那是早起的母亲正在为我们做饭。

这时，哥哥已扫出一条通向街门的路，父亲也打开了街院的大门，街门外时不时传来阵阵说笑声，装满雪的架子车一辆辆从门口经过。哥哥拉来架子车，我接过车辕。哥哥开始一铁锹一铁锹铲着地上的雪往车上装，我说："我想堆个雪人。"哥哥说："院里不能留雪，要堆，拉完后到村外边去堆。"

街道里的雪，已被拉着往村外倒雪的人和车压得瓷瓷实实，稍有不慎，脚下就会打滑，甚至跌倒。人们互相打着招呼，匆匆忙忙而过。

家家院里的雪，都倒在村外的麦田里。

远远望去，一望无际的农田，白茫茫的。一切，都是那么的白，白得亮人的眼。就连昨天我们还在戏耍的冰冻的涝池，此时，也已被大雪覆盖，和周围连成一片，我几乎都分不清哪里是麦田、哪里是涝池了。而厚厚的雪层下，是正渴望积蓄能量的麦苗。人们碰面，谈论最多的，自然是瑞雪兆丰年之类的话了。

倒完最后一车雪，哥哥和村里一个年龄相仿的人聊起了天，我则支棱着耳朵，听他们说些当时觉得很莫名其妙的话。

"今年的这场雪好大。"

"是啊，这场雪比往年都大，明年，又是一个丰收年啊。"

"你说，这大雪的天地像什么？"

"像童话里的世界，多可爱。"

"可爱是可爱，可你说像童话里的世界，我觉得不对。"

"那……那像又白又胖的娃娃，你看我们的手和脸，都胖胖的红红的，连树都变胖了，天地间的一切都变胖了，不是有首诗，'天地一笼统，井上黑窟窿。黄狗身上白，白狗身上肿'嘛，你说是吧？"

"哈哈哈哈，你说的也是，可我觉得，它更像一个怀了孕的妇人。"

"孕妇？为啥？你咋能说它像个孕妇，你说说，为啥？"

"为啥？不是有句话嘛，说冬天孕育了春天吗？"

"冬天孕育春天？"

"对啊。春天真的就是冬天孕育的。我记得有一首诗是这样写的：'造物无言却有情，每于寒尽觉春生。千红万紫安排著，只待新雷第一声。'"

"哎呀，我怎么没想到，用孕妇形容下雪的冬天，真的是太奇妙了。"

他们说的话我一点儿都听不懂，心说冬天就是冬天，怎么还扯上孕妇了，真是莫名其妙！

而许多年以后，再次回想他们说的那些话，我才明白了他们把冬天比作"孕妇"的真正含义，确实，太妙了。

"欲把西湖比西子，淡妆浓抹总相宜。"今晨的雪，淡淡的，就像涂抹了一层雪的冬。而儿时农庄冬晨的那场雪，却是浓浓的、厚厚的，像孕妇一样，孕育着暖春，孕育着丰收，孕育着希望。

野草与牵牛花

一株牵牛花，缠绕住一棵枯树，往上蹿着生长。那碧绿的藤蔓间开了好多五颜六色的喇叭形小花，漂亮极了。与黝黑斑驳、表皮已渐脱落的枯树相比，它越发精神，生命力越发显得强盛。在它的脚下，是一片黄绿相间且低矮难看的小草。

此刻，牵牛花正沐浴在雨后温暖的阳光里。

一阵柔风吹来，牵牛花欢快地手舞足蹈起来。它骄傲地扬起头，看看四下里望不到边际的荒草碧野，得意地唱起歌来。

是啊，在这里，只有这株牵牛花开着漂亮的小花。它，简直就像一位美丽的公主，俯视着这里的一切。因为这里没有一棵树比它更伟岸，没有一朵花比它更漂亮。这里，除了它，只有半腰高的植物和低矮的小草。

不知什么时候，一颗牵牛花种子，被鸟儿，或是其他小动物，遗落在这里。反正它在这里生根发芽了，恰好还在这棵已枯死了很久的树下。

有了雨水和阳光的滋润，牵牛花的幼苗攀住这棵枯树，欢畅地成长起来，并绽放出一朵朵红的、粉的、紫的、白的美丽花儿来。

这里，我最漂亮，这里，我最高贵。牵牛花骄傲地大声唱着。微风轻轻掠过它的藤蔓，赞美道：是啊，你有着世上最漂亮的花、最宽广的视野。再看看你身边这些杂草，多么地粗鄙无趣，它们简直就不能和你相比。阳光也温柔地抚摩着它的花儿和枝叶，由衷地赞叹：是啊，你这么美丽、妩媚，我简直都要为你陶醉了。

牵牛花听到这些热情洋溢的赞美，越发自豪、得意，它继续向上攀爬，继续绽放出一朵朵更漂亮的花儿来。

确实，你很美丽，也很高贵，可是，那也只是短暂的啊，长久不了。一个轻轻的声音传来。牵牛花听到后，很生气。可它看看四周，却没有发现有谁在说话，就问道：是谁在那儿说话？

是我，是我在说话。又一阵说话声传来。牵牛花循着声音，低下头，才看到脚下的小草在向它招手。它鄙夷地笑道：小草，是你说话吗？是啊，是我和你说话。小草说。

牵牛花很气恼，在它眼里，小草算什么？它甚至从来就没注意过这些低矮、难看、卑贱的家伙，而这小家伙竟然无视它的美丽和高贵！太可恨了！本不想理会这个既可恨又可怜的家伙，可它转念一想，我总该教训一下这个坐井观天、不知天高地厚的家伙吧。于是，它哼了一声，说：小草，你不开花，当然就不懂得美丽的含义；你长不高，自然不会有俯视万物的宽广胸怀。你是在羡慕我的美丽和高贵吧，我说得对吗？

哪知小草并不为它讥讽的言语所生气，依旧慢条斯理地说：我不否认你现在的美丽和高贵。只是为什么你不依靠自己的努力展现你的美丽呢？却要好高骛远地去攀附别人，你不知道这样做的危险后果吗？不知道随时会遭受灭顶之灾吗？……

小草的话未说完，牵牛花就气得粗鲁地打断了它的话：你凭什么说我有危险？哼，你个卑贱的小家伙！一阵小风你都经受不住。瞧你，摇来晃去背曲腰弯，一副孤苦无依的样子，让人看了就觉得可怜，还敢说我？你永远看不到四下里美丽的景色，更不会引起人们的注意。而我却不同，人们一眼就会看到我漂亮的花儿。就连这棵枯树，也会因我的美丽而引人注目。

说到这棵树，哈哈，这恰恰就是你危险的根源！你也知道，没有它，你无法展现你的美丽和高贵，也就没有你今天十足的傲气。可是，你知道吗？你会因这棵大树而身陷绝境，危险会随时到来。而你，竟然还沾沾自喜于自己的美丽，难道你不知道"人无远虑，必有近忧"吗？

你不要胡说！听小草说完这一番话，牵牛花气得浑身发抖，容颜大变，心说：这个可恶的家伙！可它又不甘心被小草侮辱，心里暗忖：我得好好教训一下它。于是，它傲慢地讥讽道：哼，这棵大树，虽然枯死多年，可它有着半抱粗的躯干，高大伟岸，在此处几十年了。请问，什么样的风雨它没经过，什么样的雷电它没遭遇过？可你呢，一辈子平平淡淡、默默无闻，还遭人践踏，有啥出息？也敢笑话我！

你说得对，我平平淡淡，默默无闻，也遭人踩踏。但是，你不用担心我，何况我的情况也并没有你说的这么糟。我不担心暴风雨会摧残我，虽然我会被风吹倒，但却不会折断，所以说暴风雨对我的伤害不大。倒是你，暴风雨和雷电对你的威胁却更大。确实，你攀附的大树经历了几十年的风雨雷电，至今还站立不倒。可你知道吗？这棵大树已被虫蚁蛀食，树干腐朽中空，就连维系它生命的根系也早已腐烂，谁知道这样的枯干还能不能经受风雨雷电呢？

小草刚说完，突然天空变得阴沉，一阵阵狂风夹带着尖锐的呼啸声袭来，一道道闪电夹着雷鸣劈向大地。

牵牛花吓得浑身颤抖，小草也伏下身去，贴紧地面。只听"咔嚓"一声，一道雷电劈向这棵大树。大树应声倒在地上，牵牛花被连根拔起，那些美丽鲜艳的花儿也被砸得支离破碎……

送馍

　　我的年岁越大，就越爱回忆以前，尤其是少年时的一些事。有些情景，时不时会清晰地浮现在我的脑海，就像一枚枚镌刻在我内心深处的烙印。最难以让我忘记、印象最为深刻的，就是那年母亲给我送馍的事了。

　　那年，1982年，冬天，我正在西安市第四十八中学念初中二年级。

　　一天凌晨，天空还是漆黑一片，母亲像往常一样，早早起来忙着给我做早饭。

　　那时，各家的情况都一样，学生都在家里吃过早饭，然后步行去十多里外的学校。而各家的早饭也都差不多，苞谷面馍、苞谷糁，就咸菜或酸菜，有时还有一盘凉调搅团。热饭吃下去，既饱了肚子，又暖了身子，这样就不至于在寒冬腊月的教室里遭罪了。

　　同村的伙伴来喊我上学，说再不走就要迟到了。我看母亲早饭还未做好，就伸手去摸笼里，里面竟空空如也，连一个哪怕冻得坚硬如石的苞谷面馍也没有。顿时，一阵委屈涌上心头，我的眼泪瞬时就像开了闸的洪水，"哗哗"流了出来。我一把抓起书包，抬腿就往外走。母亲听到脚步声，忙追出厨房喊我："你再等几分钟，锅里的馍就好了，吃了再走。"我头也不回，满腹委屈地抱怨："你做饭也不快点！不吃了！"

　　一路上，我想着自己的委屈，心里便怨恨起母亲来，眼泪随之也流了一路。

　　肚子里空空，身上破旧的棉衣棉裤又禁不住寒风的侵袭，除了不住地搓手、跺脚，我都不知道自己是怎样度过那个难熬的上午的。中午放学，我又想到了这一大早上受的委屈，便心一横，暗忖道：不回去吃饭！

坐在教室里，看着留校同学吃着热腾腾的各样午饭，饥肠辘辘的我愈加感到肠胃无情地反复翻搅，酸水直往上反，浑身冷得不住哆嗦。那个难受劲，就甭提了。

实在忍受不了这难挨的饥寒，我干脆背过身去，拿出课本和作业本来，强迫自己静下心来做作业，借以忘记身心遭受的痛苦。

不知过了多长时间，忽听有人喊我："马浚，你妈给你送饭来了。"我扭头一看，头裹深蓝布帕，浑身穿着臃肿的母亲站在教室门口，她的手里捧着个布包，脸和手冻得红肿，正笑眯眯地看着我。我心里不禁一酸，眼泪"唰"地又流了出来，这半天憋在心里的所有委屈一下子就消失殆尽了。我忙低头用袖头擦擦脸上的泪水，站起来紧走几步到母亲跟前。

看着母亲额头上正冒着的热汗，我知道，她必定是一路小跑着来，又一层一层爬上五楼的。我哽咽着说："妈，你大老远跑来干啥？我不饿。"母亲微微笑着，慈爱地看着我："你早上就没吃饭。中午我早早给你做了饭，也不见你回去，问了你同学，才知道你还在学校。我就热了三个馍，带了半碟咸菜，咸菜还泼了热油呢，你快趁热夹点菜吃。"说完，她把包袱放在课桌上，解开，拿起一个馍掰开，夹了些咸菜递给我，说："快吃，趁着热乎。"

我双手接过热腾腾、软和和、黄亮亮的苞谷面馍，狼吞虎咽地吃起来，不几口就吃完了。母亲又递过一个来："慢慢吃，别着急，小心噎着。"接着，她又问我："你学校水房在哪儿？我去给你接点热水。"一旁的同学递过杯子说："阿姨，我这儿有热水，让他喝。"我接过杯子，咕嘟咕嘟连喝了几口，接着又吃了第三个馍。

母亲看着我吃完三个馍，她脸上的笑容一直都没消失，最后了还问："吃饱了没？"我拍拍鼓鼓胀胀的肚皮，高兴地说："吃得太饱了，妈，你回吧，这儿冷。"母亲收拾了碟子、筷子，卷了包袱。

我送她到学校门口，一直看着她的身影一点点消失在我泪眼模糊的视线外。

回到教室，好几个同学"呼啦"一下子围上前来，羡慕地说："你真有福，有个好妈妈，都给你送馍来了。"我听了之后，心里热乎乎的，别提有多高兴了。我头一扬，骄傲地说："那当然，我妈妈是世界上最好的妈妈。你们是没尝过她做的饭，好吃得很。"

直到今天，只要想起那件事，我就一直觉着母亲给我送的那顿饭是我这一辈子吃过最好最香的饭。

等风的蝴蝶

清明前的一场绵绵细雨，把前几天遮天蔽日的黄土沙尘荡涤得一干二净，空气格外清新，就如远离城市的深山密林那般沁人心脾。虽说已进入四月，繁花似锦的西安也快要"芳菲尽"了，我却想着去家门口的公园再看一看樱花，看看雨中那别样的樱花。

撑把雨伞，怀几分清闲，我漫步于公园东侧的樱花长廊。一条曲水，潺潺而流，墨绿水面上漂浮的片片花瓣，在点点雨珠激起的无数个涟漪中，波动荡漾。曲水两侧，成排的樱花树树冠覆盖了蜿蜒曲折的鹅卵石小径；满眼的樱花繁茂鲜明，那粉的、红的、白的花，让我在很远处便激动不已。

紧走几步，来到一棵樱花树下，我抬头去看那一朵朵簇拥在一起的雨中的樱花。

此时的樱花并不算美，至少不算鲜丽，少了色彩，却很有些成熟与稳重的韵味。再一看，我觉得它与黝黑的粗壮树干竟不似一体，倒像……对，倒像是一只只蝴蝶，沉睡着的蝴蝶！

我真的佩服我的想象力了。是啊，这些樱花就是沉睡的蝴蝶，等待风的唤醒。待到风起的时候，这些蝴蝶便会展开翅膀，到蓝天翩翩起舞。多美啊，美得让我情不自禁收起雨伞，踮起脚尖，凑上去，尽力地嗅闻，嗅闻樱花那并不浓郁的淡淡暗香。

我拿出手机，从正面、侧面、上面、下面、近处、远处，从不同的角度，拍下雨中樱花的容颜，蝴蝶的睡姿。

快速轻摇一下细枝，眼前又呈现出晶莹珠落、片片花飘的美丽瞬间。

脚下花瓣满地，枝头樱花迷眼。在这繁茂的樱花丛中，闭上眼，我看见了满天飞舞的彩色蝴蝶，它带着我飞过城市上空，飞过原野，飞过丛林，飞向鲜花盛开的远方。

细雨淋湿了我的头发，也淋湿了我的衣衫，我竟毫无察觉。直到一个冷战，才将我从美好的想象中拉回到现实。哦，那些蝴蝶还簇栖在枝头，一只只，等着风的唤醒。

当天夜里，我梦到自己变成了一只蝴蝶，是簇拥在樱花树枝头的一只，翩翩飞舞了一整个夜晚。

看来，对于樱花，我是真的动了情。

几天之后，天气晴朗，春风暖人。我想我该再去看看樱花了，因为我要看那些沉睡中等风的蝴蝶，在春风暖阳中翩翩起舞的样子。

乐游原上的青龙寺里，有着最多最美的樱花，此时，那些等风的蝴蝶是不是被风唤醒，是不是该翩翩起舞了？那，该有多美！

青龙寺里，游人如织，徜徉其间，美丽的樱花让我目不暇接。其时，樱花已近晚期，树上的樱花虽说还算繁茂，可已少了之前艳丽的色彩，已没有想象中那么娇艳欲滴、楚楚动人了。但游人却并没因花的衰落而扫兴，他们依然兴致十足，在每棵树前流连、拍照。

大妈们在花前、树下、林荫道上，一遍一遍，不厌其烦地拍着视频，《桃花朵朵开》的音乐，在很远处就能听得到。一些摄影爱好者架起长枪短炮，镜头对准樱花、楼阁，也是一顿猛拍。

快要成为新妇的姑娘，也穿起唐装、汉服、时装，在摄影师的指导下，侧身凑近樱花，低头、微笑、屈腰，再拈个兰花指，摆出各种柔美身形，就是为了留下她们一生中可以回味的青葱少女时代的美丽倩影。

我留意的却不是这些，我关注的是那些空中飞舞的"蝴蝶"。这些宜远观而不可近看。

眼前，漫漫天空中，那一朵朵樱花，真的就如一只只蝴蝶，在春风中振翅起舞了，它们忽上忽下，忽远忽近，有的竟不停地打着转儿。也有那么几只蝴蝶，在花间悠然地飞来飞去，可它们比起飞舞的樱花来，风骚却逊了不少——没有樱花那么绚烂，没有樱花那么多姿，更没有樱花那么耀眼。

一片樱花，旋着转着，向我飞来。我张开手掌，看着飘落在我手中的樱花，薄薄的扇形的一片，由外及里，粉色慢慢变浅，最后竟成乳白，像极了蝴蝶的翅膀。我将它小心放进口袋。我要将它拿回去夹进书中，成为永久记忆。这样，我就有了一只蝴蝶，一只樱花样的蝴蝶。

樱花树下的灌木丛中、草地上、弯弯曲曲的小径上，落满了樱花，那是一只只飞累了在歇脚的蝴蝶，满满的，荡漾了我的心。那樱花树上，还有好多蝴蝶，它们，在等待下一场风的唤醒。

每年的这个时候我都要去看樱花，不为别的，就为去看那些等风的蝴蝶。因为我和它有个约定，那就是，去看那风中飞舞的蝴蝶。

阿　树

本名杨昕。陕西汉中人，现居西安。陕西省农民诗歌学会会员、汉中市作协会员、《作家摇篮》杂志签约作家。作品发表于《文化艺术报》《商丘日报》《文学陕军》《程海文学》《文学襄军》《读书村》等纸媒和网媒。

泪水溢出故乡

一

时间不停地朝前奔。

小村被抛在身后，连同沟沟畔畔的庄稼地。它们就像被弃在河边的卒子！过不了河！

它们夜夜溜进人的梦里，折磨得人心里隐隐作痛！蒿草吞没了老屋，雨水浇塌了土墙，童年时为一本小人书的争吵、为一颗水果糖的雀跃，以及父辈们的熬煎和叹息，都葬在瓦砾里，想刨都刨不出来！

如今闹市行走的，有一大半是弄丢了故乡的人。

越来越多的人找不到归途，夜幕降临，他们聚集在酒肆歌厅里，吃着喝着唱着，心头却总是感觉少了些什么。其实城市什么都好，就是少了麦浪、稻香和鸡鸣狗吠。他们有时会问自己，生活真正的幸福，是不是住高楼、驾豪车、多银子？只是这个外延和内涵都异常丰富的问题，即便是社会学家，给出的答案也常常只是停留在纸上的高谈阔论。

炊烟、泥土、柴草、水、五谷的香味越来越远！

每个人都在拼命地寻找灵魂的安放之处。浑然不觉中，却把自己的灵魂交给了虚无和繁华；把痛藏在岁月裂开的口子里，遥远的小村，只有日复一日，在荒芜中痉挛、抽搐！

一声声叹息从云端飘来，故土，一直就静默在万里苍穹下，它们日夜期盼那一大群疲惫不堪的灵魂归来……

那些思乡的情怀，常会不经意间冒出来敲击游子们的脑门，生痛生痛！

二

还是那片土地，还是那方星空啊！而今，却生不出一丁点儿慰藉，任由蓬勃的情丝，惊涛拍岸般拍打思乡的情怀！

从发黄日历中走失的父辈，那些把苦日子横七竖八地拴在自己干瘪躯体上的农人，那些在土里刨食的熟悉目光啊——纵是掩耳盗铃般想要屏蔽，心却止不住掠过山水，一次一次去幽会小村庄的声声鸟鸣……

不知道先祖们为什么要一辈子待在小村里，难道上苍在他们出生的那一刻，就画好一条分界线？难道那条分界线是秦岭？他们为什么不爬上秦岭之巅，难道他们不知道爬上秦岭之巅，就可以望见长安的繁华吗？不，不不，他身后是恋不够的土和地、天和水；他们是最虔诚的朝圣者，不过他们朝拜的是皇天后土和风调雨顺；他们宁愿把汗水和碱花做成盔甲，把生活的沉重和叹息塞进庄稼的长势里、糅进四季的节拍里；把弯腰耕作的愁苦埋进黄土里，世世代代匍匐在土地上！

三

望不尽这个队伍的头尾，他们扛着犁头吆喝着牛，负重的他们，腰从来没有直起过！他们宁愿把一条条土路踩烂，踩成糊泥汤，再晒干，再踩；他们鄙视陶俑，他们自己从来不做陶俑，他们就像路两边开满瘦弱碎花的小草，是那样寂寂无名，是那样朴素顽强！

他们知道，只要肯下力，一把种子就能养活一家人！千百年前如此，千百年后依然如此！

他们一年到头大都穿着补丁摞补丁的衣裳。光景难熬的那些年，有些人不舍得穿上衣，想省下点布给娃娃们做衣服，娃娃们上着学哩，要让娃们遮住羞丑哩!

于是田野里就有了些裸身耕种的身影,一个夏天下来,他们的脊背散发着黑黢黢的光芒:他们皮厚肉糙,毒毒的日头、荆棘、苞谷和稻禾锐利的叶片,扁担、尖担甚至是犁头又能奈他们何?

想念那些粗胳膊粗腿裸身干活的父辈。他们早已把日子用镢头挖烂,肩头的扁担也早已把日子挑穿,一层一层的老皮从他们躯体上哗哗地落进脚下的土地里……

后来,日子好了,他们却一个个排好队,走了,走了……把乡愁留给了他们的子孙后代!

四

我不知道那些孕育了大师沈从文笔下的翠翠、孕育了路遥笔下的巧珍的山山水水,会不会慢慢地就找不到了!

而我那些憨厚的父辈——那些额头的皱纹里蓄满了汗水的人,却在无数个夜里,摸进我的梦里。我能清晰地看见他们脸上溢出来的那种笑意,那种憨憨的卑微的意识里拼着命开出来的花朵——就像画家王式廓画笔下的那一张张脸谱素描……

某日阳光下,新浇的柏油路,忽然有几辆私家车迤逦着驶来,车上下来三五俊男靓女,他们不像是归人,更不像是觅旧!他们在一两堆长满青草的土堆前,嘻嘻哈哈地点燃一沓纸钱,连头也没磕几个,就又嘻嘻哈哈扬长而去。唉,谁家这些少了心肝的后人……

父辈一个一个殁了,老房子倒塌完了,小村渐渐地少了,慢慢地死了……

越来越多的人涌进城镇,他们相互打趣:自己成了没有故乡的人……

有些灵魂在黑夜里流泪,盛不下的泪水就溢出了故乡……

是谁，点了我的穴

一

一年一个轮回，周而复始。山静静地矗立在那里，也许它已习惯了春夏的草木绿、秋冬的草木枯！它没有怨言，不像浅薄的人，总是抱怨春天太短，夏天太热，秋天太豪放，寒冬太漫长！

我向往树木，向往它们无所畏惧向天空表白的勇气！

我向往飞鸟，向往它们挥动着羽翼，不惧风雨，自由自在！

我佩服小草，佩服它们宽广的胸怀庇护了那么多小小的生灵，让它们在自己的世界里鸣叫、生长！

可是，我却惧怕人类，惧怕飞短流长，惧怕人性的黑暗，惧怕他们伸出恶爪，遮挡住太阳的光芒！

二

从年里往年外看，我听到了花开的声音，年外鼓乐齐鸣鞭炮声声。过年了，世间万物都长了一岁，路宽了很多，楼高了数层！可是我却怕越来越多的村庄消失。那些藏着我童年哭声和笑声的村落，那些林间地头埋着我先人的故土……那几株孤零零站在村口的老槐树，那人去楼空的老土屋，那一排排冬暖夏凉的土坯房，那土房子里的空巢老人和留守儿童，他们看着远方，他们的眼神生成了这个物质时代的一个结！我怕土地里快速生长的高楼大厦遮挡住了阳光雨露，终有一天会封住镰刀锄头的去路！我怕走在路上，再也闻不到五谷香，再也看不到播种忙！

我不知道我是怎么了，我怕我的杞人忧天会让我无所适从！

三

一到腊月，年总会莫名其妙地点住我的思乡之穴！我不知道为什么会拼命思念那片土地。后来，我慢慢明白了，是因为那片热土给了我脐带，给了我乡音，在我体内种了一种叫"离之越久，思之越苦"的蛊！那种思念是一种悄无声息的折磨，它是一种疾病！是所有离开故土的人极易患上的一种顽疾！没有一个人能够逃脱——几乎无药可治！能治愈的良方就是回到故乡，躺在那松软的草坡上，踏在那熟悉的小路上，吃久违了的故乡饭，喝清凉的深井水，听一听老辈们围炉夜话的乡音，去埋着父母和先人们的土堆前拜祭……我啊，我，我那不忍卒读的思念，滴滴答答，滴滴答答，像瓦沟里淌下来的房檐水。屋已倒，瓦成砾，青苔入南柯……

四

我走或不走！我答或不答！这个世界对我来说从来就不只是路过那般简单！世界把厚重的经书放在山水里。经幡在我的头顶飘扬，我悟或者不悟，我都是一个虔诚的信徒！鸟语花香离了我依然是风景！而我的世界没有了鸟语花香，我不知道该有多么伤心，我该去哪里寻找春风？我该怎样去写？去写那卷我构思了许久许久的关于故土的长诗！

当我不如一粒尘埃的时候，我不敢奢想我是一粒种子！当繁华闹市举着冰冷的刀锋刺向我的时候，我只有向故土退缩，我知道只有故土能够收留我！它像个纯净的孩子！故乡的土地永远是那样干净和纯粹，干净得像从未被污染的心灵。天空永远是那样明媚！晚上，我可以坐在山

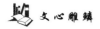

梁梁上数星星，而不会有喧嚣打扰我的心境。那满天的繁星，就挂在无边无际的夜幕上，朝我眨着眼微笑。它们，是舞动黑夜的精灵，是神，是牵引，是游子心中不灭的篝火！

我陶醉在昆虫的夜曲里，我匍匐在庄稼的香味里，夜晚的风吹醒泥土的梦让我不能自拔……我不用担心明天会断电停水。即使井台子上挑水的女子不见了，可汲水的辘轳还在，屋檐下那堆能把生米煮成熟饭的柴火还在……我终于明白了，为什么那么多人弥留之际，嘴里喊出的是故乡的名字，叫的是妈妈！

五

是谁，点了我的穴？是谁在我牙牙学语的时候就把方言植入我的骨髓里、缝进我的皮囊里？它贫瘠吗？它老土吗？长进身体里的大爷山依旧是那样雄浑！那藏着"龙洞"的大坡梁，那掠过陶岭的雁阵，那草坝热土上的一树树梨花，那诗意盎然的鹨鸟，那比蓝色的大海还要辽阔的金色的油菜花海，它们哪一个不妙趣横生？它们哪一个不是点穴高手？清风徐来情自横，那山那水那家那人那袅袅的要生成诗句的炊烟，那炊烟缭绕的美丽洋州——我的家乡哟！你点了我的穴，让我此生思你念你，满腔都是对你的深情，永远！

林小春

笔名蔷薇，国企员工，西安交通大学毕业。陕西省散文学会会员，丝绸之路国际诗人联合会常务理事，蓝田文学会副会长。喜欢诗歌、散文、朗诵、绘画，曾随中国诗人代表团出访西班牙、葡萄牙、俄罗斯等，诗歌被翻译成英文、俄文、西班牙文等。

神仙小企鹅

　　说到企鹅，谁都会想到遥远的南极，冰天雪地。来到墨尔本才知道，澳大利亚也生活着一群小精灵——神仙小企鹅，就像我们的大熊猫，它们是世界级的宝贝，全世界只有这一个地方有，它们的名声甚至超过第一个登岛的菲利普船长，所以，现在的菲利普岛也叫企鹅岛。神仙小企鹅体型小，背部是蓝色的，腹部是白色的，漂在海上，很难被敌人发现。它们白天畅游北冰洋，晚上回到岛上的家，大约 1 尺长的体型，在海里时速可达 70 千米，一个猛子可以扎进 70 米深的海水里，也因为体型小，脂肪囤积不够厚，无法生活在南极，才选择住在澳大利亚，我们才有机会看到它们。每天都有来自世界各地的粉丝，漂洋过海来到澳大利亚，为了看小企鹅回家。它们满载而归的场面相当宏大，必须早早地来到海边，选好位置，静静地等待小企鹅成群结队冲上海岸，趁着夜色，匆匆赶路，又扭扭捏捏，憨态可掬。

　　小企鹅的家就安置在沿海岸的坡上，一种翠绿的草是它的最爱，夹杂在枯黄的袋鼠草中间，叶片圆圆的，很是亮眼。小小的洞口总是面朝大海。现在是繁殖季节，雌雄企鹅轮流值班，出海的早出晚归，带回全家的食物，回家后吐出来分享，在家的整理家务、孵蛋、养育幼鸟，分工非常明确。

　　虽然去年我已经来墨尔本看过一次了，那是个冬天，回家的企鹅只有 300 多只。今年再次来到墨尔本，我们首先想到的依然是看企鹅归巢，这个夏天希望能看到更壮观的景象。

我们中午十二点半从城区出发，途中参观了动物园，和考拉、袋鼠、羊驼紧密接触，又参观了巧克力工厂，用巧克力书写了中国汉字，六点钟就到了企鹅岛，在景点餐厅吃了晚饭，进到观景区又看了袋鼠、各种鸟类，最最主要的是，看到守家的小企鹅，它们头朝着洞口，和我们一样焦急地等待出海的家人。保育员通知，今天大概九点天黑，我们选好位置，静坐看台，静静地等待，黑暗中，无数的小精灵也和我们一样，急切地注视着海面，海鸥也停止飞翔，成群地站在海水和沙滩交会处，等待"明星"出场。

看台分三个区域。右边小看台是 VIP 区域，可能会看得更清楚一点吧；中间比较大，有十几层木板看台；左边对称的都是较小的看台。我比较有经验，选择了中间最右边的看台。广播一遍遍地通知大家，要坐下，安静，不要拍照。保育员一遍遍地解释，这是公益性的观看，大家所贡献的每一分钱都将用于企鹅保护；小企鹅视力很差，几乎是半瞎的，闪光灯对它们伤害很大。大家也都很自觉，静静地，不敢发出任何声音。等待是漫长的，也是充满激情的。大约一个小时后，小企鹅终于出现了，并没有像我们想象的那样从我们眼前的沙滩上走过，而是从不远处的礁石和沙滩交会处一队队地走，夜色中急行军般地匆匆赶路，看都不看我们，看来还是比较怕人类的。虽然菲利普岛 1 万多人做了很多的工作，为它们赶走了野狗、狐狸、蛇等天敌，使它们从濒临灭绝繁衍到现在的 1 万多只，大家都付出了很多的努力，也非常爱它们。回家的路四通八达，布满岸边的山坡、平地。小企鹅出海时走哪条路，必定原路返回，与参观者基本近在咫尺又各走各道。偶尔需要过马路，它会跳上路面，迟疑地等待保育员的帮助。人们很快站在两边，让出一条通道，小企鹅就像一位首长一样，大摇大摆地从中间走过，明星派头十足。

回酒店的路上，我一直在想，人类到底该怎样保护大自然，大自然又会怎样回馈人类？企鹅岛本来就是企鹅的家，是因为人类的到来才遭遇了灭顶之灾，还是因为出现了自然的天敌？全岛设为自然保护区后，小企鹅又恢复了繁衍生息，澳大利亚人保护大自然，保护它们的生存环境，不参与、不打扰它们的生活，只默默地为它们除去天敌，让它们安心地保持原有的生活状态。

摘榆钱

春天是一场盛大的宴会，江河融冰，大地新绿，各种各样的小花装点着翠色的大幕，相继登场的有嫩黄的柳枝、蓝色的婆婆纳、金黄色的迎春、粉红色的桃花、洁白的杏花、大红色的碧桃、大朵大朵的玉兰、娇小玲珑的桂花，就连沉默寡言的老榆树也舒展枝条，挂上一串串榆钱，在空中摇曳着，黢黑色的树干仿佛也有了青春的向往。榆钱和荠菜一样，是春天的第一场馈赠，各种各样的花儿给人丰收的希望，也是蜜蜂蝴蝶的道场，而榆钱才是实实在在的天赐尤物，不说天上的鸟儿、地上的生灵，就是在那些食物匮乏的年代，冬天里的消耗，春节的挥霍，都需要开春来弥补，于是，肤色黝黑、皮肤粗糙的老榆树便是人们争相寻找的目标。

老榆树浑身都是宝：根基坚硬，可做根雕；木质坚硬，通身笔直，可以用来盖房子，制家具，早年还是上好的寿材；最最重要的是，刚开春就奉献出果实，在五彩缤纷、万物招摇的季节，一串串，一丛丛，阳光下嫩绿透黄，圆圆的，真有点铜钱的样子，比起各种盛开的鲜花，榆钱更让人心存亲切感。

今年的春天比较特殊，阳台上的小天地让人更加向往春天，向往草地，向往田野，向往天上的飞鸟、地上的生灵。我迫不及待地约了两个姐妹，驱车走进春天，看过花草树木、河流天空，突然就不约而同地想到榆钱，想尝尝春天的味道。

早已不是那个饥荒年代，古老的榆树、槐树被各种外来树种代替，棕树、桂树、银杏树遍布大街小巷，农村人也种上了各种各样的花树，过去家家都有的榆树却成了稀罕物。沿着环山路没看到一棵榆树，榆树已成为历史，或者过些年就没人认识榆树了，孩子们有太多的美食，我们这辈人，恐怕是最后一批有榆钱情结的人了。

我们辗转几地，终于在徐家山村后面找到了榆钱，还是雪霞美女提供的信息，虽然费事，还是很高兴的。几棵树都不太大，树枝低垂，伸手可得。已经下午四五点了，天空渐渐泛红，远处的山坡开始披上霞光，我们就这样站在晚霞中采摘榆钱，夕阳照耀着山谷、村庄、小河，还有我们手中的榆钱，朱娟姐姐脸上写满慈爱，雪霞手舞足蹈地唱着歌，红扑扑的脸蛋儿让我想起童年，想起那个坐在树上捋榆钱，边捋边尝，笑声穿越时空的年代。

我们边说边笑，一会儿就捋了一大袋子，回到县里已经六点多了，本来就该各回各家了，可意犹未尽，不想就这么散了。于是，在朱娟姐姐家，我们一起动手做榆钱麦饭，先摘，再洗，然后加上小羊角葱，拌上面粉，再加调料，上锅蒸，蒜捣碎，加辣面，热油一泼，刺啦一声，香气四溢，扑鼻而来。朱娟姐姐还熬了苞谷稀饭，调了萝卜丝，尽是童年的味道，美得令人陶醉。

从年前到现在，五十多天了，天天宅在家里，做饭、洗衣、打扫卫生、看书、听音乐、关心疫情，有太多的感动，也流了太多的泪水，默默地为武汉加油，努力地想做些什么，又感觉很无奈，不觉又想起自己的理想。我是在医院里长大的孩子，母亲是一名护士，从小到大，我唯一的梦想就是当一名医生，救死扶伤，自认为看惯了血淋淋的场面，闻惯了消毒水的味道，习惯了母亲日夜忙碌，可每每看到钟南山、李兰娟等医护人员疲惫的身影，依然会非常感动，也非常想念母亲，想念医院里长大的日子，敬佩母亲朴实无华、默默奉献的一生，恨自己没有用，不能为武汉做什么，如果可以重来，我一定当一名医生，不计报酬，不畏生死，做一个像母亲一样的人。

万物皆有灵性，榆树是最懂得奉献的，总是在人们最需要的时候，默默地站出来。从根茎叶到果实，甚至连树皮都可以剥下来食用，就像逆行的白衣天使、风雪中的执勤民警、日夜值守的小区保安、自愿去疫区的外卖员、环卫工人、志愿者……

哪有什么岁月静好，只不过是有人替你负重前行，愿我们珍惜拥有，感恩馈赠，愿山河无恙，人间皆安！

桃花一梦落花溪

　　3月28日，一再延期的采风终于成行了，蓝田文学会开春第一次采风，自然要找一个雅致的地方，会长杨博早早做了功课，带我们去桃花溪堡，就是唐朝诗人崔护写《题都城南庄》的地方。大家一拍即合，看看人面桃花是否相映红。

　　出去逛总是心情愉悦。尤其是春天，到处都是美景，到处都是诱惑，而且，天气晴朗，春光明媚，一路上绿树红花、蓝天白云，大家有说有笑，不知不觉就到了目的地。

　　远远地看到文友王尊让一个人站在门口，我们有些不好意思，下车后急急忙忙地向他打招呼。"我已经转了一圈了，没意思。"他淡淡地说。我有些疑惑。看他脑门发亮，脸蛋红通通的，狡黠的眼神飘忽游离，恐怕已经有什么意思了，可能他早已大梦三生，自编自导了书生与狐仙的故事，将一朵桃花别在耳边（头上没法别，头发太稀），搔首弄姿半天，企图拍摄一张满意的"人面桃花相映红"……

　　推开大门，一条小路蜿蜒曲折，大树参天，小树匍匐，竹子穿插林间，倒地的枯枝上布满青苔，路边的花有红叶李、梨花、碧桃，有种曲径通幽的感觉。走到里面稍大的草坪后，终于见到桃花，没有修枝，也没有造型，更没有刻意的陪衬，就那么开在树丛中，娇艳欲滴，随性自然，怪不得天上人间，都以桃花为尊。当然，随意生长的还有藤蔓，枯萎的枝条缠绕在桃花树上，一缠就死活不放手。

　　南老师开始组织大家拍照，录视频。晴儿坐在地上数星星，白纱裙边上缀满婆婆纳；清雅扭动细腰，绕着桃花走秀；杨会长说到蓝田的白鹿原民俗村，辋川的王维故居，还有蓝田的两大支柱产业——玉石和餐饮，操碎了文化人的心。雪霞最搞怪，将王尊让打扮成刘姥姥，一时，寂静的院子充满了活力，欢声笑语惊起雀鸣鸟叫，一只野鸡扑棱棱地飞起，红叶李哗啦啦地下起了花瓣雨。

看来，桃花溪堡真是一个适合文人骚客遐想的地方，也是一个治愈心情的地方，当然，最主要的是自己的心境，还有恰到好处的时机。

如果你来到这个地方，桃花刚好盛开，我刚好二八年华，也刚刚好站在树下，太阳刚好照过来，我粉嫩粉嫩的脸庞和桃花一样的娇艳，你会不动心吗？而你，青衣羽扇，衣袂翩翩，又怎会不令我心荡神摇，渴望留下千古佳话。

哦！连我也胡思乱想了，赶紧出发去下一个景点。

路延忠

男，中共党员，本科毕业文凭，高级政工师，陕西铜川人。现定居勉县，供职于陕西有色金属集团汉中锌业公司，任公司党委副书记、董事、工会主席。爱好摄影、旅游、文学写作，作品散见报刊及网络平台。

小院的变迁

记忆中，我的农家小院经历了三次巨变。

20世纪30年代，爷爷为了能让妻儿填饱肚子，被迫携妻带子离开老家河南。四处奔波，后来跑到陕西铜川一个偏僻的小山村生活，落脚到一孔又黑又破的烧木炭窑里。为了活命的人们，什么也顾不得了，就那样一家三代挤在一个破窑洞里，生活了三十多年。

在我刚开始牙牙学语时，在爷爷的主持下，历经三十多年的沧桑，农家小院终于"洗心革面"。这就是小院的第一次巨变，在山里能拥有那么大一个小院，而且还有一孔像模像样的窑洞，就不错了，爷爷欣赏着自己的杰作，沾沾自喜。

在"人多力量大"的年代，我们兄弟姐妹几人仿佛根本就不顾忌生活的承受能力，竟然接二连三地来到农家小院。全家老少八九口人，地里产的显然养活不了这么多张嘴。于是，在爷爷的哀叹声里，父亲还是大刀阔斧地对小院进行了重新规划。一向被爷爷称赞不已的宽敞小院，被父亲栽上了一排排槐树，开辟了一块菜地。小院曾留下我童年生活的美好记忆：春暖花开，上树吃槐花；夏秋，偷吃还是青色的西红柿……

父亲知足地说："这小院真好，有槐树，有菜地，可以吃槐花，可以种菜，瓜菜半年粮啊！"的确，在以后的岁月里，院子里这块小菜地，门前这几棵槐树还真的发挥了神奇作用，竟然使我们全家八九口人度过了灾荒年月。

经历二次巨变后的小院，伴我度过了童年、少年时代。当我上完高中进入省城上学时，小院还保留着二次巨变后的模样。为了我和弟弟上学，小院也忍受着二十余年没有改造的无奈，与村里其他人家的高楼大厦比，小院更显寒碜。

贫穷与困苦，使我们懂得了穷则思变的道理。尽管父亲坚决不同意我们"瞎折腾"，但在兄弟们的一致努力下，我们还是打破了父亲的规划，开始了第三次巨变。

门前的槐树被砍了，取而代之的是苹果树、梨树、桃树、杏树等经济树木，搞起了庭院经济。在哥哥的精心护理下，小院收到了明显的经济效益。不但解决了我和弟弟的上学开支，几年下来还有可观的收益，加上地里的收入，终于，我们也盖起了三间大瓦房，白墙红瓦，红漆门窗，宝石蓝的玻璃，在阳光照耀下熠熠生辉。

春暖花开，白的梨花、红的桃花、粉的苹果花飘来阵阵清香。蜂来蝶往，嗡嗡嘤嘤。有树、有花、有果，有蜂、有蝶、有鸟。茶余饭后，踏入小院有一种说不出的愉悦。劳累不堪或是心情不好时，在小院走走，劳累烦恼顿消。

及至"七月枣八月梨"的金秋，踏进小院，一定会被红彤彤的苹果、金灿灿的梨馋得流口水。这时，小院有美丽的景色，有沉甸甸的果实，更有一笔可观的收入。

我爱我的小院，爱生活在小院里的亲人，更爱这变化着的生活！

又是一年槐花香

　　春风拂面，一阵熟悉的花香扑面而来，好像整个人一下子被裹进了白面缸（我对白面自小就特别喜欢），麦香四溢，甜丝丝的，好熟悉的花香啊！槐花！对，一定是槐花！

　　闻香识花，我不由加快了步子，寻着花香沿着办公楼后面的小路一路追寻，先是发现了一两棵槐树，渐渐出现了一大片。蓝天白云，阳光正好，春风不燥，花香万里，又是一年槐花香。

　　汉中的春天总是比铜川早半个多月，熟悉的花香熟悉的味道，自然勾起了我儿时的回忆。

　　对槐花我有一种特殊的感情。在那瓜菜半年粮的年代，青黄不接的春季是最难熬的，往年的粗粮早已断顿，更别说白米细面了。还好，在母亲的精打细算下，咸萝卜和酸菜配着苞谷糁稀饭搅团，总算没让我们一大家子人饿肚子。

　　我最喜欢春天，更喜欢槐花盛开的春天。那些年，每当槐花盛开，整个川道都是花香。漫山遍野槐花香，春风徐来，几百亩树枝摇曳，银白色的槐花镶嵌在碧绿中，一浪高过一浪。银花似锦，碧波荡漾，吸引了来自四面八方的养蜂人，也引来了十里八村的大姑娘小媳妇。下学回家，母亲带着我和哥哥姐姐弟弟，赶着牛羊，向槐花林进军。

　　对儿时的我们来说，槐花的实用价值远远大于观赏价值。偌大一片槐花林，刹那间，到处是男女老少、镰刀麻袋、牛哞羊咩、蜂来蝶往、大呼小叫……人们忙着采槐花，蜜蜂忙着采蜜，我和弟弟竟迫不及待地捋下大把槐花直接送入嘴里，香甜可口的味道至今难忘，以至于把蜂儿一起吞进嘴里，舌头被蜇了也浑然不觉。半开的花苞最好，母亲告诉我们。

待到日上三竿，人们累得精疲力尽，牛羊吃得肚皮滚圆，我们背着几大口袋"战利品"满载而归。

回到家，半个小时左右，母亲麻利地就做好了我们最爱吃的槐花蒸面（槐花洗干净，拌上白面下锅蒸熟），撒上盐巴就是最好的美味了。

拉回思绪，观赏之余，不由自主也采了一点槐花，严格按母亲教我的秘方炮制一通，还配了酸辣蘸料，却怎么也吃不出儿时的味道，何故？

物是人非，时过境迁，儿时的欢乐不再复返，已近半百之年，生活一天比一天好了，吃槐花的佐料也比过去好了几百倍，可是再也吃不出儿时的味道。

有一种情感终生难忘，那就是故乡情，有一种味道记忆犹新，那就是妈妈的味道！

又是一年槐花香，回不去的故乡，忘不了的味道。

品味铜川

铜川，我的故乡。我生于铜川，长于铜川，却从未好好品味过铜川。回想过去，我的童年在山清水秀的小山村度过，少年在艰难困苦的求学路上度过。

那时，我唯一的梦想就是走出山村，跳出农门。为此，我付出了常人难以想象的艰辛。

那时，走过最多的路就是翻山越岭的崎岖山路，吃过最多的饭就是开水泡馍（黑面馍）就咸菜。

那时，最熟悉的铜川就是王家河中学和铜川一中周边，印象中最繁华的铜川就是市政府附近、文化宫周围。

偶尔走过最繁华的文化宫，走进琳琅满目的百货大楼，也只是解解眼馋，留下一路羡慕。那时，我总觉得，铜川是城里人的铜川，繁华是城里人的繁华，与我等乡下人无关！

那时，记忆中的铜川就是两区两县，以煤城著称，加上水泥建材、耐火材料、小化工厂，一马路、二马路，到处煤灰飞扬，王家河、漆水河好像都是污水河。那时，我只顾埋头赶路，无暇欣赏沿途风景，对铜川没什么好感，更无心无力去品味铜川了。

后来，省城求学，汉中工作，成家立业，定居勉县，一路奔波，一别竟然二十余年。

别时还是青年，再回已逾不惑之年。而今，铜川真正成了别人的铜川。

美不美家乡水，亲不亲家乡人。随着年龄的增长，故乡情结日益深重。虽然离开了铜川，但我对铜川的关注从未停歇。

后来，从各种渠道得知，铜川变化很大，新铜川已非老铜川了。工作之余也就多了一份对铜川的关注，不由自主地关注了《铜川日报》微信公众号、"铜川政府信息"、"E铜网"等，也常常想，有时间了好好回铜川待上一阵子，认认真真品味一下铜川。

然而，这个"有时间了"却总是被各种忙碌挤得无影无踪。逢年过节，偶回铜川，也是来去匆匆。前些年，交通欠发达，偶尔春节从汉中回铜川，朝发夕难到，坐火车倒汽车，一路颠簸十几二十个小时，妻儿晕得翻江倒海，我被折腾得精疲力竭。沿途黄土高坡千沟万壑，远山近水一片灰黄，灰头土脸的，与绿色汉中简直不可同日而语，以至于幼小的儿子提起铜川就是"臭铜川"！我虽然呵斥了他，但内心深处已然对铜川失去了耐心，更难提起品味铜川的兴致了！

有人问起我的老家，我只是淡淡地回答一句"铜川的"！"铜川的！那玉华宫、药王山、耀州窑、照金、铜川新区，知道不？""知道。""去过没？""没去过。"每次我都只能弱弱地回答。

身为铜川人，铜川这些大名鼎鼎的名片式的地方还真没去过，我为自己这个铜川人汗颜！

为了不留遗憾，近年，我抽空回家乡，去了久负盛名的药王山、耀州窑、照金。我被药王孙思邈那种救济苍生、造福百姓、潜心中医药研究的忘我精神折服；亲身感受了千年耀州窑的博大精深、匠心独运；接受了红色照金的精神洗礼，体验了薛家寨的地势险要，感慨于老一辈共产党人抛头颅洒热血、蜗居深山闹革命、舍生忘死求解放的豪情壮志！

虽去了几个景点，却太过匆匆，来不及细细品味铜川！而真正地品味铜川，还要归功于近期的一段短暂邂逅。

因工作原因，有幸来铜川逗留数天。第一次走进新区，感受不一样的新铜川。车下高速，"铜川新区"四个立体感、金属感和现代感超强的大字跃入眼帘，让人眼前一亮！宽阔的街道四通八达，商铺、学校、医院、酒店、政府大楼、住宅小区、文化公园、购物广场、休闲乐园……高楼林立，一应俱全。绿树成荫，花团锦簇，天高云淡，气候宜人，车水马龙，川流不息！这是我印象中的铜川吗？我感觉自己仿佛置身于某个大都市。

清晨，漫步在新区大街小巷，去听去看，去品味别样的铜川。夜晚，置身灯火辉煌中，走走停停，霓虹闪烁，去感受美如青春少女的新铜川！

新区如此美丽，毕竟是新区，老区如何呢？乡村如何呢？难免心存疑虑！

周末休息，同学热情相邀，带我走进了千年瓷都古镇——陈炉。六月的初夏，是铜川很美的时节。过新区，过耀州，过黄堡，道路宽阔，川流不息！王家河、漆水河变成了湿地公园，山青了，水绿了，天蓝了，煤灰飞扬的脏乱差不见了，取而代之的是铜川老区路更宽了，街更净了，人更美了！

车行盘山公路，移步异景，千沟万壑的黄土高原跃入眼帘，白墙红瓦的农家小院掩映其间，郁郁葱葱的苹果树、花椒树扎堆成片，休闲农业采摘园，新农村建设日新月异，苹果产业化、花椒规模化、新型农业智能化，鼓了农民老大哥的钱袋子，农村人用手机已经不稀奇，有的小轿车已经开进了田地。被贫穷困苦折磨多年的乡里人，脸上也洋溢着自信幸福和甜蜜。

一路飞驰，一路盘旋，一路风景，一路欢颜！一次又一次刷新着我对铜川的记忆。

细细品味铜川，铜川变了，铜川美了，铜川让我刮目相看了！

作为资源枯竭型城市，20世纪末，这个久负盛名的煤都和建材陶瓷耐火材料基地，逐渐走向了没落，曾经经济总量在全省靠前的老城铜川，被后起之秀延安、榆林一步步超越，曾经引以为傲的铜川人也少了往日的豪气！

进入21世纪，资源枯竭型城市转型升级、矿山采空区生态治理等新的课题摆在了勤劳智慧的铜川人面前。乘着西部大开发的良机，走出老区，走出矿区，走出山区，走进平川，走进都城，走进现代，再造一个新铜川的呼声日益高涨，铜川转型升级正逢其时！

在党中央、国务院和陕西省委省政府的亲切关怀下，在历届铜川市委市政府领导和广大铜川人民的共同奋战下，诞生于世纪之初的铜川新区建设步伐加大，老区生态治理改造大刀阔斧，水泥、建材、耐火材料等小散污企业被果断关停。

十余年如一日，阵痛后的铜川得以重生！

如今，新铜川已诀别老铜川！一个宜居宜养、开放美丽的新铜川正以崭新的姿态阔步走进新时代！

品味铜川，去感受药王故里、书圣之地、千年瓷都那种文化的厚重与历史的底蕴！

品味铜川，去体验红色照金、薛家寨艰险之红色基因和革命传承！

品味铜川，去感悟城乡巨变和新农村建设的日新月异！

品味铜川，去欣赏香山的美景、玉华宫的静谧、孟姜女之神秘！

品味铜川，去品味花椒的香麻和桃、梨、苹果的甜蜜！

站在新起点，走进新时代，铜川的又好又快发展仍需加油努力。背靠大树好乘凉，傍上省府沾点光。铜川的未来在哪儿？可持续发展靠啥？伴随着新一轮西部大开发高潮，随着西延高铁的开通，铜川必将迎来新的发展机遇！位于西安"半小时经济圈"的铜川新区，夹在关中平原和陕北高原之间，稍不注意就会被忽略。铜川要想立于大发展之地，就要研究铜川的地域优势和历史文化资源优势。依托省府西安做文章，与西安做好配套，在中医药文化、红色文化、佛教文化、瓷都文化等方面做优做强文化旅游产业，全力打造都市人休闲养生的乐园；在花椒、苹果生产的基础上，探索现代生态智能化农业生产，打造绿色无公害菜篮子、果盘子基地；在建设安全宜居舒适的住宅方面下功夫，打造智能化小区，建设舒适型家园；在争创特色铜川地方小吃方面下功夫，打造"吃货"的天堂；在体验型种地、瓜果务养采摘、瓷器制作、住农家院吃农家饭等方面开展假期体验活动；在高端附加值的高科技产业方面下功夫，打造铜川的"硅谷"！总之，铜川要打造精品，提升服务，凸显个性，在开拓创新中不断提升城乡核心竞争力，让每一个来铜川的人都玩得好，吃得香，留得住，来了还想来，走了还会来！

品味铜川，关注铜川，热爱铜川，祝福铜川！因为，我的老家在铜川。

我的一天滴滴车主生活

3月25日，周末，阳光灿烂。天汉大地菜花黄，春风百里草木香！我突发奇想体验了一天滴滴车主的生活。行程230公里，历时12小时，往返汉中勉县两趟，汉中褒河一趟，穿越褒河天荡山一趟，县城短途往返四趟。时而穿越城市大道，时而徐行乡村小路，时而掠过滨江风情，时而醉游油菜花海！

全天载客9趟、18人。有商人，有农民，有老师，有大学生，有高中生，有小学生，有幼儿。

健谈者有之，沉默者有之；悠闲自得者有之，穷困窘迫者有之；俊美者有之，丑陋者有之。

百人百性，相谈甚欢者忘却时间，话不投机者半句嫌多。总体而言，素质高者占绝大多数。

忙时时间飞逝，闲时度时如年。刻意等客时，寥若晨星，拟收车回府时，却客源爆满！

有客户替我打抱不平，说是另一位拼座者绕路费时应加收费用。滴滴打车，平台给价，诚信为本，私自加价有失厚道！

有西安外院俩学生，下车后，记起少支付10元钱，硬是追了我一段补上，为"90后"点个赞！

有一驾车仅几天的美女，拎一小狗上车跟我大谈开车经验：城市她不敢开，高速直接从绵阳开回汉中！佩服佩服！

有一帮陕航技校的学生，下车支付神速，还不忘连声道谢，瞬间阳春更暖！

赏沿途风景，听乘客心声。

打工难，经商难，为官难！教书苦，学习苦，相夫教子也很苦！生活，谁人不难？人生，何处不苦？

车来车往，不觉已日落西山，腰酸背疼，饥肠辘辘。正欲收车时，又接一单，还好只是短单，诸葛古镇到艾斯酒店。

接到乘客，相聊甚欢。我一时兴起，甘当勉县义务导游，拉客人抄河滨大道赏沔水湾广场新景。还振振有词说艾斯酒店距广场一步之遥，饭后可徒步来赏勉县夜景，品汉水风情！客人云里雾里，不得其解！

"师傅，我要去的艾斯酒店在汉中！"路边紧急稍停，仔细看单：艾斯酒店（汉中茶城），顿时泪奔！

诚信为本，安全第一，客户至上，服务上乘！我重新振作精神，开启导航，全神贯注，向汉中进发。彼时已傍晚六时有余。晚七时许，客人安全送达！

立即按下收车键欲返回勉县，却遇市内晚高峰，穿街过巷，如蜗蚰爬行，返回家中，早已华灯初上。

看到我平安归来，家人心中方安！狼吞虎咽一通，原本还想发图写文谈体会呢。无奈浑身酸痛，洗罢昏睡，一夜无梦，甚是香甜！

滴滴体验一天，收入寥寥百元，成本接近一半，深感生活艰难！

充当滴滴车主，周末体验生活。不为名利奔波，只图不忘初心，砥砺奋进意志更坚！

生活不易，人生苦短，勇于尝试，不留遗憾！拙劣小文，以资纪念！

你好，汉中

"他们位居中国版图的地理中心，历经秦汉唐宋三筑两迁，却从来都是卧虎藏龙，这里的每一块砖石都记录着历史的沧海桑田，这里的每一个细节都印证着民族的成竹在胸，中国最佳历史文化魅力城市——陕西汉中市。"这是中央电视台 2006 年中国魅力城市展示活动组委会为汉中写下的颁奖词。初识汉中，是多年前的夏天。1996 年 7 月，刚走出校园的我，告别故乡铜川，只身来到位于陕西最南端汉中宁强县燕子砭镇的省属国有企业——陕西八一铜矿。

关中平原骄阳似火，干旱燥热，而天汉大地却是风轻云淡，清凉爽朗。车在青山中盘旋，悠悠嘉陵水如丝如缎，茫茫稻米田碧绿一片，绿水环绕，峰回路转，一步一景。美丽的山水风光如藏在深闺人未知的曼妙少女，渐迷人眼，一扫舟车劳顿。单位位于群山怀抱的一座边陲小镇，宝成铁路穿境而过，嘉陵江水绕矿而行。矿部办公楼、厂矿车间、家属楼、学校、医院、俱乐部等依山而建，错落有致。弯弯曲曲的矿区道路和层层叠叠的各类台阶把工作、生活与娱乐点连成了一张网。乳白墙体的八一大楼（原陕西八一铜矿由原兰州军区 21 军创建，矿部办公楼造型俯瞰也是"八一"俩字），掩映在绿水青山中。拾级而上，两边的夹竹桃开得正艳。

这里是陕甘川三省交界，素有"一脚踏三地，鸡鸣惊三省"之称。远离闹市，如诗如画，犹如世外桃源。初到单位的几天，我们一帮同来的毕业生畅游嘉陵江畔，戏水燕子河中，探访燕子砭老街，品尝风味美食……陶醉在山清水秀景色宜人的快乐中，忘乎烦扰忘乎愁。初识汉中，其实只是相识了汉中的冰山一角。当新鲜不再，回到现实，得知矿山曾经的辉煌盛世一去不返，资源已经枯竭，企业正面临"二次创业"期，失落感油然而生。然"既来之，则安之"！苦苦挣扎之后，我们还是决定与企业结为命运共同体。于是，从宁强嘉陵江畔到勉县汉水之滨，我们与企业一起走过了二十余年艰苦卓绝的"二次创业"征程，成为企业转产求生的亲历者、建设者。一路走来，见证了企业的发展壮大，也目睹了汉中的历史巨变。只顾一路奔波，哪顾得上沿途美景。弹指一挥间，二十余年摸爬滚打，倾情相伴，从青年走向中年，最好的青春年华给了我的企业、我的家，从相识相知到相爱，汉中已然成为我的第二故乡。然而，我从未写过关于汉中的只言片语，每每下定决心动笔，临阵却总是落荒而逃。或许，浓墨重彩书写汉中的大家太多太多，我等无名小辈实在望尘莫及；或许，早已过了"七年之痒"，产生了审美疲劳，对汉中的美司空见惯了。

后来，工作之余，尝试走进汉中。走进大街小巷，品尝汉中美食，回望汉中美女；走近山山水水，领略汉中美景，品味风土人情……久而久之，我被汉中之美深深吸引了，陶醉其中，渐渐爱上了这座城市。然而，真正要为汉中写点文字时，才发觉汉中那么博大精深，自己才疏学浅，真不知道该从哪下手。思之再三，还是从汉中美景说起吧！

汉中美如画，四季景不同！汉中的春是黄色的！当北国还是冰雪封地时，这里早已春意融融，草长莺飞了。阳光普照天汉大地，鸟瞰群山环绕的汉中盆地，百万亩油菜花竞相开放，犹如金黄色的绸缎铺满了山川沟畔。绿色的麦田、粉红的梅花、桃花，白色的樱花、梨花镶嵌其间，蜂恋蝶舞，鸟语花香。层峦叠嶂的梯田，白墙红瓦的民居，碧波荡漾的汉水，呼啸而过的高铁，欢声笑语的游人……"天汉大地菜花黄，春风十里草木香。"仿佛天宫一不小心弄翻了水彩画盘，铺天盖地绘就了一幅田园山水画！其实，汉中的春主色调是黄色的，更是五彩斑斓丰富多彩的！

汉中的夏是绿色的。走近绿水，那"一江清水送北京"的汉水，俊美灵秀，滋养一方水土，自不必说；那褒河水库、南湖、红寺湖、南沙河、黄花河、养家河、长沟河……人们或碧水荡舟，或畅游嬉戏，或临水垂钓，再品一杯绿茶，别有一番滋味。走近青山，那闻名遐迩的黎坪国家森林公园，仪态万千，笑迎八方来客，自不多言；那华阳古镇、石门、定军山、午子山、天台山、云雾山……绿水伴青山，山水互为伴，纵山水之间，乃天然氧吧，投入绿色怀抱，倍感凉爽舒心。绿树成荫，绿水青山，绿茶飘香，绿色稻田！

稻花香里说丰年，听取蛙声一片！汉中的秋是红色的。当一阵秋雨一阵凉后，看万山红遍，层林尽染，万紫千红就成了汉中最耀眼的颜色。黎坪国家森林公园的红叶大气磅礴，华阳古镇景区的红叶气宇轩昂，云雾山的红叶温文尔雅，定军山的红叶豪迈奔放，午子山的红叶英姿飒爽，紫柏山的红叶韵味悠长……

汉中的冬也别具特色。当北方被一片萧条遮蔽时，这里依然绿意盎然。即使大雪纷飞的日子，遥望高山，群山之巅白雪皑皑；俯瞰平川，翠绿之间，白纱曼妙，犹如穿着婚纱的女子，正向我们深情款款地走来！湿润稍冷的清晨，去巷道深处吃一碗麻辣飘香的热米皮、菜豆腐，实在过瘾！

汉中素有"汉家发祥地，中华聚宝盆"之称。秦末楚汉相争，汉王刘邦以汉中为发祥地，"明修栈道，暗度陈仓"，取三秦定天下，建立汉王朝。三国时期，汉中曾是诸葛亮施展文韬武略，六出祁山、北伐中原长达八年的根据地。2300多年历史积淀，汉水之畔，养育了古之张骞、李固、蔡伦，近之何挺颖、陈锦章等中华英才；李白、杜甫、陆游、张良、韩信、萧何、张鲁以及太平天国遵王赖文光等都在此留下足迹。当代著名文化学者余秋雨有言："让全体中国人都把汉中当作自己的老家，每次来汉中当作回一次老家。"

宋黄裳《汉中行》有言："汉中沃野如关中，四五百里烟蒙蒙。黄云连天夏麦熟，水稻漠漠吹秋风……"

巍巍秦巴山天然屏障，悠悠汉江水甘甜滋养。穿过历史的云烟，两汉三国的故事仿佛还回响在耳畔。俱往矣，数风流人物，还看今朝！当2020年的脚步走近，380万汉水儿女已阔步走向了21世纪第二个十年，伴随着"铁公机"交通大动脉的顺利打通，昔日的"蜀道难，难于上青天"一去不返，天堑变通途，拉近了汉中与世界的距离。这，必将迎来汉中大发展的新曙光。

你好，汉中！汉中，你好！愿山河无恙，你我相约汉水之滨，把盏言欢，品美食，饮美茗，看美景，回味两汉三国风雨云烟，安享真美汉中岁月静好！

于 青

西安市作协会员，未央区作协会员，《作家摇篮》杂志签约作家。作品见于报纸、杂志及微信公众号平台。

前世缘，今生泪

无才可去补苍天，

枉入红尘若许年。

此系身前身后事，

倩谁记去作奇传？

——清·曹雪芹

一

话说荣国府里贾政老爷的夫人王氏在快四十岁的时候再次临盆，尽管这已不是她第一次生孩子了，但还是忙坏了上上下下一干人等。

你还真别说，这位新生的小公子就是和别家宝宝大有不同。一落娘胎，非但没有像前两胎那样哇哇大哭，紧闭着的小嘴儿里似乎还衔着个什么物件。待接生婆子小心翼翼取出来，交由大丫鬟递给此刻已经筋疲力尽却又满心欢喜的王夫人时，夫人也只是略略抬了下眼皮，随即扭过脸去轻声说：送去给老太太和老爷瞧瞧。自己则一门心思全然放在了眼下刚刚诞下的儿子身上。虽然常来给府里老爷太太们瞧病的张太医曾一再暗示她，这胎怀的一定是个男孩儿，但王夫人的心依然高高悬着。直到此刻儿子呱呱坠地，才又在心里默默念起了"阿弥陀佛"。

自己的娘家在金陵城里也是有权有势、极富极贵、极有名望的，而且还是被到这里来任职的大小官员们私底下抄成一张小纸条（名曰"护官符"）相互暗递、处处都要设法巴结着才能安心当职的四大家族之一——"东海缺少白玉床，龙王请来金陵王"的王家。但无论娘家再怎么富贵显赫，自己做了别人家的媳妇，最讲求的还是母凭子贵，得生出儿子来自己的腰杆才能更硬。

自从唯一的儿子贾珠离世后，丈夫似乎更喜欢在赵姨娘房里住了，要不是给自己还留下个小孙儿贾兰撑着，自己正室夫人的位子只怕早就成了摆设。长此下去，让那比自己年轻貌美的赵姨娘或周姨娘得了空子，自己在家里的威风何在？在娘家人跟前的脸面又往哪里搁……

这位小公子离娘胎时嘴里衔的那块美玉虽然只有麻雀蛋大小，却灿若明霞、莹润如酥，还有五色花纹缠护，打眼一看就知道不是个俗物。如果仔细辨认，还能看到正面上面由右到左刻着"通灵宝玉"四个细小的篆字，底下两排由上至下分别刻的是"莫失莫忘仙寿恒昌"；反面依然是由右至左共三竖行，依次是：一除邪祟，二疗冤疾，三知祸福。把它们翻译成现代白话文的意思就是：千万不要丢失忘记，它能保你长命百岁，还能降妖治病，预知祸福。

这桩欢天喜地的奇事一下子就轰动了荣宁两府，更成了金陵世家王公贵胄们饭后茶余必要谈及的话题。冷子兴在姑苏城外智通寺旁边的小酒馆里给贾雨村讲起这桩事的原委时，惊得那位已经丢了官职正在给林黛玉做家庭教师的贾雨村也是瞠目结舌，连声称奇。

由于荣国府的长房长孙贾珠娶妻生子后不到二十岁就不幸夭亡，王夫人中年再生的这位衔玉公子就被家里的老祖宗史老太君起名叫"宝玉"，并当成自己的心肝肉儿般宠着护着，成了贾府里的"混世魔王"。

二

说起衔在宝二爷口中的那块鲜明莹洁的美玉，的确不是一件凡物，它的出世也是很有渊源的。

传说女娲补天时有一块被剩在青埂峰下的顽石，由于不甘心自己没有被用于补天，日夜悲号自怨，后来偶然听见一个和尚和一个道人高谈阔论红尘中的荣华富贵，内心非常向往，就反复苦求。那两位僧道推托不过，最后就由和尚大展幻术，把它变成一块扇坠模样的美玉，跟着贾宝玉一起出生下凡历劫而来。它可是贾宝玉的"命根子"呢。后来宝二爷在十三岁那年被魇魔作祟，命悬一线，各路神医全都束手无策，最后连棺材都做好了，院内却神奇般传来了隐约的木鱼声，有人念着："南无解冤孽菩萨。有那人口不利，家宅颠倾，或逢凶险，或中邪祟者，我们善能医治。"情急之下，贾母和王夫人连忙让人把那癞头和尚和跛足道人请进屋来，心里只想着权把死马当作活马医吧。只见那和尚只把那件宝贝放到手心，先是嘴里念念有词，紧接着又抚摩玩弄一番，和那道人又嘱咐了一些注意事项，随即走了。过了有一月多，宝二爷竟然神奇般地不治而愈，人也清醒了，病也全好了。

那块顽石在下凡前曾被太虚幻境里主管人间风情月债、女怨男痴的警幻仙子指名为赤瑕宫神瑛侍者，没事儿的时候经常在西方灵河岸边溜达。有一天，忽然发现岸边的三生石畔新长了一株深红色的仙草，十分婀娜可爱，顿时心生爱意，从此精心呵护，每天采集甘露灌溉它成了心里最要紧的事情。日久天长，习惯成自然，那神瑛侍者一日不去三生石畔，就会牵肠挂肚，心生不安。而那棵后来修成女儿体的绛珠仙草也不再只顾着惦记他每天不定时送来的甘露，只为了天天能够见到前来养护自己生命的心上人，时常饥饿的时候就吃些"秘情果"，渴了就喝"灌愁水"，拼足气力也要好好多活个几百年。并对警幻仙子表明心迹，自己情愿追随他下世为人，用一生所有的眼泪还报他给予自己的雨露之恩。

也正是这前世的多种因由，《红楼梦》第三回宝黛初见时，时年六岁多七岁不到的林黛玉看到比自己大了一岁的二舅家的表哥——贾宝玉时，内心首先是大吃一惊："好生奇怪，倒像是在哪里见过一般，何等眼熟到如此！"

是呀，此时还年幼的林妹妹又如何能得知眼前似曾相识的他就是前世那个在三生石畔整天守着自己，一起沐风听雨数星星的神仙哥哥呢？

也许是一直喜欢读《红楼梦》的原因吧，我对越剧《红楼梦》里的著名唱段"天上掉下个林妹妹"情有独钟：

贾宝玉：天上掉下个林妹妹，
　　　　似一朵轻云刚出岫。
林黛玉：只道他腹内草莽人轻浮，
　　　　却骨格清奇非俗流。
贾宝玉：娴静犹如花照水，
　　　　行动好比风扶柳。
林黛玉：眉梢眼角藏秀气，
　　　　声音笑貌露温柔。
贾宝玉：眼前分明外来客，
　　　　心底却似旧时友。

我特别喜欢唱词所传递出来的生动和美妙，把二玉初见时那种少男少女的羞涩神情和彼此心中欢喜的情意表现得活灵活现，有一种极强的代入感。只是唱腔的节奏如果能设计得慢一点、演唱再柔美一些就会更合我心。正如 2009 年 4 月底，上海东方卫视现场直播小提琴协奏曲《梁祝》诞生 50 周年纪念音乐会上，谈到创作灵感的时候，何占豪先生表示就是从"天上掉下个林妹妹"的第一句得到灵感，创作出了永恒的经典《梁祝》，而《梁祝》最终也成了世界名曲。难怪三十多年前第一次听著名小提琴演奏家盛中国演奏该曲的磁带时，我的心就被牢牢抓住，也和大多数《梁祝》的"铁粉"一样，被强烈震撼，从此一发不可收地爱听此曲、爱听越剧。

然而二玉的真爱注定是个悲剧。

每读到第五十七回"慧紫鹃情辞试忙玉，慈姨妈爱语慰痴颦"那段情节时，我都忍不住再次掩书拭泪，悲从心来。

林黛玉和贾宝玉自幼两小无猜、青梅竹马，两心相悦、真心相爱是整个贾府上下全都心知肚明的事情，只可惜自幼父母双亡，寄人篱下又无依无靠的林妹妹除了老祖宗对自己的亲外孙女出自本能的真心疼爱之外，再没个知疼着热的亲人，眼看到了待嫁年龄，却没人为她操心婚姻大事，自己心里再急，也羞于启齿。每天只试图变着法子、使着小性子来验证她的宝哥哥是否对自己是百分之一百的真心，再没有其他更好的办法。倒是初进贾府时，由老祖宗派给她的丫鬟紫鹃反而要比苏州老家带来的雪雁更体己上心，始终满心满眼全是林姑娘的喜怒哀愁。只可惜小丫头人微言轻，说出来的话作不得数。尽管紫鹃也曾经不失时机地恳请薛姨妈出头撮合宝黛姻缘，然而，彼时同是寄居在亲妹妹家的薛姨妈虽然嘴上说着让老太太把林黛玉定给贾宝玉的话，但心里究竟打的什么小算盘，谁又能说得清？

其实仔细想想，大人们的心思，小孩家家的又能读懂几分！更何况旁边还有一位选秀未果，无论才情和样貌都绝不输林妹妹的——早就伺机"好风频借力，送'她'上青云"的宝姐姐呢。

尽管那位清纯的宝二爷看着似乎对府里的女孩都很好，其实他的内心却始终只钟情林妹妹一人，仅仅为丫鬟的几句戏言就信以为真，闹腾得死去活来、搅和得全府上下都不得安生。他这样的孩子怎能不让家长心生熬煎呢？日后要是真把个天真率直、整天哭哭啼啼又最爱使小性子，还从来都不帮助宝哥哥上进的林妹妹娶进门，偌大的一份祖业以后还不被这一对欢喜冤家早早给断送掉？而且林黛玉经常病恹恹的，一副弱不禁风的样子，怎么看都不像是个能长寿的。试问谁家愿意要这样一位姑娘来做自家的孙媳妇或儿媳妇呢！毕竟各大权势家族之间门当户对的联姻才是最明智的选择。更何况家中巨富的宝姐姐从方方面面看，似乎都比多愁多病的林妹妹更适合。

而贾政既要孝敬娘亲，又不忍心惹夫人落泪，更念及长子早亡，只能是天天恨得咬牙切齿，恨不能打死这个不肖的孽障。更多的时候也只是睁只眼闭只眼，自己宽慰自己：哎！随他去吧……

话说回来，自古以来，好男儿本来就应该胸怀天下，就连匈牙利诗人裴多菲笔下也有名句：

> 生命诚可贵，
> 爱情价更高；
> 若为自由故，
> 两者皆可抛！

当然贾宝玉生在富贵人家，可谓捧着金碗降生的，还用不着他去为国杀敌，建功立业，但他毕竟是"护官符"上位居第一贾家的未来和希望，整天不思进取又不务正业，只管疯疯癫癫地在女儿堆里厮混，不把父亲贾政气得吐血才怪呢。即使是换到当今社会里，将心比心，都是一理：任谁家出个整天不求上进，只生得一副好皮囊，其实腹内草莽的混账小子，父母也得愁得夜夜睡不安稳，日日伤心落泪。

三

诸多原因叠加起来，同情终归同情，宝黛的爱情注定不会有个好结果。

最终泪尽而亡的林黛玉一缕香魂抱憾归了离恨天，只留下宝玉的一副躯壳，空对着那"都道是金玉良缘"的宝姐姐，叹息、垂泪！因为他的心早已随着木石前盟的林妹妹一起死去了……

何玉俊

陕西西安人。长安作协会员，扬州诗协会员。《作家摇篮》杂志
签约作家。作品散见于网络平台、杂志、报纸，偶有作品获奖。

夕照灞河

七月，是一年当中最热的时令，也是一个夏花烂漫的季节。

晚饭后，信步来到灞桥湿地公园。河岸，清风习习，绿柳依依。太阳已经失去了晌午的火辣，只存下了温柔。

树木把天边的太阳拽过来，挂在各自的冠上，用细枝末叶分拣出红、橙、黄、绿、青、蓝、紫的光芒。

林间仿佛悬浮着一件件袈裟，草丛中仿佛藏落了一枚枚钻戒，各种知名不知名的小花儿，沉浸在夕阳赐予的七彩光环中，更显俊美；幽径、小溪，被从树木缝隙里挤进来的夕阳装点得更显浪漫。

夕阳，在被微风揉皱的湖面上，播下粼粼波光。堤岸的高楼、树木、花草，也争相在水里暗自欣赏着最美的自己。鸟儿侧身空旋，忽而斜线下落，贴着水面滑翔，在水里捕捉自己美丽的身影。

从高处看，荷塘嵌在草木丛中；从低处观，荷塘接着天际。茂盛的荷叶，热情洋溢地高高探身出水面，沐浴着被晚风过滤了的夕阳，淹没了曲折迂回的栈桥。游人在栈桥上踱步，犹如在荷塘里穿行。人荷融为一体，在晚风的轻摇慢曳中，翩然起舞，犹如在放映 3D 影视。

田田翠叶，才露出水面的，还卷着尖尖角儿，犹如娃儿们手上的玩具小梭；圆圆润润的，则像少女手中撑开的绿绸伞。

灿如繁星的荷花苞儿，从重重叠叠的叶子间挤出来，大大小小，有的像少女指间待抹的唇膏，有的像画家手中蘸红的巨笔，有的则像供奉仙子的透红寿桃。

欲开、正开的花，千姿百态，极尽妖娆。看吧！她们有的才绽开一两片外瓣，像小鸟扇起欲飞的翅膀；有的蓬勃怒放、笑靥酣畅，大张的瓣儿围着黄灿灿的蕊，似恋欲离；有的含娇带媚，藏匿在叶子下面，随风借隙，偷窥着外面的世界；有的露出半个脑袋，羞羞涩涩，犹抱琵琶半遮面；还有的则像火辣辣的川妹子，妩媚地挺出水面，热情奔放；而偶有疏缀其间的几朵白莲，流露出"出淤泥而不染，濯清涟而不妖"的冷艳，令人犹生爱怜。

静谧的池水，犹如一面明镜，倒映在里面的荷叶、荷花，一个个都宛如身材高挑、腰肢纤细、身着绿裙的窈窕少女，在随风跳着芭蕾。

纷飞的蝴蝶，在夕阳中依恋着花儿，围着花儿翩翩起舞，累了便轻轻落在花儿上小憩。

蜻蜓，时不时也蹿出草丛，扎进荷塘，点一下水，泛一朵涟漪，然后跃上荷尖，在夕阳里抖动一下透亮的羽翼。

游人，三三两两，穿越林荫，漫步草坪，围绕荷塘，看着，说着，笑着。儿女搀扶着步履蹒跚的父母。咿呀学语的宝宝或是被抱在父母怀里，或是被背在背上，或是躺在儿童车里被推着。大点的孩子则在父母的视线里蹦跳、追逐、嬉闹。

休息厅里吹拉弹唱，声乐悠扬。

夕阳在徐徐下落中，渐渐收走了它的彩光。人们尽管意犹未尽，还是在几次回头后，流连着、感慨着踏上了回家的路。

七月夏天的灞桥湿地公园风景优美，特别是傍晚更有情趣。夕阳，照在树林，照在草坪，照在水面，照在荷塘，照在游人身上，仿佛给大地披了一层用七彩细丝织成的蝉翼般的轻幔。

繁花灼灼，乱红迷眼

正月十六有"游百病"之说，出门一路向东走着，我不知不觉走到了地铁停靠站旁边的绿化带跟前，远远就闻到了缕缕沁人心脾的暗香。

这儿有一片梅园，正值梅俏枝头的时令。蜡梅在年前就已经开放，黄灿依旧，风韵犹存。红梅还紧紧地裹着胸怀含着苞蕾，似乎在等待着，等待着一场大雪，一场纷纷扬扬的鹅毛大雪，好展现一出红梅傲雪的壮丽奇观！

我在梅园中一边漫游一边观赏。时而围着梅树转悠拍照，时而停在梅树前端详，端详着梅在严寒中傲立枝头喜报新春的各种姿势、各种状态。花瓣即将凋零的梅、神采飞扬敞开心扉的梅、精神抖擞花瓣欲绽的梅、含苞待放养精蓄锐的梅……偶尔鼻子贴近梅嗅嗅，吸一股梅的幽香。不断前行，渐渐走出梅园，但梅的香味仍然从身后飘来，紧紧相随。

放眼绿化带周边，万物都在等待着春的召唤，在春的呼唤中复苏，再次展示生命的美丽！

无意中目光扫向马路对面，猛然发现几株热火朝天的树，开满了耀眼的花。这不是红梅吗？我心想，大概这边阴面红梅迟绽，那边阳面红梅早放，向阳之地春先到嘛！想瞧瞧红梅盛开中的壮观景象，便不由自主地穿过了马路，近处比远处更美更好看，一树树花红艳艳开得分外妖娆，好不热闹。比起那边的梅来，这边的梅更有姿色，更令人陶醉。

可是，看着看着怎么感觉哪里不对劲，人们常说"干股梅"，也就是说梅树是先开花再长叶子，怎么这梅花和叶子并存了呢？再说了，"傲骨梅无仰面花"，怎么这花朵朵都面面朝上呢？而且也闻不到梅的香味。哦？难道是桃花不成？桃花倒是先长叶子后开花，嘿，那也不对呀！不是"三月桃花遍地开"吗？况且那也是说南方，北方要等到四月左右了。

　　我看不明白，倒想弄个清楚，便凑上去端详。这花瓣的颜色、形状确实是梅花呀，而那叶子却是桃树的嫩芽。忍不住就伸出手来摸了上去。摸着摸着这疑惑就来了，触及花瓣没有那种柔嫩细腻的感觉，只是一种缺乏弹性的光滑。再仔细察看藏匿于繁花中的枝干，呀哈！孰料是缠绕于落叶树干且色相一致的假枝，原形毕露，真相也就大白。天哪，这是几树假花呀！不过这假花做得也太逼真了，几乎达到了以假乱真的水平。

　　忽然，想起了《红楼梦》里的一句诗："假作真时真亦假，无为有处有还无。"是啊，这真真假假、假假真真，若不仔细观察区分，真假的确难以辨明，景观如此，生活不也如此吗？

东风撒玉尘，西安如梦幻

腊月十三，西安在朔风的交响乐中，铺天盖地地飘舞起杨花柳絮。大雪里的古城，仿佛冬披上嫁衣，等待春的迎娶。

雪，是上帝放出的宠物，在空中欢飞，在人间漫游。她是那么灵动、那么调皮、那么可爱，落地之前先要将人戏谑一番。她顺着迎面的风沾在行人的眉毛上、飞进眼睛里、扑进嘴巴里、钻进鼻孔里，还亲吻面颊，在肌肤上凉飕飕、冰呼呼地轻挠一下，留一滴水珠，转身便溜了。

雪，是仙女们打翻了王母娘娘的脂粉盒，从天空中徐徐洒下，落在大唐芙蓉园古建筑的红墙木柱、黛瓦飞檐上，挂在路边的灯塔及卸了妆的树枝上，涂抹在大理石的护栏和台阶上，覆盖在纵横交织的大街小巷的地面上，她轻柔而洁白、素雅而宁静。

飞雪中的大雁塔、钟鼓楼、明城墙……披一头银发、挂一脸白须，显得好威严、庄重、苍古而神秘。

纷纷扬扬的大雪，更似青女轻捻玉指，散落人间的思绪。请看，她正以朦胧的色调，如梦如幻地带着古城西安，穿越千年时空，将大唐的盛世繁华，悠然地、一幕幕地，推在我们眼前……

好雪，好书

朋友送了两袋书，我甚是高兴，两手拎着从北大街走到了西新街。恰逢管理单位的期刊又收获了五五二十五本。

下楼，外面竟飘起了雪花，三袋子书感觉有些分量，看来去广济南街只有打的了。雪，逐渐大了起来，混杂着风，风在严冬里、在2018年的第三天里、在今年的第一场雪里，有点刺骨。我瑟缩着、哆嗦着，急切地等待的士的到来，可是，过往的车辆都座无虚席。

换个车辆多点的路段吧，情况依然如故，那就边走边等吧！雪，逐渐飞扬了起来，雪花由开始的小巧玲珑、晶莹剔透，转向鹅毛，变成柳絮。雪，下落的速度也由开始的漫不经心、翩翩飞舞，在风的鞭策中变得急匆、急切，速速哗哗下落。雪，落在头上、撒到身上、挤进书袋。风，扇着脸、抽着身体、直钻脖子里。眼见着珍贵的书任凭飞雪侵蚀，我心里有丝丝痛惜，毫不犹豫顺手解下围巾盖到了书袋子上。

车，还是难以等到。雪越来越大，风越来越疾，书越来越沉。脚下已经开始打滑，行进的速度也越来越慢，尽管步履艰难，我还是咬住牙一步一步向前走着。

导航提示，已经走过了一半的路程。既然没有车，距离目的地越来越近，干脆一门心思走吧。若不是下雪，或者若不是手中的三袋子书，两三公里的路走起来算不了什么。可是，风雪交加中拎着沉甸甸的三大袋子书，在打滑的路上左拐右拐穿行，真不那么容易。

然而，想起小时候对书的渴望、对书的渴求，用"如饥似渴"来形容一点都不假。那时候，除了课本哪里还有能阅读的书籍？即使凑巧碰到了也只能眼巴巴地瞅瞅，抠抠干净的衣兜，极不情愿地离开。唯一能见到的是报纸，还得有门路才能借阅。偶得一份报纸，我总要一字一句、一行一段、直到一篇，仔仔细细、认认真真地读，就连报纸中缝也从来都不放过。最容易读到的是《陕西日报》，后来有了《陕西农民报》，偶尔也能看到《中国青年报》和《参考消息》。

时下，尽管社会已经进入信息时代，阅读面非常广阔，只需打开电脑或打开手机，随时随地就可以阅读。然而，我对书至今情有独钟，且热情丝毫不减。

辗转着总算回到了家，手被勒出了深深的凹陷，还有点麻木，用热水冲冲就行，我着急把书整理一下。书袋尽管是油光加厚纸，但终究难以抵住雪的侵蚀与书的重压，提带断了，袋子破了。尽管我那么用心、那么小心，还是有一部分书没有躲过雪的偷袭。

然而，遭遇了雪花亲吻的书却散发出了淡淡的墨香。雪，是好雪，瑞雪兆丰年。书，是好书，我将在书中遨游。

周 茜

笔名细草。医生，主任检验技师。陕西省散文学会会员，《作家摇篮》杂志签约作家。多篇文章在报纸、杂志及网络平台发表。

成年人的快乐

人皆追求生之快乐。正因此，"六一"这个本该纯粹属于孩子们的欢乐节日，也成了很多成年人热捧的寻欢追昔的快乐秀场。可见除了小孩子，快乐真不是一件容易的事。

《老子》说："知足不辱，知止不殆，可以长久。"这一个"知"字何等了得：知，方能得乐。

人在不断成长，到哪个年龄就是哪个年龄的心智，童心必然逐渐变化，快乐也逐渐掩藏在欲望厚密的云翳之下。

童年的快乐很多，比如舔舐一根冰棍的沁甜、大汗淋漓地比赛滚铁环、喝老井里压出的清泉水、拎着一袋米换回雪白柔韧的凉皮、老灶头铁锅生姜炖刚捕获的甲鱼……这些快乐得来得简单、纯粹、自然，快乐就是我们童年生活的原生态。

成年人的快乐得来得艰难。为稻粱谋的生存压力，对全方位成功的迫切追求，前台、后台和装台的角色转换……我们习惯了分裂和伪装的生活，很难再拥有身与心的和谐统一。我们忘记了用简单的方式来处理物质与欲望，我们自我生活的隶属系统和内心的参照系统不一致，累积的压力使得我们心理失衡，真正的快乐也就荡然无存。

向前走，向远处走。

那些曾经被认为最有价值的东西不断地被替代和推翻，清泉般的快乐早已断流。

人生实苦。全民贩卖焦虑的时代，"一地鸡毛"是成年人生活的常态。

快乐成了稀缺资源，简单纯粹的童年更加显得弥足珍贵。

我们把幸福建立在与他人的比较上，我们须得用自我炫耀和展示来挫伤他人，从而获得更大的快乐。这样的依赖无数人才能获得的复杂生活，也难怪快乐会远离我们。

　　适意行，安心坐，渴时饮饥时餐醉时歌，困来时就向莎茵卧。日月长，天地阔，闲快活！

　　旧酒投，新醅泼，老瓦盆边笑呵呵，共山僧野叟闲吟和。他出一对鸡，我出一个鹅，闲快活！

　　意马收，心猿锁，跳出红尘恶风波，槐阴午梦谁惊破？离了利名场，钻入安乐窝，闲快活！

　　南亩耕，东山卧，世态人情经历多，闲将往事思量过。贤的是他，愚的是我，争甚么？

怎样的快乐是成年人最期待的？我觉得关汉卿的这组《四块玉·闲适》大概是很多成年人心中追求的快乐的至境。然而世间毕竟俗务纷纷，又有几人真的可以闲逸脱俗？

于是，快乐最终依然回到了这个"知"上：

顺天施化，识物始终，自知知人，就会快乐。

自得其乐又不伤害他人，就会快乐。

懂得不被快乐，懂得不装快乐，那就是快乐。

西关街 16 号

　　这是故乡县城最古老的一条商业街，石板路，老瓦房，南北不过百十米。穿过老街尽头的一条土窄巷，就能看见白杨林外缓缓流淌的母亲河——汉江。

　　牛队有时候会走过这条街，农人牵着它们，清脆的牛铃叮当作响。有一天下午牛群快要经过的时候，我和润英姐抓起街头鞋匠兵娃的小鞋钉穿在几小块橘子皮上把它们撒向街面，我们嘻嘻哈哈地躲进西关街 16 号的老屋，偷偷观察牛的反应。一头牛走过去，三头牛走过去，第四头牛的蹄子，不偏不倚正好踏在了一片橘皮上。"哞……"随着牛的一声吼叫，我清楚地看见了它抬起的牛蹄、颤抖的身体，还有泪汪汪的眼睛。弥漫而来的罪恶感里，我伸手摸向自己的脚掌，我的心撕裂般地疼了起来。

　　润英姐租了我家的门面，在西关街 16 号门前的老榆树下面卖布。她瘦弱而活泼，我在和她玩的时候经常会出神地想：我要是有她这么苗条和自由该多好！有段时间，我们学校要求每个学生要积极投身到灭四害的队伍中，隔三岔五要交十根老鼠尾巴。为了帮我完成任务，父亲做了一只老鼠笼子，放在了后院的天井里。我恨死这些老鼠了。那天，润英姐一边帮我剪老鼠尾巴，一边笑着问我："你长大了想找个什么样子的男朋友呀？"我咬牙切齿地喊："拿笔来！"紧接着，我飞快地在纸上画了一个手持文件夹、高高大大国字脸戴眼镜的男生，再恶狠狠地往文件夹上使劲写上"灭鼠专家"四个大字，扭过头对她说："看吧，这就是我以

后想找的男朋友！"

天暖和的时候，外婆会打开西关街 16 号所有的木门板，迎接燕子们的到来。每年春天，燕子们都会在老屋的房梁上筑巢，生下一窝小鸟，叽叽喳喳热热闹闹地过它们的小日子。这时节，我们的小鸡崽等过了二十一个日夜也破壳而出了，外婆把小鸡捧起来给我，它们鹅黄、柔软、细腻的羽毛贴着我的手掌，小小的、尖尖的、红红的嘴巴轻轻啄着我的掌心，弄得我直痒痒。外婆把老母鸡小心翼翼地抱出"产房"，把它放到满满一碗米跟前，喃喃自语道："吃吧吃吧，你受累了，你有功！"

青瓷大碗茶，香甜的醪糟麻花，西关街 16 号常常挤满了歇脚的食客，南来北往的人渐渐知道外婆有一手做醪糟的好手艺。闲暇之余，我也会帮着外婆打理她的生意，或者独自倚着门楣望着天空的云想事情。汉江就在不远处，朵朵浪花拍打着江堤；打鱼人端着一篓子鱼虾在街上叫卖；打羊奶的张爷爷摁着自行车铃骑了过来；汤锅里的甲鱼在渐热的水里嘣嘣儿跳，慢慢没了声响，满屋子弥漫着鲜香浓郁的味道；漂亮的梅表姐开始有了自己的秘密，我替她保存了她收到的第一件信物——她同车间的男同事送给她的一枚精巧的孔雀胸针。

在西关街 16 号，我就这样生活了十四年。离开故乡，很多时候乱哄哄你方唱罢我登场，反认他乡是故乡，甚荒唐，都只为他人做嫁衣裳。

多年以后的一个除夕，我在千家万户的爆竹声里走过西关街，走进西关街 16 号。绚烂的烟花散落在老屋的上空，蓝布衣襟的外婆坐在炭火盆边一边烤火一边卤着腊肉和豆干，烟火映红了她布满皱纹的脸，沧桑而又安详。一别多年，当我逐渐了解世间冷暖不过如风过耳，生老病死、爱别离、怨憎会、求不得乃是人生常态，我还会不自觉地走回西关街 16 号，什么都不想说，也不用说，只是静静倚在外婆的肩头一会儿，释怀辞别。

外婆永远离开我以后，房屋改造，我再也没有机会回到老屋了。前不久回故乡，我和润英姐偶遇在西关街 16 号门前，满头白发的润英姐依然瘦弱苗条，她每天还在卖布，却早已换了地方。我们彼此搂着肩膀流着眼泪笑道，时间过得真快，几十年一晃过去，大家都快老了。我指着身边的人对润英说："姐，你看，这就是我孩子他爸，和我当年画的高高大大国字脸戴眼镜的模样差得不太多，只不过，他不是卖灭鼠药的，是给人开药的。"

　　一轮明月挂在西关街 16 号的屋檐上，汉江潮涌过来，千江有水千江月，万里无云万里天。